源氏物語

つる花の結び

上

荻原規子 訳

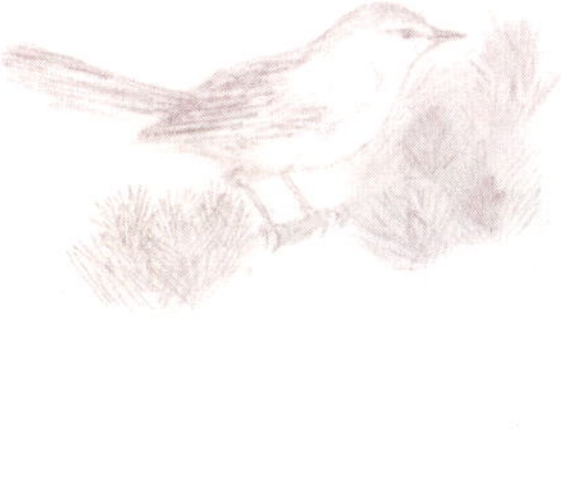

理論社

源氏物語　つる花の結び　上

原作／紫式部
装画・本文絵／君野可代子
装幀／中嶋香織

はじめに

『源氏物語　つる花の結び（上下）』は、光源氏《ひかるげんじ》と関係をもった〝中《なか》の品《しな》〟の女性たちの話を中心にして、原典の帖《じょう》をまとめたものです。

既刊『源氏物語　紫の結び（一〜三）』において、高貴な藤壺《ふじつぼ》の宮《みや》への極秘の恋、その姪《めい》である紫《むらさき》の上《うえ》との結婚生活、宮廷内の地位の紆余曲折《うよきょくせつ》という、光源氏の人生の根幹をまとめました。彼の一生がどういうものだったかは、そちらを読むことでつかむことができます。

その流れの中でも、何かと浮気が問題になっていた源氏《げんじ》の君《きみ》ですが、十代のころには、さらに多様な〝中の品〟の女性たちと逢瀬《おうせ》を重ねていました。そして、死を迎えるまでこの人たちの面倒《めんどう》を見ます。そのせいか、死後にも〝中の品〟の女性の娘たちの話があります。源氏の君の死後に始まる清新な長編、息子と孫を主人公に据《す》えた宇治《うじ》十帖は、既刊『源氏物語　宇治の結び（上下）』にまとめました。

「源氏物語」五十四帖の冒頭を飾るのは、源氏の君十二歳までの生い立ちを語った「桐壺《きりつぼ》」（『紫の結び（一）』所収）ですが、二番目の帖「帚木《ははきぎ》」も、もう一つの冒頭という味わいがあります。十七歳になって登場する源氏の君が〝雨夜《あまよ》の品定《しなさだ》め〟の女性談義を聞き、上流階級以外の女性に関心を向けることが大きな主題となるからです。

感化によって出会ったのが、空蟬《うつせみ》、夕顔《ゆうがお》、末摘花《すえつむはな》という〝中の品〟の女性たちでした。これらの話の人気の高さを思えば、こちらはこちらで「源氏物語」の特色を大きく担っています。彼女たちの言動のユニークさもありますが、その逢瀬を長く忘れず、後々まで気づかった（夕顔の場合は、遺児玉鬘《たまかずら》の面倒を見た）ことが、光源氏の全体像にも深く関わっているのです。

「源氏物語」を読んでいて不思議なのは、『紫の結び（一～三）』にまとめた流れには、空蟬、夕顔、末摘花、玉鬘への言及がほとんどなく、これを抜いても進行にさしつかえないことでした。（「若菜《わかな》上下」「柏木《かしわぎ》」にはいくぶんの言及があります。）けれども『つる花の結び』にまとめる帖の数々には、はっきりと『紫の結び』の内容を本筋とする意識があるのです。

そのことをどう捉《とら》えるかは、読む人の解釈にもよるでしょう。ただ、五十四帖の並び順は、その順番通りに書き進めたとも言えないようです。そうした鑑賞の自由を得るためにも、系統をわけて読んでみることは、なかなか興味深いのではないでしょうか。

本作の原典は、岩波書店『新日本古典文学大系　源氏物語』の原文と校注に基づき、複数の現代語訳本と研究書を参考にさせていただきました。

地の文から敬語をはぶき、逐語訳《ちくご》ではありませんが、解釈以上の創作は加えていません。この訳本が「源氏物語」の味わいに触れる一助になることを深く願っています。

荻原規子

目次

はじめに 3

若き日の遍歴《へんれき》 9

一 帚木《ははきぎ》 13

二 空蟬《うつせみ》 75

三 夕顔《ゆうがお》 93

四 末摘花《すえつむはな》 157

都での再会　203

五　蓬生《よもぎう》　205

六　関屋《せきや》　235

六条院の優雅　玉鬘十帖《たまかずらじゅうじょう》　243

七　玉鬘《たまかずら》　245

八　初音《はつね》　301

九　胡蝶《こちょう》　321

若き日の遍歴《へんれき》

「帚木《ははきぎ》」「空蟬《うつせみ》」「夕顔《ゆうがお》」と続く三帖《じょう》は、内容が密につながっています。「帚木」と「空蟬」は場面まで継続しており、このような帖《じょう》のつなぎは五十四帖中ここだけです。

そして『紫の結び（一）』所収の「若紫《わかむらさき》」――幼い紫《むらさき》の上《うえ》を見出した帖――をはさんで「末摘花《すえつむはな》」があります。「末摘花」の語りには、「若紫」で起きたことがていねいになぞってあり、そうした語り口にも注目できます。

これらの帖を読んでいると、若い源氏《げんじ》と若い頭中将《とうのちゅうじょう》が、好敵手として競い合い、出し抜いたり出し抜かれたりしながら恋の冒険を重ねた短編が、他にもいくつかあったように思えてきます。ユーモラスな軽い短編として書かれたものを、大河物語を創作するにあたり、改稿《かいこう》して組み入れたのでは、と。それは「末摘花」の帖に続く「紅葉賀《もみじのが》」（『紫の結び（一）』所収）にある、老いた源典侍《げんのないしのすけ》の愉快な顚末《てんまつ》からも見えることです。

「源氏物語」が大河物語をなす前の段階で、何が多くの読者をとらえ、何が紫式部《むらさきしきぶ》を中宮彰子《ちゅうぐうしょうし》の女房《にょうぼう》（侍女《じじょ》）に抜擢《ばってき》する高評価をもたらしたかは、今となっては資料がありません。けれども想像が許されるなら、若き日の恋物語の数々だったと思えてなりません。

「源氏物語」の中には物語論まで出てくるのであり（玉鬘《たまかずら》十帖「蛍《ほたる》」など）、西暦千年ごろの平安京で、物語はそうとう成熟した娯楽文化だったようです。最大の読者層は、紫式部と同じ〝中の品〟階級の女性たちです。高貴で美しく若い主人公が、身分をかえりみずに恋愛する内容に、読者はいっそう夢中になったのでは。

「夕顔」には怪談の要素もあり、娯楽作品としての振り幅の大きさも魅力があります。しかも、くだらないと切り捨てにくい知性と教養ある語り口なので、上流の知識人でも、堅苦しくない人物なら楽しめそうです。このあたりに、現代における一部のコミックやアニメの感があります。

若い源氏の君が、甘やかされた世間知らずなのも巧みにふまえてあり、あまりいい目を見ないところも、おもしろく読めるのではと思います。書かれた当時には斬新《ざんしん》で、現実味のある創作に見えたのではないでしょうか。

一　帚木《ははきぎ》

光源氏《ひかるげんじ》といえば、名ばかり評判ですが、それを打ち消す過《あやま》ちも多いようです。さらに色恋のあれこれが後世に伝えられ、軽はずみな浮き名を広めてはならないと、本人が隠していた逸話《いつわ》まで語り伝えるとは、口さがない人がいたものでした。

とはいえ、ひどく世間を気にして真面目ぶっていたので、色男らしいおもしろみは少なく、交野《かたの》の少将《しょうしょう》（散逸《さんいつ》した物語の主人公・色男の代名詞）には笑われるでしょう。

源氏《げんじ》の君《きみ》が十七歳、まだ中将《ちゅうじょう》（官位は四位《しい》）だったころは、父の帝《みかど》の内裏《だいり》にばかり居続けていました。妻（葵《あおい》の上《うえ》）のいる左大臣邸《さだいじんてい》に通《かよ》うのはとぎれとぎれです。

左大臣邸の人々は隠れた浮気かと疑うのですが、宮中《きゅうちゅう》で見慣れた、あだっぽい誘いの一時的な色恋は好まない性分でした。しかし、ときおりこの性分をはずれ、わざわざ悩みの多い恋をして思いつめるという、あいにくな性癖《せいへき》があります。そのため、ふさわしくない行動もまじるのでした。

五月の長雨で晴れ間もない時期です。

宮中にもの忌《い》みが続き、源氏の君は長いあいだ内裏に籠《こ》もっていました。左大臣は気がかりに思い、恨《うら》めしくもなりましたが、婿君《むこぎみ》の衣装をいろいろ目新しく仕立てて届けます。左大臣の息子たちも、源氏の君の宿直所《とのいどころ》にばかり出入りしていました。

左大臣の正妻（大宮《おおみや》・源氏の君の父帝の妹宮）の子である頭中将《とうのちゅうじょう》（中将で蔵人頭《くろうどのとう》を兼任）は、息子たちの中でも特に親しくつきあっていました。ふざけた冗談を言い合い、他の兄弟よりずっと気安くふるまっています。この人は右大臣《うだいじん》の四《し》の君《きみ》を妻にしていて、右大臣がひどく大事に扱っているにもかかわらず、通うのをおっくうに思っていました。女好きな遊び人でした。

生家の左大臣邸でも、曹司《ぞうし》を立派に飾って寝起きしています。源氏の君が内裏と行き来するときは、そのお供をしていました。昼も夜も、漢文の学問も管弦《かんげん》の遊びも、源氏の君と共に行って少しも遅れを取りません。どこへでも同行して仲がよかったので、自然と遠慮がなくなり、胸に思うことも隠さず打ち明けるのでした。

朝から雨が降りしきり、しんみり静かな雨の宵《よい》でした。清涼殿《せいりょうでん》の殿上《てんじょう》の間《ま》に控える宮人《みやびと》は少なく、源氏の君の宿直所もいつもほど人がいません。頭中将と二人、灯火を寄せて文《ふみ》などを読んでいました。

そばの厨子《ずし》（置き戸棚）にある、色とりどりの紙に書かれた恋文《こいぶみ》に気づいた頭中将は、内容を知りたがりました。源氏の君は許しません。

「見せてもいいものだけ、少し見せるよ。都合の悪いのもあるかもしれない」

頭中将はじれて言います。

「その、見せては気まずく思える文こそ見たいのだ。ありふれた恋文なら、しがない私も相応にやりとりして見知っている。女たちが君の冷たさを恨み、人待ち顔の夕暮れに出した文だったら、おおいに見どころがあるだろう」

源氏の君も、大事な女人《にょにん》の本気で隠《かく》したい文なら、人目につく厨子に放置するはずがありません。別に取り置いています。これらは二の次の恋文で気安いのでしょう、一通ずつ文の片はしを見せてやりました。

「よく、これほど多種多様にもらっているね」

頭中将は当てずっぽうに、あの人その人と名指します。言い当てるのもあり、見当外れの想像で疑うのもあり、源氏の君もおかしくなりました。しかし、口数少なく言い紛《まぎ》らして文を片づけました。

「君こそ、たくさんの恋文を集めているのだろう。少し見せてほしいよ。その後だったら、この厨子も快く開示しよう」

「見どころのある文など、めったにないよ」

　頭中将は、そう言ったついでに語り出しました。

「女で、この人こそと非の打ちどころのない人はめったにいないと、ようやく知り始めたところだよ。うわべの趣向で小粋《こいき》に走り書き、時に応じた返事を心得た女なら、身分相応にかなりの数がいるだろう。けれども、真に秀《ひい》でた女人をただ一人選び出そうとすれば、見逃せないほど優れた人はめったにいない。得意な技芸でそれぞれ鼻を高くして、他人を見下しもするから、はた目に見苦しいことも多いのだ。

　親がつきっきりで養育し、先の見込みのある深窓《しんそう》の娘であれば、美点をわずかに伝え聞いた男が心を動かすこともあるだろう。器量がよく性質もおっとりした初々《ういうい》しい娘が、気晴らしがないまま習い事に打ちこみ、いつのまにか一芸に秀でる場合だってあるものだ。

　とはいえ、側仕《そばづか》えの人々は女主人の欠点を言わず、いいところだけ言いつくろって吹《ふい》聴《ちょう》するから、そうではないと察して熱を冷ますことなどできやしない。本当だと信じて会いに行き、実際に会うと見劣りするのが当たり前に思えるよ」

ため息をつく様子は、いかにも経験豊富に見えました。源氏の君は、すべてと言えなくても思い当たる点があるのか、ほほえみます。

「どこにも長所のない女がいるかな」

「その噂《うわさ》すら聞こえてこない女に、だれがだまされて言い寄るものか。何一つ取り柄がないだめな女と、すばらしいと予想したとおりに優れた女は、同じくらいまれだと思える。

品《しな》が高く生まれついていれば、大勢の付き人が世話をして欠点も隠れ、自然に感じよく見えるだろう。中の品《なかのしな》（中流階級）の女こそ、気性によって人それぞれに趣味趣向が異なり、人柄がはっきり分かれて目につくことが多いよ。さらに下の区分となると、私が気にすることもないが」

隅々まで知り尽くした態度なので、源氏の君は興味をそそられました。

「品々《しなじな》とはどういうものだろう。何を根拠に三つの品に分けるのかい。高貴な生まれでも家が没落《ぼつらく》し、官位が低くて生活が貧しかったら。または、低い身分から高官（三位《さんみ》以上）に成り上がり、得意顔に家を飾って高貴な生まれに劣らなかったら。その家の娘の区分はどこになる」

質問の最中に、左馬頭《さまのかみ》（左馬寮《さまりょう》の長官・官位は四位）と藤式部丞《とうしきぶのじょう》（式部省《しきぶしょう》の三等官・官位は六位）が、いっしょに泊《と》まろうとやって来ました。左馬頭は色好みな風流人で、理にかなった話のできる人物です。頭中将はよいところに来たとばかり、三つの品を見定める談義に引きこみました。そのため、ずいぶん聞きにくい話がいろいろありました。

まず、源氏の君の疑問に答えます。

「低い身分から成り上がっても、大臣職にふさわしい名家でなければ、高官になろうと世間の人望《じんぼう》が異なるだろう。また、もとは高貴な家柄でも生計が立たなくなり、時勢が移って人々に見放されたら、気位《きぐらい》だけではすまないみっともないことが出てくるだろう。個別に判断して、どちらも中の品に置くべきだな。

ところで、受領《ずりょう》という、地方の任国に下ってあくせく働く階級は、最初から中流と決まっているが、その中にも細かな上下の刻《きざ》みがある。最近のご時勢では、中の品でもかなりいい女を選べるようだ。

生半可《なまはんか》な高官（大臣《だいなごん》・大納言・中納言《ちゅうなごん》・参議《さんぎ》）よりも、非参議の四位で、世間の評判も家柄も悪くなく、裕福で人づきあいのいい人物は、何とも爽《さわ》やかに見えるな。屋敷《やしき》の内部を不足なく整え、財を尽くして娘を立派に育て上げ、侮《あなど》れない女が成長することが多い。そんな娘が宮仕《みやづか》えをして、帝の寵愛《ちょうあい》を得る例も多いのだ」

源氏の君は、これを聞いて笑います。

「つまり、財力のあるところに寄るのが肝心《かんじん》らしい」

頭中将はむっとしました。

「君らしくもない、どうかと思う意見だな」

左馬頭が言いました。

「品《しな》の高さも世間の人望もふさわしい、高貴な家の娘で、ふだんのふるまいや人柄が劣っていたらお話にならないですね。どうしてこう育ったかと不甲斐《ふがい》なく感じるでしょう。しかし、相応に優れていたとしても、それで当然に思えるから驚きはしません。私の手の届く範囲ではないので、上の上の品は話からはずしますが。

一方、世間に忘れられ、淋しく荒れ果てた草やぶの屋敷に、思いもよらず愛らしげな女が隠れ住んでいたとなると、これは限りなくすばらしく思えます。なぜこのようにと、予想を裏切られてこそ、不思議なくらい心に残るのです。

父親が老いてみっともなく太りすぎ、兄も不細工《ぶさいく》なので期待せずに会った娘が、たいそう気高く、ちょっとしたふるまいにも教養が感じられたら、少しの長所でも意外さから魅力的でしょう。非の打ちどころのない女を選ぶ中には入らなくても、これはこれで捨てがたいものですよ」

言い終えて、式部丞を見やります。

(私の妹たちの評判がいいのを念頭に、今のをおっしゃったのか)

式部丞はそう受け取り、押し黙っていました。

源氏の君は考えていました。

(さあ、どうだか。上の品と言うあたりでも、欠点のない人を見つけるのは難しい)

柔《やわ》らかな白い単衣《ひとえ》を重ね、その上にしどけなく直衣《のうし》だけを着ています。襟《えり》の紐《ひも》も放ったまま寄りかかっている姿は、火影《ほかげ》に映えてじつに美しく、女として目にしたくなります。この人には、上の上の品をお相手に選んでもまだ足りないと思えました。

さまざまな女の場合を語り合う中で、左馬頭《さまのかみ》が言いました。

「よくある軽いつきあいにはふさわしくても、妻として信頼できる人を選ぼうとすると、多くの中でも決められませんでしたよ。

男子として朝廷《ちょうてい》に仕え、国家の重鎮《じゅうちん》となる人物も、真の器《うつわ》を選び出そうとすると難しいものです。しかし、重鎮だろうと一人二人が国政を動かすわけではありません。上は下の者に助けられ、下は上の者に従って、広く政治が行われるのです。

狭い家の家政をまかせる、ただ一人を思うと、能力を欠くことのできない用事はたくさんあります。一方にかなっても他方で足りず、人並みにも全部をこなせる女が少ないのです。だから私が遊び人となり、多くの女を見比べたかったわけでもありませんが。とはいえ、この人だけと一箇所《かしょ》にとどまれる、同じことなら苦心して補助しなくていい、心にかなう相手がいないかと探し求めると、なかなか決められなくなったようです。

必ずしも満足した女でなくても、見そめた縁《えん》を切らずに思いとどまる男であれば、誠実な人物と見なされるのでしょうね。捨てられなかった女にも、どこか長所があったのだろうと思いやられます。

だが、まあ、世間の夫婦を多く見知ってしまうと、私には及びもつかない立派なことには思えません。まして、高貴なあなたがたの最上のお相手には、どのような女人《にょにん》がふさわしいのでしょうね。

器量もなかなかで、若々しい女が、わずかな落ち度も見せまいと気を配っているとします。返事の文はおっとりと言葉をぼかし、墨《すみ》の跡《あと》をかすかにして気をもませ、次こそはっきりした返事が欲しいとじりじり待たせるでしょう。少しでも声が聞きたくて近寄れば、言葉を息の下に引き入れ、口数少なくふるまうでしょう。そんな女であれば、上手《じょうず》に自分の欠点を隠しますね。情が深くたおやかな人だと思うと、風流に走り過ぎ、どうかすると浮気っぽくなる。このあたりを最初の難点とするべきです。

妻の役割でおざなりにできないことの一つに、夫の支援があります。

風流を知り尽くし、少しのことで情感を動かし、ものごとの興趣を見逃さない性分は、内助《ないじょ》の功《こう》には必要ないものです。かといって実生活一筋《ひとすじ》で、額髪《ひたいがみ》を耳の後ろにかけた主婦になりきり、見た目も気にせず夫の世話をするのでは困りものですが。

われわれは朝廷に仕える中、公私ともに人々の言動を、よくも悪くも見聞きするものです。それでも、赤の他人に感想を漏《も》らしたりしません。家にいる妻が、自分の感じたことをよく聞いてわかってくれるなら、後で話し合おうと微笑が浮かび、涙ぐみもします。また、義憤《ぎふん》を感じて納得できないことも多いのですが、これを妻に聞かせて何になると思えば、家に帰っても背を向けてしまいます。そっと思い出し笑いをしたり、ああと感動してつぶやいても、妻が無関心に『何ですか』と顔を上げるようでは、どんなにがっかりでしょう。

ただひたすら子どもっぽく性質の柔順《じゅうじゅん》な人を、あれこれ教え導いて妻にするのもいいかもしれないですね。たよりなくても、教育のしがいを感じるでしょう。

しかし、顔を合わせているところと愛らしさで大目に見られても、離れた場所から必要なものを言い送ったときなど、どうでしょう。妻として出してくるあれこれが、趣味のものでも実用でも良し悪しを知らず、気配りのなさが見て取れたときなどは。ひどくがっかりで、たよりない欠点がつらくなるでしょう。

ふだん、無愛想で気に入らない妻が、そうした折に、たいそう見映えのする品を出してくる場合もありますしね」

隅々まで論じても結論が出ず、大きなため息をつきました。

左馬頭《さまのかみ》はさらに続けます。

「今はもう、品《しな》の上下にこだわらず、器量の良し悪しも問いません。あまりに見どころなく変人と言われる女でなければ、ただ誠実で落ち着いた性質の人を選び、生涯の相手と考えるほうがよさそうですね。

それに加えて、教養や心づかいが優れていれば幸運と喜び、多少の不足があろうとも、むやみな要求はしますまい。安心してのどかに暮らせる点さえ確かなら、うわべの風流など後から身につくでしょう。

しとやかに恥じらって、浮気の恨《うら》みも知らない態度を作る女は、表面は温和でやさしげにふるまいます。そして、一人で耐え切れなくなると、言いようもなく悲しげな文や切ない歌を書き残し、自分を偲《しの》ばせる形見の品を置き、遠い山里や人けのない海辺に身を隠すのでしょう。私も少年のころは、女房《にょうぼう》たちがそういう物語を読むのを聞き、女の思いの深さを殊勝《しゅしょう》と感じて、涙までこぼしたものでした。

しかし、今にして思えば、どうにも軽率でこれみよがしな行動です。妻として尊重したはずの男を残し、目の前につらいことがあるからと、夫の立場も思いやらずに愛情を試すとは。そのあげく、長く悔《く》いが残るはめになるのだから、何ともつまらないではありませんか。

周囲が思いの深さを褒《ほ》め上げれば、気持ちが高じてそのまま尼《あま》になるでしょう。出家の当初は心も晴れ、現世《げんせ》をかえりみる気はありません。しかし、知人が所在を訪ねて『ああ、何と悲しい。そこまで決心なさったとは』などと言います。妻を一方的に嫌ってなどいなかった夫が、これを知って涙をこぼせば、使用人や老《お》い女房が『夫君《おっとぎみ》はまだいとしく思っておられたのに、もったいないご出家を』などと言いに来ます。

すると、当人も尼《あま》そぎの額髪《ひたいがみ》をさぐり、手ごたえのなさが悲しく泣き顔になるでしょう。我慢した涙を一度こぼしてしまうと、たびたび涙をこらえられなくなります。後悔することが多く、仏《ほとけ》はかえって現世の未練とご覧になるでしょう。俗世《ぞくせ》に染まりきったころよりも、生半可な悟《さと》りはかえって悪道（地獄道《じごくどう》、餓鬼道《がきどう》、畜生道《ちくしょうどう》）にさまよいやすいと思えます。

前世《ぜんせ》の縁が深く、尼になる前に夫がつれて帰ったとしても、この一件が長くしこりとして残ります。夫婦とは、順風のときも逆風のときもつれ添って、あれやこれやの危機を二人で乗り越えてこそ、この宿縁《しゅくえん》をいとしく思えるのです。家出の騒《さわ》ぎがあれば、自分も相手も不安で気を許せません。

また、夫がだらしなく他の女に目移りしたと恨み、態度に出して反抗するのは愚《おろ》かなことですよ。浮気をしようと、結婚当初のいとしさを思い返せば、やはり最初の妻をたのみに思うはずなのに、家出のごたごたがあればその縁も切れてしまいます。

どんなことでも穏当にふるまい、浮気の恨みを言うときも、見知っているとほのめかす程度に感じよくかすめ言う女であれば、その態度で夫の愛情も増すでしょう。多くの場合、女の出方次第で男の浮気はおさまるものです。あまりに男を自由にさせ、放任する女だと、男にとって気楽でかわいいようでも、いずれ軽んじるようになります。岸に繋《つな》がれずに浮いて漂《ただよ》う船の例《たと》えは、やはり虚《むな》しく感じますよ。そうじゃありませんか」

頭中将《とうのちゅうじょう》はうなずいて言いました。

「さしあたり、すてきな人、いとしい人と思っている自分の好いた相手が、不実な疑いをつくるのだから大変だな。こちらに落ち度はないからと見逃せば、相手も思い直して浮気をやめるだろうと思いはするが、必ずそうなるとも限らないだろう。しかし、夫婦の信頼にそむく点が見えようと、気長にこらえてやり過ごすよりいい方法はないようだな」

自分の同母の姫君《ひめぎみ》（葵《あおい》の上《うえ》）は、この立場だと思いながら発言しています。それなのに、源氏《げんじ》の君《きみ》は居眠りして何も言わず、拍子抜けでおもしろくないと思いました。

左馬頭《さまのかみ》は、ものごとを評定する博士になりきって長弁舌《ながべんぜつ》をふるっています。頭中将《とうのちゅうじょう》はその理屈を聞き届けようと、熱心につきあっていました。

「いろいろな事象に置き換えてみてください。

木工の匠《たくみ》は、さまざまな調度品を思いのままに作り出します。そのとき限りの趣味の道具で、作り方も定まらない品は、見た目がしゃれていれば工夫に感心できるし、時代につれて趣向も変わり、新しいほどおもしろみを感じるでしょう。しかし、格式高い家の調度品を、伝統ある型のままに立派に仕上げるとなると、名匠《めいしょう》の腕がはっきり見分けられるものです。

また、絵所《えどころ》（絵を扱う役所）に上手な絵師は多いでしょう。墨書《すみが》き（墨で描く下絵）の役を選ぶにも、だれもが達者で優劣の見極めがつきません。見たことのない蓬萊《ほうらい》の山、荒海《あらうみ》で暴れる怪魚《かいぎょ》、唐国《からくに》の獰猛《どうもう》な獣《けもの》、目に見えない鬼神《きしん》の顔などを、仰々《ぎょうぎょう》しく描《えが》き出したものは特に目を奪います。本物に似るかどうかは関係ないのです。しかし、当たり前の山々、川水の流れ、見慣れた人家を、本物らしく穏やかな風景に描くとします。なだらかな山の景色も、遠方には人の近づけない深い森を描き入れ、手前の人家には垣根《かきね》の内に品々を配置して、優れた絵には迫真の力があり、非力な絵師には及ばない点が多いのです。

文字を書いても同じです。深く習得しないまま、あちらこちらで点を長く引いて走り書き、何となく格好よく見せた文章は、ちょっとの見には才気走って見えます。しかし、名のある書家の筆致《ひっち》を丹念に学んだ人の文字は、うわべに筆の勢いがないように見えても、見比べれば本格を知るほうが上回ります。

ありふれた技芸でさえ、こういうものです。まして女の心であれば、何かのときに思わせぶりなそぶりがあっても、表面的な風情のよさを信頼することはできないと考えています。私がこう思うようになった最初の体験を、色好みと思われるでしょうが、今からお話ししましょう」

左馬頭《さまのかみ》がさらに膝《ひざ》をつめたので、源氏《げんじ》の君《きみ》も目を覚ましました。

頭中将《とうのちゅうじょう》はすっかり引きこまれ、ほおづえをついて向かい合っています。法師《ほうし》がこの世の道理を説教する場に見えておかしいのですが、こんなときは、だれもが過去の体験を語らずにいられないようでした。

「まだ若く、官位も低かったころです。いとしく思った女がいました。先にも触れたように、器量では褒《ほ》められない人なので、私は若く移り気な性分から、終生《しゅうせい》の相手とは思わなかったのです。女の家に通《かよ》いながらも、もの足りない気がして、何かとよそで手を出していました。すると、この女がいちいち嫉妬《しっと》するのでした。

気に入らず、もっと大らかな性質ならばと思いながらも、あまりに疑われるのでわずらわしくなり、官位の低い私を見放しもせず、どうしてこれほど思い入れるのだろうと、申し訳なくも感じたのです。そのため、自然に浮気も控えがちでした。

この女の気質は、できると思わなかったことも私のためにはと、何とかして工面し、不得意な方面も、私をがっかりさせるよりはと努力して習得するというものでした。

何ごとも実直に世話を焼き、少しでも私の気を悪くさせまいと、本来は気の強い性格だろうに、従順で柔らかにふるまいます。不器量さで嫌われないかと気にして、いつも身ぎれいにしていました。親しくない客人に妻の不器量を知られ、私が面目を失ってはならないと、遠慮して人前に出ないようにしていました。

慣れ親しむにつれて、気立てのいい女だと思いましたが、気にくわない嫉妬深さだけが直らないのでした。

当時の私は、これほど自分の言いなりになる女であれば、懲《こ》りる思いをさせて脅《おど》かせば、口うるささもおさまると思ったのです。縁を切るふりをすれば反省するだろうと、ことさら冷淡な態度をとってみました。

いつものように、女が腹を立てて妬《や》いたときです。

『こうも強情なら、夫婦の縁が深かろうと断ち切って二度と来ない。これっきりと思うなら、迷惑な疑いをかけ続ければいい。この先も長くと思うなら、いやなことがあっても我慢してあきらめてくれ。その嫉妬をやめるなら、あなたをもっといとしく思うだろう。人並みの出世をしてもう少し一人前になったとき、私の正妻として、他に並ぶ女はいないだろう』

見事に言ってのけたと思いながら、もったいぶって言いわたしたのでした。

すると、女は小さく笑いました。

『あなたが、人目につかない半人前なのを我慢し、ひとかどの者になるのを待つことなら、気長にかまえるつもりだったから気にしません。けれども、薄情な浮気を我慢して、いつ思い直すかと何年も待つ空《そら》だのみは、ひどく苦しいでしょうから、もうお互いに縁を切るときなのでしょうね』

と、憎らしげに言うのです。

腹が立って、こちらも憎まれ口をあれこれたたいたところ、女は怒りがおさまらず、私の指の一本を引き寄せて噛《か》みつきました。私は大げさに文句をつけました。

『けがまで負わされては、出仕して他人と顔を合わせることもできない。あなたが貶《けな》した官位はいよいよ昇進できなくなるだろう。こうなったら出家でもするしかない。今日であなたとはお別れだ』

と、噛まれた指を握《にぎ》りこんで出て行ったのです。

『〝指を折って二人の歳月《さいげつ》を数えれば、この指一本があなたを情けなく思う節目《ふしめ》だったのだ〟

そちらは恨《うら》んだりできないよ』

女はさすがに泣いて歌を返しました。

『〝情けない節目《ふしめ》を私一人で数えてきた。今はあなたと手を分かつときになるのか〟』

口げんかはしたけれど、これで本当に関係が終わったとは思いません。けれども、何日も便りを出さず、別の女のもとをさまよい歩いていました。

賀茂《かも》神社の臨時の祭りの管弦《かんげん》の練習が、夜更《よふ》けまでかかったときです。みぞれが激しく降るので、宮中《きゅうちゅう》を退出して泊まる場所を思いめぐらしましたが、ここが自分の家と思える家はありませんでした。

内裏《だいり》で夜を明かすのはわびしいし、風流ぶった女の家へ行くのも寒々しく思えます。例の女がどう思っているか、様子見ついでに行ってみました。衣にかかる雪を払いながら、ばつが悪く爪《つめ》を噛む思いでしたが、それでも、今夜であれば日ごろの恨みも忘れて迎えてくれると思っていました。

室内は、灯火を壁《かべ》に寄せて薄暗くしてありました。柔らかで厚い綿入れの衣が、香炉《こうろ》の上の大きな籠《かご》に広げて焚《た》きしめてあり、几帳《きちょう》の帷子《かたびら》も引き上げるところは上げてあります。今夜はきっと来るだろうと、待ち受けていた様子でした。やはりそうかといい気になったところ、当人はどこにも見当たりません。お付きの女房だけが残っていました。たずねると『今夜、実家にお帰りです』と答えます。風情のある歌も詠《よ》まず、思わせぶりな文もなく、無愛想な仕打ちでした。拍子抜けして、あのとき口うるさかったのはわざと嫌悪させようと仕向けたのかと、腹立ちまぎれに考えました。しかし、温まった私の着替えは、いつも以上に念入りな染色と仕立てで、文句なしの出来映えです。私が見捨てた後まで世話を焼き、用意していたのでした。

だから、これっきり私を見放すことはないだろうと、実家へ説得しに行ったのです。女は逆らわず、捜させようと逃げ隠れることもなく、私に恥をかかせない受け答えをするのですが、ただ言い続けるのでした。

『このまま浮気を見過ごすことは、私にはできません。あなたが改心して穏当に落ち着くなら、もとの夫婦に戻ります』

それでも私を忘れられないだろうと思ったので、少し懲《こ》らしめてやろうと、改心するとは言いませんでした。こうして互いにひどく意地を張っているうち、女は思い嘆いて亡くなりました。冗談にもならないことでした。

家政の頼りになる妻とは、このような女だったと思い出します。ちょっとした趣味の話も実生活の大事な話も、差し向かいで話し合う価値がありました。竜田姫《たつたひめ》(秋の女神)と言ってもいいほど染色が上手で、たなばたの織姫《おりひめ》に劣らないほど裁縫《さいほう》の腕もあり、それは見事でした」

左馬頭は、しみじみ悲しく思い返していました。

頭中将は盛り立てて言いました。

「たなばたの裁縫上手を二の次にしても、織姫・彦星《ひこぼし》の長い契《ちぎ》りにあやかりたかったね。たしかに、その竜田姫の錦《にしき》には勝るものがない。はかない花紅葉《はなもみじ》であろうと、時期にかなった色づきが悪く鮮《あざ》やかに染まらなくては、少しも映えずに露《つゆ》と消えてしまうだろう。ころあいの見極めが難しいから、妻選びも難しく決めかねるのだな」

左馬頭《さまのかみ》の体験談が続きます。

「さて、その同じころに通《かよ》っていた女というのは、先の女より家柄も育ちもよく、才気があってたしなみ深いのでした。詠《よ》む歌も、走り書きにした筆跡も、琴《こと》を奏でる爪音《つまおと》も、すべて心得ていると感心できます。器量もよかったのです。口やかまし屋の家を日ごろの通《かよ》い先にして、ときどきこっそり会いに行くと、すっかり夢中になれました。

先の女が亡くなってからは、他に方法もなく、他界したものは恋しくても仕方ないと、こちらの女にしげしげと通うようになります。すると、気取ってあだっぽいところが気に入らなくなってきました。妻としては頼れず、とぎれがちに通っていたところ、隠れて他の男と通じたようでした。

神無月《かんなづき》（十月）のころ、月のきれいな夜、内裏を退出したときです。ある殿上人《てんじょうびと》に出会い、同じ牛車《ぎっしゃ》に乗り合わせることになりました。私は父の大納言《だいなごん》の屋敷に泊まる予定だったのです。ところが同乗の男は、『今夜私を待っている女の宿が気にかかってならない』と言います。私が通っている女の家を避けて通れない道筋でした。

築地塀《ついじべい》の崩《くず》れた隙間から、女の家の池の水面が見えると、古歌《こか》にある〝月さえ宿る住みか〟を行き過ぎないというのか、相手はそこで車を停《と》めて降りました。

前からの了解があったのでしょう。この男は、そわそわした態度で中門近くの渡《わた》り廊《ろう》下《か》の縁《えん》に腰《こし》かけ、月を眺《なが》めています。菊《きく》が趣《おもむき》のある様子に色移ろい、紅葉《もみじ》が競って散り乱れ、たしかに風情がありました。懐《ふところ》から横笛を取り出して吹き鳴らし、『影もよし』

などと催馬楽《さいばら》を口ずさんでいます。

屋内の女も、よく調律してある音のいい和琴《わごん》で伴奏をし、下手《へた》ではありません。ものの柔らかに律《りつ》の調べ（秋の調律）を掻《か》き鳴らし、簾《すだれ》の向こうから響く音色が華やかで、清く澄《す》んだ月夜にふさわしいのでした。男はひどく感心し、簾に近寄って声をかけています。

『庭に散った紅葉を見れば、かよった男の足跡《あしあと》も見えませんね』

そう言って女を悔《くや》しがらせ、菊の花を折って詠《よ》みました。

『〝琴《こと》の音《ね》も月もすばらしい宿なのに、つれない男を引き止められなかったのだろうか〟

これはつまらないことを言いました』

さらに誘いかけます。

『では、もう一曲。あなたの演奏を愛《め》でる相手がいるうちに、出し惜しみせずに』

ひどく戯《たわむ》れているのですが、女も、たいそう取りつくろった声で詠みました。

『〝木枯《こが》らしに吹き合わせる笛の音《ね》を、引き止める言《こと》（琴）の葉はどこにもない〟』

あだっぽく言い交わし、私が憎くなるのも知らず、今度は箏《そう》の琴を盤渉調《ばんしきじょう》に調律して当世風に弾き始めます。爪音には才気があるけれど、目をそむけたい思いでした。ときおり親密にする宮仕《みやづか》えの女であれば、どこまでも風流好みであだっぽくても、そういう交際として魅力があります。しかし、間遠《まどお》であろうと通い先として忘れない相手としては、信用できず派手すぎると思えました。すっかり心が離れ、その夜のことを口実に通わなくなりました。

この二つの経験を合わせると、若い時代の感触でさえ、やはり女が出過ぎたふるまいをするのは感心できず、信頼できないと思えたのでした。今後はますますそう思い続けるでしょう。

お若いあなたがたは、感じやすいまま、枝を折ればこぼれる萩《はぎ》の露《つゆ》、拾えば消えそうな玉笹《たまざさ》の上のあられと、優美でたおやかな女の色香を魅力的だとお思いでしょう。しかし、私の年齢、今から七年後くらいになれば、思い知ることがおありでしょう。つまらない身分ながらご忠告申し上げますが、しとやかで風流好みな女にはお気をつけなさい。

浮気して夫に聞き苦しい評判を立てるものです」

頭中将《とうのちゅうじょう》は、これにもうなずき返しました。

源氏の君は口の端《はし》でほほえみ、そういうものかと思う様子でした。

「どちらを取っても、人聞きの悪い、格好のつかない体験談だったね」

そう言ったので、みんなで笑い出しました。


「私は、愚《おろ》か者《もの》の話をしよう」

頭中将が語り出しました。

「たいそう人目を忍《しの》んで会った女と、さらに関係を続けたくなったのだ。長続きすると思って始めた仲でもなかったが、親しむほどにいとしさが増し、ときたましか会えなくても忘れられなかった。それほど長くなると、女のほうも私をたのみにする様子を見せていた。

夫として頼っては、さぞ恨《うら》めしく思うことがあるだろうと、われながら思うことが何度もあったよ。それなのに、女は何でもない顔で私を迎える。ずいぶん間が空いてしまっても、たまにしか会いに来ない男と思わず、朝晩通《かよ》っているようにふるまうのだ。いじらしくなって、この先も頼りにしてほしいと言って聞かせたこともあったと思う。女は親もなく、ずいぶん心細い身の上だった。だから私一人に従おうと、何かにつけて思っている様子が可憐《かれん》だった。

これほどおっとりと穏やかな性質だったので、つい気がゆるみ、しばらく行かずにいたところ、妻の家（右大臣家《うだいじんけ》）が、何かの手づるを使って心ない嫌《いや》がらせを言ったらしい。これも後から聞いた話だったが。

私は、情けないことがあったとも知らず、文も出さずに久しく過ぎていた。女は、すっかり気落ちして心細くなり、幼い子どもがいたので悩み抜いて、撫子《なでしこ》の花を添《そ》えた文をよこしたのだ」

頭中将は涙ぐみました。源氏の君がたずねます。

「では、その文には何と」

「いや、大したことのない内容だった。

『〃山の民の垣根《かきね》が荒《あ》れていても、ときにはかわいがってほしい。撫子《なでしこ》（愛すべき子ども）の花の露《つゆ》を〟』

思い出して女の家へ行ったところ、いつもと同じ素直な態度だったが、ずいぶん憂《うれ》い顔をしていたよ。荒れた庭の露《つゆ》深い景色を眺め、虫の音《ね》と競うように泣いている様子が、まるで昔物語のようだと思えた。私は、大和撫子《やまとなでしこ》より先に母親の機嫌《きげん》を取ろうと努めた。

『〝咲き乱れる花の色は見分けがつかなくても、やはり常夏《とこなつ》（撫子《なでしこ》の別名）にまさるものはない〟』

常夏の古歌《こか》にある〝塵《ちり》をだに〟（寝床《ねどこ》の塵を払《はら》う必要がないほど、頻繁《ひんぱん》に訪ねよう）と約束したのだ。

『〝塵《ちり》を払《はら》う袖《そで》が濡《ぬ》れそぼる常《とこ》（床）夏《なつ》に、嵐《あらし》が吹き荒れる秋（飽《あ》き）が来たようだ〟』

女はさりげなく返し、深刻に恨む態度を見せなかった。涙がこぼれても、恥じらって紛《まぎ》らしてしまい、薄情さが身にしみたと思われるのはつらいと、むやみに気をつかっていたよ。私は気が楽になって、またしばらく会いに行かなかったら、行方《ゆくえ》知れずに消え失《う》せてしまった。

まだ、この世にいるのなら、落ちぶれた身でさすらっているだろう。私がいとしく思ったとき、こちらを困らせるほどしつこくまとわりついていたら、行方不明になどさせなかったのに。訪問を長く絶やすこともなく、妻の一人として末長く世話をすることもできたはずだった。撫子の子どもが愛らしかったので、どうにかして捜し出したいと思うのに、いまだに消息がわからない。

これこそ左馬頭《さまのかみ》が語った、むなしく身を隠す女の例だろうな。そぶりに出さないので、相手の恨めしい心を知らず、いとしく思い続けていた。役にも立たない片思いだったよ。今、ようやく忘れることができそうなところだが、逃げた女のほうではきっと忘れられず、ときには自分のしたことに胸を痛める夕べもあるだろう。仲を保つことのできない、たよりない女の典型だよ。

先の口うるさい女は、心に残って忘れがたいだろうが、いっしょに暮らせばうっとうしく、へたをすると嫌気《いやけ》がさしそうだ。琴《こと》が上手で才気走った女は、好色な面では罪深い。このたよりない女も、他に男ができて失踪《しっそう》したかと疑えば、だれがいい女かは一概《いちがい》に決められないな。

男女関係とは、結局そういうものだろう。人それぞれだから比較が難しい。性質もさまざまな人の長所だけ取りそろえ、非難する点のない女などいるだろうか。吉祥天女《きっしょうてんにょ》を思い浮かべれば、抹香臭《まっこうくさ》く人間離れしてしまい、これもやりきれないだろうな」

頭中将の言いぐさに、みんなで笑いました。

「式部丞《しきぶのじょう》こそ、おもしろい経験をしているだろう。少し披露《ひろう》しなさい」

催促《さいそく》されて、式部丞が言います。

「下《しも》の下《しも》の分際《ぶんざい》で、お聞かせする話などあるでしょうか」

しかし、頭中将《とうのちゅうじょう》が真顔で「早く」と急《せ》かすので、どんな話をするか考えこんだあげく、語り始めました。

「まだ、私が文章生《もんじょうのしょう》（大学寮《だいがくりょう》の学生《がくしょう》）だったころ、才女のたぐいに出会いました。

先ほど左馬頭《さまのかみ》どのがおっしゃったように、公《おおやけ》の事情も理解し、私的な生活の規範を思いめぐらすにも落ち度がなく、身についた学問は生半可な博士《はかせ》をたじろがせる量なのです。すべてに反論の余地もありませんでした。

その女とは、私がある文章《もんじょう》博士のもとで勉強しようと家に通《かよ》っていたとき、娘が多く住んでいると聞いて、ちょっとしたはずみで言い寄った人でした。親がこれを聞き知り、酒杯を出して『わが両《ふた》つの途《みち》歌うを聴《き》け』と漢詩を吟《ぎん》じ、婿《むこ》に取る意向を見せましたが、そこまで本気になれませんでした。親の心に気がねしてその後も会っていたのです。

女は、たいそう熱心に私の世話を焼いてくれました。泊まった朝の会話にも学問を語り、朝廷に仕える知識や道理を教えます。達者な文を書いて、仮名《かな》文字は使わず漢文で教養のある表現をしてみせます。そのうち関係を切ることができなくなり、この人を師《し》匠《しょう》にして、へたな漢詩の詩作も少し習いました。

今でもその恩を忘れないけれど、心安らぐ妻として迎えるには、学才のない自分の半《はん》端《ぱ》な言動を見られて気づまりに思えました。ましてあなた様がたの御《おん》ためには、堅実《けんじつ》でしっかりしたお世話などどうして必要でしょう。私自身も、一方では残念な関係だと思いながら、それでも気にかかって宿縁《しゅくえん》に引かれる人だったようです。男とは他愛ないものですよ」

　頭中将が、その先を言わせようとおだてました。

「これはこれは、興味深い女だな」

　式部丞は、おだてとわかっていながら得意に思い、鼻をうごめかして続けました。

「その後、しばらく足が遠のいていましたが、何かのついでに立ち寄りました。女は、いつものくつろいだ居間にいません。私と調度品を隔《へだ》てて、しゃくに障《さわ》る会い方をするのです。焼きもちを焼いたのかとばかばかしく、また、これが別れるいい機会かとも考えました。

　けれども、この利口な女は、軽々しく嫉妬《しっと》などする性質ではないのでした。男女の仲も道理を知るので、恨《うら》んだりはしません。気ぜわしい口ぶりで、けなげにも小難しく言うのです。

『ここ数か月、風病《ふうびょう》重く耐えかねて、極熱《ごくねつ》の草薬《そうやく》を服用しています。たいそう臭《にお》うので対面することができません。直接顔を合わせなくとも、必要な用件があればお引き受けしましょう』

　こちらは、どんな返事ができるでしょう。ただ『わかりました』と答えて帰ることにすると、女はふがいなく思ったようでした。

『この香《か》が失《う》せたときには、お立ち寄りください』

声を高くして言います。答えずに出て行くのは気の毒ながら、しばらくとどまることもできません。たしかに臭《くさ》い匂いがはっきり漂《ただよ》ってくるのです。どうしようもないので、逃げ腰《ごし》になって詠《よ》みました。

『〝男が訪ねる予兆のあった夕暮れに、昼《ひる》（蒜《ひる》――ネギやニンニク類の総称――）間《ま》を待ち過ごせと言うのは理《り》不《ふ》尽《じん》だ〟

どういう口実なのやら』

言い終えるのも待たずに走って出ましたが、女は私の背中に言い返しました。

『〝夜も隔《へだ》てずなじんでいる仲であれば、昼《ひる》（蒜《ひる》）間《ま》も恥ずかしく思うだろうか〟』

さすがにすばやく歌の詠める人でした」

しずしずと語り終えたので、頭中将も源氏の君もあきれます。「作り話だろう」と笑い出しました。

「どこにそんな女がいる。のんきに鬼《おに》と向かい合っていたようなものだ。気色の悪い話をして」

爪《つま》はじきをして、どうしようもないと式部丞をこきおろしました。

「もう少しましな話はできないのか」

責め立てますが、式部丞は「これ以上変わった話があるでしょうか」と開き直っていました。

左馬頭《さまのかみ》が収拾にかかります。

「すべて男も女も、二流三流の者は、わずかに習得したことを残りなくひけらかすからだめなのです。三史《し》（史記《しき》・漢書《かんじょ》・後漢書《ごかんじょ》）五経《きょう》（詩経《しきょう》・礼記《らいき》・春秋《しゅんじゅう》・周易《しゅうえき》・尚書《しょうしょ》）の学問を、達者に説き明かすようではどこにも愛敬《あいきょう》がありません。

いくら女に生まれようと、世間のできごとを、公私ともにまったく知らぬ存ぜぬで暮らすことはできません。ことさら学ばなくても、多少才気のある者ならば、見聞きして覚えることが自然に多いはずです。

しかし、覚えたからといって漢字を走り書き、女同士の文通にまで半分以上漢字を使うようでは、『何と嫌味《いやみ》な女、もっとしとやかさがあれば』と思われてしまいます。当人にそのつもりがなくても、いかつい口ぶりに読み取られてしまい、気負って見えるのです。上流の女人《にょにん》にもよくあることです。

歌が得意だと自負する女が、いつも詠《よ》まずにいられず、初句から優雅な古歌《こか》をふまえ、こちらが不都合なときに詠みかけるほど興ざめなことはありません。返歌しないと風流を知らないと思われ、詠めない事情があっても恥ずかしい思いをさせられます。

宮中の節会《せちえ》など、たとえば五月の節会に急いで出かける朝、何のあやめ(ものの道理)もわからないほど気ぜわしいのに、長々と菖蒲《あやめ》の根を引きかけた歌を詠む。または、九月の菊《きく》の宴《えん》の前に、難しい詩作を思いめぐらせて余裕《よゆう》のないとき、菊の露《つゆ》にかこつけた歌を詠む。こちらは間の悪い歌詠《うたよ》みにつきあわされるのです。

そのときではなく、後から思い起こせばおもしろく風情があろうとも、他が大事で目に入らない場合はあるものです。相手の心境を思いやりもせず、歌を詠みかけるのはかえって無粋《ぶすい》と見えますよ。

何ごとも時と場合をわきまえるべきで、それができない者は、風流を気取らないのが身のためです。たとえ心得のある方面でも知らない顔をするのがよく、言いたいことも一つ二つは口にしないほうがいいのです」

源氏の君は聞きながら、心の中ではただ一人の女人（藤壺《ふじつぼ》の宮《みや》）を思い浮かべていました。

（女のあれこれが批判される中にも、あのかたは、どこにも不足がないし出過ぎたところもない）

たぐいまれな女人だと思うと、ますます胸が苦しくなるのでした。

女の品定めは、はっきりした結論が出ないまま、最後のほうはとりとめのない話に流れて夜が明けました。


翌日は、ようやく雨も上がりました。

これほど宮中に泊まり続けては、舅《しゅうと》の左大臣《さだいじん》の心情も気の毒だと思い、源氏の君は退出して左大臣邸《てい》へ行きました。

葵《あおい》の上《うえ》は、容姿も人柄も鮮《あざ》やかに気高く、何一つ浮《うわ》ついたところがありません。この人こそ、左馬頭《さまのかみ》たちが捨てがたいと評価した堅実《けんじつ》な妻だろうと、源氏の君も考えます。けれども、あまりに端正《たんせい》で打ちとけず、気づまりなほど落ち着いているのでした。もの足りなくなり、中納言《ちゅうなごん》の君《きみ》、中務《なかつかさ》などの優れた若い女房に、冗談を言いかけます。暑さに衣を着くずした源氏の君の姿を、女房たちはうっとりする見ごたえだと思っていました。

左大臣もこちらの曹司《ぞうし》へやって来ました。くつろいだ格好になっていたので、几帳《きちょう》を隔《へだ》てて応対します。話が長くなると、源氏の君は「暑いのに」と苦い顔をしました。女房たちが笑ったので、「静かに」と言って脇息《きょうそく》に寄り添います。ずいぶん気ままな態度なのでした。

暗くなったころ、人々が注進しました。

「今夜は、中神《なかがみ》が内裏《だいり》からここへの方角をふさいでいます」

「そうか、いつも舅どのが方忌《かたい》みをなさることだった。だが、二条院へ帰るのも同じ方角だし、どこに方違《かたたが》え（忌《い》む方角への移動を避《さ》けるために別の場所に泊まること）するというのだ。気分もよくないのに」

源氏の君はそう言って寝てしまいます。

「このままでは不吉《ふきつ》です」

左大臣邸の人々はあれこれ説得にかかりました。

「ここに親しく仕えて紀伊守《きのかみ》になった者が、中川《なかがわ》のあたりに家を持っています。つい最近池に水を引いて、涼しい木陰のあるところです」

「それはよさそうだ。気分もすぐれないから、牛車《ぎっしゃ》をそのまま家に寄せられるところへ」

お忍《しの》びで会いに行く方違えの家なら、本当はいくつもあったのです。しかし、久しぶりに左大臣邸に来たというのに、わざと方角の悪い日に訪れ、方違えの名目で他の女の家に泊まると思わせるのは気の毒でした。

紀伊守を呼び寄せ、泊まることを伝えます。紀伊守は承知して御前《ごぜん》を下がりますが、陰《かげ》では案じていました。

「父の伊予介《いよのすけ》の家に慎《つつし》むことがあって、そちらの女たちが私の家に泊まっているのです。狭《せま》いところだけに、何か失礼があっては」

これを聞き知って、源氏の君は言いました。

「人が身近にいるほうが、私もうれしい。女から遠く離れての旅寝《たびね》は、不気味な気がするだろうよ。私を、女たちの寝所《しんじょ》の几帳の後ろにでも」

「たしかに、悪くはない御座所《ござしょ》かと」

紀伊守は中川の家に従者を走らせました。

源氏の君は、たいそうこっそり出かけます。ことさら人目につかないようにと急いだため、左大臣にも行き先を告げず、お供もごく親しい者だけにしました。


中川《なかがわ》の家の人々は「これほど急に」と困惑しますが、だれも相手にしません。寝殿《しんでん》の東面《ひがしおもて》を片づけて客用に空け、急ごしらえの座敷《ざしき》を調えました。

遣水《やりみず》の造りには、なかなかの風情がありました。田舎家《いなかや》めいた柴垣《しばがき》を立て、前栽《せんざい》の植え込みにも気を配っています。吹く風は涼しく、どこからともなく虫の音《ね》が聞こえ、蛍《ほたる》が多く飛び交って美しい時期でした。

源氏の君の一行は、渡殿《わたどの》の下から湧《わ》く泉を眺《なが》めるように座り、酒を飲みました。紀伊《きの》守《かみ》は酒の肴《さかな》を出そうとせわしげに歩き回っていますが、源氏の君はのんびりと庭を眺め、頭中将《とうのちゅうじょう》たちが中《なか》の品《しな》と評したのはこの階級だと思い返していました。

伊予介《いよのすけ》の家には気位の高い娘がいると、人の噂《うわさ》に聞いたことがあります。どんな娘だろうと気になりました。耳をすますと、同じ寝殿の西面《にしおもて》に人の気配があります。衣《きぬ》ずれの音がさらさらと鳴り、若い女の声がするのも悪くありません。声をひそめて笑っており、いかにもこちらを気にする様子でした。

格子戸《こうしど》は上げてありましたが、紀伊守が「気が利かない」と文句を言って下ろさせました。しかし、隣《となり》の灯火の透《す》き影《かげ》が、襖障子《ふすましょうじ》の上の隙間から漏《も》れています。源氏の君はそっと近寄り、女たちを見たいと思ったのですが、のぞく隙間はなく、しばらく隣の音だけ聞いていていました。母屋《もや》（四方を廂《ひさし》の間《ま》に囲まれた中央の部屋）のこちら近くに集まっているようです。小声で交わす話に聞き入ると、源氏の君の噂をしているようでした。

「ずいぶん堅物《かたぶつ》ぶっていらっしゃるそうだし、お若いのにご立派な結婚《けっこん》をしていらっしゃるのが、残念なところでしょうね」

「けれども、それなりのお忍びの場所へは、上手に隠れて通《かよ》っていらっしゃるとか」

聞いている源氏の君は、胸に秘めた女人《にょにん》を真っ先に思い浮かべ、ぎくりとします。

（こんなところで、他人が私の秘密を漏らすのを、耳にすることにでもなったら）

しかし、大した話は出て来なかったので、途中で盗み聞きもやめました。

式部卿《しきぶきょう》の宮《みや》の姫君《ひめぎみ》に朝顔を贈った歌が、一部まちがって語られています。

（気楽に何でもしゃべり、歌を詠《よ》みたがる女たちらしいな。やっぱり実際に会えば見劣りするのだろうな）

そんなふうに思いました。

紀伊守がやって来て、軒《のき》の灯籠《とうろう》の数を増やし、火を明るく点《とも》しつけます。酒肴《しゅこう》の果物《くだもの》をさし出したので、源氏の君はたずねました。

「〝とばり帳《ちょう》〟は、どうなっているかな。そちらのもてなしがなくては、興ざめな接待だよ」

「〝何よけむ〟とも存じ上げない次第でして」

紀伊守はかしこまって答えます。源氏の君が、催馬楽《さいばら》の「我家《わいえ》は　とばり帳も垂《た》れたるを　大君《おおきみ》来ませ　婿《むこ》にせむ　み肴《さかな》に何よけむ」のあたりを引いて、寝床《ねどこ》のもてなしはあるのかと戯《たわむ》れたからでした。

廂《ひさし》の間《ま》にある御座所《ござしょ》を、源氏の君が仮の寝所としたので、人々も静まりました。

紀伊守の子どもたちが、かわいらしい様子でした。殿上童《てんじょうわらわ》（宮中の見習いに出仕した少年）として、源氏の君が見慣れている子もいます。伊予介の子もいました。何人もいる中、上品な感じの十二、三歳の少年がいます。

「どの子がだれの子ども」

源氏の君がたずねると、紀伊守はその子を紹介して言いました。

「これは、亡き衛門督《えもんのかみ》（中納言《ちゅうなごん》・参議《さんぎ》の兼任が多い）の末の子です。父親がたいそうかわいがっていたのに、幼くして死に別れ、姉である人のつながりでここにいます。学才のありそうな、出来のいい子なのですが、殿上童にしたいと思っても簡単に出仕させられないようで」

「かわいそうに。では、この子の姉君《あねぎみ》が伊予介の後妻《ごさい》になった人、あなたの継母《ままはは》か」

「さようでございます」

源氏の君は、大人ぶって言います。

「似合わない若い母をもったものだね。その人のことは帝《みかど》もお耳になさっていた。いつだったか『娘を宮仕《みやづか》えさせたいと漏らしたことがあったのに、亡き後はどうなったか』

とおっしゃったよ。この世は定めなきものだな」

紀伊守も言いました。

「心ならずも父の後妻になったようです。男女の縁《えん》というものは、こんなふうに昔も今もどうなるかわからないものです。中でもとりわけ、女の宿命は浮き草のようにたよりなく哀れです」

「伊予介は後妻を大事にしているかい。主君のように思えるかな」

「もう、どれほどかと。私的な主人と思っている様子で、いい年をして女好きなと、私をはじめとする子どもたちは納得できずにいます」

「納得できなくとも、あなたのほうがふさわしい年齢で当世風だからと、その人を譲《ゆず》ってなどくれないだろう。伊予介はたしなみもあって色好みだからね」

源氏の君は、紀伊守としばらく話を交わしてたずねました。

「で、その人は、今どこに来ている」

「女たちはみな下《しも》の屋《や》にさがらせました。まだ残っている者がいるかもしれません」

お供の人々は酒に酔いすぎ、だれもが簀子《すのこ》（廂の間の外の縁側《えんがわ》）で寝てしまい、あたりが静まりました。

源氏の君は、くつろいで眠ることができません。つまらない独り寝だと思えば目が冴《さ》えて、北の襖障子《ふすましょうじ》の向こうに人の気配がするのを聞きつけました。

(話にあった伊予介《いよのすけ》の後妻は、この奥に隠れているのでは。かわいそうな人だ)

関心がつのり、そっと起き上がって立ち聞きします。すると、先ほどの少年の声がしました。

「おうかがいします。どこにいらっしゃいます」

小声で品よくたずねています。返事の声が聞こえました。

「ここに寝ていますよ。お客人は、もうお休みになったの。どれほど近くかと思ったけれど、案外離れていたようで」

寝たまま話すゆるんだ声が、少年の声とよく似通っていて、たしかに姉君だとわかりました。

弟がこっそり言います。

「源氏の君は、廂《ひさし》の間《ま》でお休みになったよ。名高いお姿を拝見したら、本当にすばらしかったよ」

「昼間だったら、こっそりのぞいて見たかったけれど」

姉君は眠そうに言います。顔を夜具《やぐ》に引き入れた声でした。

源氏の君は悔《くや》しく、もっと関心をもって聞いてほしいと不満になります。

「まろは廂で寝よう。ああ暗い」

弟は灯火をかかげたようでした。姉君は、源氏の君のいる障子口の斜め向こうの端《はし》で寝ていると推測できました。

「中将《ちゅうじょう》の君《きみ》はどこへ行ったの。人けがない気がして気味が悪いのに」

姉君がたずねています。女房たちは母屋《もや》でなく、北廂《きたびさし》の間《ま》に寝ているようでした。

「下《しも》の屋《や》でお湯をつかい、すぐ戻るとのことです」

と、女房からの返事がありました。

だれもが寝静まった様子なので、源氏の君は、試しに襖障子の掛《か》け金《がね》をはずしてみます。母屋の側から掛け金はかかっていませんでした。

引き開けると、障子口に几帳《きちょう》が立ててあります。ほの暗い灯火で中を見やると、唐櫃《からびつ》のようなものがいくつも置いてあり、雑然とした中へ分け入りました。

気配のある方角へ進んでいくと、姉君がただ一人、小柄な様子で寝ていました。少しわずらわしく思いながら、源氏の君が上掛《うわが》けを押しやるまで、呼んだ女房がそばに来たとばかり思っていました。

源氏の君がささやきます。

「中将をお呼びだったので参りましたよ（自分の官職は近衛中将《このえのちゅうじょう》）。密かな恋心が実を結んだ気がして」

女の側では、何を思う余裕《よゆう》もありません。もののけに襲《おそ》われた気がして「や」と怯《おび》えますが、顔に源氏の君の衣がかかって声になりませんでした。

「突然のことで、出来心とお思いなのは当然ですが、何年も思い続けた胸の内をお伝えできたらと。こうした機会が到来《とうらい》したのも、私の浅くはない恋心がもたらしたと思ってください」

やさしげな口ぶりでささやき、鬼神《きしん》であろうと事を荒立てない様子をしていました。ぶしつけに「ここに人が」と騒ぐことはできません。それでも心境は情けなく、あってはならないことだと感じます。「お人違いでは」と言いますが、その声もかすかな息の下でした。

気絶しそうに驚いた様子が、源氏の君にはいじらしく思えます。この女人《にょにん》に魅力を感じました。

「人違いなどするはずのない心の導きを、はぐらかそうとなさるのが心外ですね。けっして好色な態度をお見せするつもりはありません。この胸の内を少し聞いてほしいだけです」

小さくか細い人なので、その体を抱き上げ、障子口を出ようとしました。そのとき、呼ばれていた中将の君とばったり出くわします。

「おやおや」

源氏の君が声を上げ、女房は不審に思って手探りしました。すると、衣の薫香《くんこう》が顔に吹きかかるように匂い立ち、だれなのか見当がつきました。

あきれ返り、どういうことだと焦《あせ》りますが、何も言えません。並の身分の男ならば、乱暴に女主人を引き離しもしますが、その場合でさえ多くの人に知られてはまずいことです。動転したまま後を追いましたが、源氏の君は気にとめずに自分の寝所に入りました。襖障子を閉め、中将の君に「暁《あかつき》にお迎えに来なさい」と告げます。

姉君は、中将の君が思うことさえ死にたいほどつらく、汗が流れ落ち、ひどく苦しそうでした。源氏の君もかわいそうになりますが、例によってどこから出てくる言葉なのか、女心を動かすよう、やさしく心をこめて語り続けます。しかし、姉君は情けないと思うばかりでした。

「現実とも思えないことです。数にも入らぬつたない身とはいえ、私を見下してお扱いになるお気持ちを、どうして浅いと思わずにいられるでしょう。私のような分際《ぶんざい》は、同じ分際とつきあってこそなのです」

無理じいされたことを、思いやりがなく嘆かわしいと思いつめています。たしかに気の毒でもあり、こちらを恥じ入らせる様子をしていました。

「その分際の違いとは、私の知らない初めてのことです。ただの好色な男と同じにお思いのほうがひどい。お聞き及びのこともあるでしょう、私は手軽な恋の遊びなど慣れていません。あなたとはご縁があったのか、たしかに軽蔑されてもしかたない乱れ方だから、自分自身が不思議なくらいです」

真面目に説得しますが、姉君は、相手のたぐいまれな魅力を知れば知るほど、親密になってはつらいと思えました。

（強情で不愉快な女だと思われようと、色恋をもちかける価値もない形でやり過ごそ

う）

そう考え、つれない態度に徹《てっ》しました。

人柄は柔らかなのに、しいて気丈《きじょう》さをつくっているので、なよ竹のようにしなやかに強く、さすがに折ることができません。真実心を痛め、男の強引さを何よりひどいと泣く様子は、じつに哀れげでした。

源氏の君は、気の毒であっても、関係をもたないのは悔《くや》しいと感じます。慰めようもなく嘆くのを恨《うら》みました。

「どうしてこれほど疎《うと》ましい相手と思われるのだろう。思いもよらない出会い方をしてこそ、前世《ぜんせ》の縁《えん》があると思いませんか。男女のすることも知らない態度で、あなたが涙にくれるのがひどい」

姉君は答えます。

「私の情けない後妻の身の上が、まだ定まっていなければ。もしも私が以前の娘のままで、こうした情けをいただいていれば。あり得ない私一人の希望になろうと、あなた様に迎えられる将来を夢見て心を慰めることができたでしょう。今さら一夜限りの浮いた関係をもつなど、思えばこれほど悲しいことはありません。この上は、お目にかからなかったことにしてください」

その悲しみも当然ではありませんでした。源氏の君はあれこれ将来を約束し、相手を慰めて過ごしました。


鶏《にわとり》が鳴き、お供の人々が起き出しました。

「ひどく寝坊《ねぼう》してしまった。お車を引き出すように」

紀伊守《きのかみ》も出て来ます。

「女人《にょにん》の方違《かたたが》えではないのに、暗いうちに急いでお帰りにならなくても」

源氏の君は、もう一度訪ねる機会もなく、わざわざ会いにくるのはもってのほかで、文通さえも無理だと思うと、どうにも胸が痛みました。中将《ちゅうじょう》の君《きみ》が奥から迎えに来て、ひどく困っているので、いったんは女主人に戻ることを許します。けれども、すぐまた引き止めて言うのでした。

「どうすれば文を出せるだろう。他では知らないあなたの心の冷たさも、私の心のいとしさも、浅くはない二人の夜の思い出は、めったにない男女の例だよ」

泣きながら言う様子はたいそう優美です。鶏が何度も鳴くので、あわただしい思いで詠《よ》みました。

「〝つれなさを恨《うら》み果てない東雲《しののめ》に、ものも取り（鶏《とり》）あえずに寝床《ねどこ》から起こされる〟」

姉君は、わが身の分際《ぶんざい》を思えば不似合いで恥ずかしく、すばらしい恋人扱いにも何も感じませんでした。いつもは無骨《ぶこつ》でつまらないと軽蔑していた、夫の伊予介《いよのすけ》が思い出されます。伊予国《いよのくに》にいる夫が正夢《まさゆめ》に自分の夢を見たのではと、空恐ろしく気が引けました。

「〝この身の憂《う》さを嘆《なげ》き飽《あ》きずに明ける夜、取り（鶏《とり》）重ねて声を上げて泣くようだ〟」

どんどん明るくなってきたので、源氏の君は相手を障子口《しょうじぐち》まで送りました。内も外も騒がしくなっており、襖障子《ふすましょうじ》を閉めて別れると、そこが悲しい関所《せきしょ》に思えました。直衣《のうし》を着て身なりを整え、南面《みなみおもて》の高欄《こうらん》にもたれて、しばらく思いにふけります。西側の格子戸《こうしど》をせわしなく上げ、女房《にょうぼう》たちがのぞき見する様子でした。簀子《すのこ》の中ほどに立てた小障子《こしょうじ》（丈《たけ》の低い衝立《ついたて》）の上方に、少し見える源氏の君の姿を、身にしみる美しさと感じ入る色好みな女たちがいたことでしょう。

有明《ありあけ》の月はすでに光が薄れていましたが、そのぶん形が冴え、かえって趣《おもむき》のある曙《あけぼの》でした。景色には心がなくても、見る人の感情によって優艶《ゆうえん》にも殺風景にも見えるものです。源氏の君は、人知れず胸を痛め、姉君に後朝《きぬぎぬ》の文《ふみ》（一夜を過ごした男女が翌朝に交わす文）さえ送る方法がないと、何度もふり返りながら出て行くのでした。

左大臣邸《さだいじんてい》に帰り着いても、まどろむことができません。もう一度会う方法もないのに、まして女のほうでは今ごろ何を思うだろうと、いたわしく思いやるのでした。

（優れた人ではないけれど、感じのいい身ごなしの中《なか》の品《しな》だったな。隅々まで女を見知った男たちの言うことは、なるほど正しかった）

と、品定めの話を思い合わせていました。

今は、しばらく左大臣邸に居続けています。あれ以来、連絡もできない人がどう思っているか気になってなりません。悩んだあげく、思いあまって紀伊守《きのかみ》を呼び寄せました。

「あの、今は亡き中納言《ちゅうなごん》の息子を、私に仕えさせないか。かわいらしかったので、身近で使う童《わらわ》にしよう。殿上童《てんじょうわらわ》にも私から出仕させるよ」

「たいそうありがたい仰《おお》せ言《ごと》です。姉である人に相談しましょう」

紀伊守が答えると、それだけで胸が高鳴ります。しかし、表面はさりげなくたずねました。

「その姉君は、あなたの弟妹を生んでいるのかい」

「さようなことはありません。父と結婚して二年ほどになりますが、自分の親が決めた将来にそむいてしまったと嘆いて、満たされない様子だと聞きます」

「かわいそうに。なかなかの美人と聞いていた人だ。本当にきれいなのかい」

紀伊守は言いました。

「悪くはないのでしょう。私とはよそよそしい間柄《あいだがら》でして、世間で言うように継母《ままはは》と継《まま》子《こ》はなじまないようです」

その後、五、六日たって弟の小君《こぎみ》を率いて参上しました。小君は、細部まで美しい顔立ちではありませんが、優美な身ごなしで上品に見えます。源氏の君はそばに呼び寄せ、親しみをこめて話しかけました。相手は子ども心にも感動し、うれしく思っていました。

姉君のことを詳《くわ》しくたずねます。しっかりした受け答えをし、気が引けるほど落ち着いているので、源氏の君は思うことが言い出しにくくなります。けれども、うまく言い聞かせました。小君は、そんな事情があったのかと、ぼんやり理解する中にも意外に思いますが、まだ子どもなので深く考えませんでした。

弟が源氏の君の文を持ってきたので、姉君は、あきれるあまりに涙まで出て来ます。この子が思うことも恥ずかしいのです。文を広げ、自分の顔を隠すようにしました。文は長文でした。

「〝会える夜がもう一度あるだろうかと嘆いていると、まぶたも合わないまま日数が過ぎていく〟

古歌《こか》の〝寝《ぬ》る夜なければ〟ですから」

などと、目もあやな筆跡《ひっせき》で書かれていますが、涙でくもって見えません。寝床でも、理《り》不尽《ふじん》な宿命をもった自分の身の上を思い続けました。

次の日、源氏の君が小君を召《め》し寄せたので、参上するから返事の文をと催促《さいそく》されます。

「このような御文《おふみ》を読むべき人はいなかったと申し上げなさい」

小君は笑って言うのでした。

「人違いしようもなくおっしゃいましたよ。そんなお返事はできません」

（では、あのかたは、弟に何もかもお話しになったのだ）

姉君は思い、どこまでもつらく感じました。不機嫌《ふきげん》に言います。

「さあ、大人ぶった口をきくものではありません。それなら、あちらへ参上するのはおよしなさい」

「お召しになったのに、どうしてできますか」

小君はそう言って出かけました。

紀伊守は、好色な下心で継母の境遇をもったいなく思い、何かとご機嫌《きげん》取りをしています。そのため、弟の小君も大事にしてつれ歩きました。

源氏の君はさっそく小君を呼び寄せ、恨んで言いました。

「昨日、おまえを待ち暮らしたよ。大事に思い合う仲にはなれないようだね」

小君は顔を赤らめています。「文はどこ」と聞かれ、このような次第だと語りました。

「頼んだ甲斐《かい》もないな。あきれた」

そう言って、また次の文をわたしました。

「おまえは知らないだろうね。私は、伊予《いよ》の老人より先に姉君に会っているのだよ。けれども、首の細い若者でたよりないからと、無骨な夫をもって私を見くびっているのだろう。それでも、おまえは私の子でいてくれよ。姉君の夫は老い先短いのだから」

小君は、そうだったのか、それは大変だと思ったようです。源氏の君はおかしくなりました。この子を身近な従者にして、宮中へもつれて行きます。自分用の御匣殿《みくしげどの》（衣装の縫製所《ほうせいじょ》）に命じて小君の装束《しょうぞく》を用意し、親のように面倒《めんどう》を見てやりました。

姉君のもとには、源氏の君からたびたび文が届きました。けれども思うのでした。

（弟はまだまだ幼い。こうした文がどこかでうっかり人目に触れたら、軽はずみな女という評判が立ち、さらに不似合いなことになるだろう）

すばらしい恋仲も、身分相応であればこそと考え、打ちとけた返事を出しません。ほのかに見知った源氏の君の容姿やふるまいを、たしかに卓越《たくえつ》していたと思い浮かべるのですが、好感をもたれる態度を見せていったい何になると、さらに思い直すのでした。

源氏の君のほうは、姉君を思う気持ちが薄れるときもなく、気の毒にも恋しくも思い返していました。悲しんでいた様子のいじらしさを思えば、気を晴らす方法もありません。しかし、軽率にお忍びで立ち寄れば、人目の多い場所だけに不都合が露見《ろけん》するだろうと、相手がかわいそうなので思い悩むのでした。

例によって内裏《だいり》に何日も居続けていたときです。ちょうどいい方角の方忌《かたい》みを待ちかまえ、急に左大臣邸《さだいじんてい》へ退出するふりをして、道の途中から中川《なかがわ》の家へ向かいました。

紀伊守《きのかみ》は驚き、庭の遣水《やりみず》がお気に召《め》したかと恐縮《きょうしゅく》して喜びます。小君《こぎみ》には、昼のうちに訪問する計画を告げてありました。いつも身近に使い慣れていたので、この夜も真っ先に呼び寄せます。

姉君もまた、訪問するという文をもらっていました。こうまでして会おうとする源氏の君の熱意は、気まぐれとは思えません。しかし、だからといって、気を許して貧相《ひんそう》な自分が会ってしまっては、夢を見たようなこの前の嘆きをくり返すだけだと思い悩みます。待ち受けるのは気後れして、小君が出て行った隙《すき》に女房に言いました。

「お客人の御座所《ござしょ》に近すぎるので気が引けます。気分もすぐれないから、こっそり肩や腰を叩《たた》いてもらいたいので離れた場所へ」

そして、中将《ちゅうじょう》の君《きみ》の局《つぼね》（私室用の囲い）のある渡殿《わたどの》の隅に移りました。

源氏の君は、お供の人々を早々に寝静まらせます。姉君に言《こと》づてを送りますが、使者の小君は、姉を見つけることができませんでした。あちらこちら捜し歩いてから渡殿に入り、ようやくたどり着きます。ひどい仕打ちだと思い、泣きそうになって言いました。

「源氏の君が、どれほど私を役立たずとお思いになるか」

「不埒《ふらち》な気づかいをしなくていいの。幼い者がこんな取り次ぎをしては罪深いのに」

姉君は叱《しか》って言いました。

「『ひどく気分が悪いから、女房たちをそばに置き、体を揉《も》んでもらうそうです』と申し上げなさい。うろうろしてはだれもが変だと思うでしょう」

心の中では思います。

（こうして受領《ずりょう》の妻に定まった私でなく、亡き親の面影《おもかげ》の残る生家にいたままで、たまにでも高貴なおかたの訪問を待ち受けたら、どんなに優雅に感じられただろう。相手の熱意も知らず顔で押し通す私は、どれほど身の程知らずの女と思われるだろう）

自分自身の行為で胸が痛み、さすがに思い乱れるのでした。何であれ、今は言ってもしかたのない宿命だから、冷たく不愉快な女で終わろうと、最後は思い切りました。

源氏の君は、首尾《しゅび》よくいくかどうか、小君の幼さを心配しながら待っていました。戻ってきてむだだったと報告したので、女のあきれるほどの拒絶を思い知ります。

「この身を恥じたくなったよ」

気の毒なほど落胆《らくたん》して見えました。しばらくものも言わず、大きなため息をついて情けないと思っています。

「〝帚木《ははきぎ》（近づくと消えるという伝説の樹木）の心も知らず、園原《そのはら》の道にむやみに迷ったようだ〟

あなたの態度には何とも言いようがない」

姉君も、さすがに眠れなかったので返しました。

「〝数にも入らない粗末《そまつ》な家に茂る名の憂《う》さに、あってもあらず消え去る帚木《ははきぎ》の私だ〟」

小君は、源氏の君が気の毒でならず、眠くなりもせずに歩き回って伝えます。他の人が怪《あや》しむのではと、姉君は苦しく思いました。

お供の人々は今回もぐっすり寝こんでいます。源氏の君一人が、興ざめで不本意だと悩み続けました。他の女とは異なる強情さは、帚木のように消え失《う》せもせず、見せつけられてこしゃくに感じます。そういう人だから惹《ひ》かれるのだと思い、一方では興ざめで恨めしいのでした。もう、どうにでもなれと思っても、やはり思い切ることができません。

「あの人が隠れた場所に、案内してくれ」

「厄介《やっかい》なところに閉じ籠《こ》もって、女房がたくさんいるので、畏《おそ》れ多いかと」

小君は答え、申し訳なく思っています。

「よし、おまえだけでも私を捨てるなよ」

源氏の君は言い、自分のかたわらに寝かせました。

小君はうれしく思って横になります。源氏の君の若く魅力的な容姿をすばらしいと思っているので、つれない姉君より、かえってかわいいと感じましたとか。

二　空蟬《うつせみ》

源氏《げんじ》の君《きみ》は眠れないまま、小君《こぎみ》に言いました。

「私は、これほど人から憎まれることに慣れていないのに。今夜初めて、男女の仲はつらいものだと思い知ったよ。恥ずかしくて生きていたくないと思えてきた」

かたわらの小君は、涙までこぼすようです。かわいらしいと思いました。手で探ると細く小さなところや、髪がそれほど長くないところなど、思いなしか姉君《あねぎみ》と感じが似通っています。姉君が身を隠してしまった場所へ、強引に忍び寄るのではみっともなく、どこまでも悔しいと思い続けて夜を明かしました。

いつものように小君をそばで使ったり話しかけたりせず、明け方の暗いうちに帰って行きます。小君はもの淋しい思いでした。

姉君も、ひときわ心苦しく思っています。それからは源氏の君の文《ふみ》も絶え、すっかり懲《こ》りたのだろうと思えました。

（無愛想に交流を絶つおつもりなら、私としてもつらい。けれども、強引に逢瀬《おうせ》を迫るお気の毒なふるまいが続くのは、もっとよくない。これをきっかけに終わらせよう）

そう思いながらも、ぼんやり沈んでいることが増えました。

源氏の君は、ひどい女だと恨《うら》みながらも、ここで断念することはできないと思いつめます。体裁の悪さを思い悩み、小君に言い聞かせました。

「恨めしく腹立たしいから、あの人のことは思い切りたいのに、心は思うようにならず、今もまだ苦しい。何かのときに対面できるよう取り計らっておくれ」

小君は厄介《やっかい》に思うものの、こんなことでも源氏の君に頼まれるとうれしいのでした。

子ども心によい機会をねらっていると、紀伊守《きのかみ》が任地へ下り、中川《なかがわ》の家が女ばかりになります。のんびりくつろいだ夕方、夕闇《ゆうやみ》の〝道たどたどし〟暗さに紛《まぎ》れて、自分の車に源氏の君を乗せて行きました。

源氏の君は、この子の幼さではどうなるかと危ぶむものの、好機を見逃す気にもなれません。目立たない身なりをして、門が閉ざされないうちにと急ぎました。

小君《こぎみ》は、人々が注目しない方角から車を屋敷に寄せ、源氏の君を降ろします。童《わらわ》なので宿直人《とのいびと》たちもあまりかまわず、気が楽でした。

寝殿《しんでん》東の妻戸《つまど》の前に源氏の君を待たせ、自分は南面《みなみおもて》の隅《すみ》へ回り、格子戸《こうしど》を叩《たた》いて入れてもらいました。女房《にょうぼう》が「中が見えないように」と言ったようです。

「こんなに暑いのに、どうして格子戸を下ろしたのですか」

「昼から、西の対《たい》のおかたがこちらにいらして、お二人で碁《ご》を打っていらっしゃるのですよ」

会話を聞いた源氏の君は、向かい合って碁を打つ女たちが見たくなります。そっと歩み出て、簾《すだれ》と格子戸の間に入りこみました。

小君が入った場所はまだ格子戸を閉めていないので、室内が見える隙間《すきま》に寄り、西向きにのぞきこみます。近くに立てた屏風《びょうぶ》は端《はし》が折りたたんであり、目隠しの几帳《きちょう》も暑さのせいで帷子《かたびら》を上げてあるので、ずいぶんよく見通せました。

灯火は、碁を打つ人たちのすぐ近くに点《とも》してありました。母屋《もや》の中柱《なかばしら》のそばで横顔を見せる女人《にょにん》が自分の思い人だと、真っ先に注目します。濃紫《こむらさき》の綾《あや》の単襲《ひとえがさね》を着て、何かを上にまとっているようでした。頭の形や髪筋がほっそりと小さな人であり、目立たない容姿です。顔は、向かい合う相手にもすべてが見えないよう気を配っていました。手先がずいぶん痩《や》せていて、袖《そで》に引き入れて隠すようでもあります。

もう一人は東向きに座っていたので、残りなくすべてが見えました。

白い薄物《うすもの》の単襲に、二藍《ふたあい》（紅色がかった青）の小袿《こうちき》らしいものをいい加減にまとい、紅《くれない》の袴《はかま》の紐《ひも》を結んだ際《きわ》まで、胸もあらわでした。奔放《ほんぽう》な姿です。

こちらは美しく色白でふくよかな、背丈のある女人でした。頭の形や額《ひたい》の形がくっきりと際立っています。目もと口もとに愛敬《あいきょう》のある華《はな》やいだ容貌《ようぼう》で、髪はふっさりと多く、長くはありませんが、切りそろえた髪の先が肩《かた》にかかるあたりがすっきりときれいです。すべてが屈託《くったく》のない雰囲気《ふんいき》で、かわいげのある人に見えました。

（なるほど、親の伊予介《いよのすけ》が大事に思うわけだ）

源氏の君は思い、興味を持ちました。態度にもう少ししとやかさが加われればと、ふと思います。

才気はなかなかありそうでした。碁を打ち終えて駄目《だめ》を詰《つ》めると、機敏《きびん》に置いてはしゃぎます。姉君が遠慮がちに制しました。

「お待ちを。そこは持《じ》ではないかしら、このあたりの劫《こう》を先に」

「いいえ、今回は私の負けです。隅のここは何目かしら、どれどれ」

娘は指を折って「十、二十、三十、四十」ときびきび数えています。伊予《いよ》の湯の湯桁《ゆげた》の数も巧みに数えられそうで、少々品《ひん》がありません。

姉君のほうは、いつまでも口もとを覆《おお》って顔立ちがはっきりしないのでした。しかし、源氏の君が目をこらしていると、それでも横顔が見て取れます。まぶたが少し腫《は》れぼったく、鼻筋もすっきりせずに老《ふ》けて見え、美しくはありませんでした。言ってみれば不《ぶ》器量《きりょう》なたぐいですが、隙《すき》のない身だしなみがあり、器量でまさる向かいの娘より心づかいで目を引きました。

とはいえ、陽気で愛敬のある美しい娘が、ますます誇らしげにくつろぎ、笑って戯《たわむ》れている姿は、それはそれで大いに魅力があります。軽薄そうだと思いながらも、堅物《かたぶつ》になりきれない源氏の君は、この娘にも目をつけるのでした。

これまで見知った上流の女人たちは、打ちとけた姿など人に見せず、引きつくろって横を向く気取った態度ばかりです。これほど奔放な女人をのぞき見たことは一度もありませんでした。何も知らずにあらわになっているのが気の毒ですが、ずっと見ていたいと感じます。しかし、小君が出てくると思えたのでそっと外に出ました。

源氏の君が渡殿《わたどの》の戸口に寄りかかっていると、小君は恐縮《きょうしゅく》して言いました。

「いつもはいない人が来ていて、姉に近づくことができません」

「そう言って、今夜もこのまま帰らせるつもりかい。とんでもなくつらい仕打ちだな」

「まさかそんな。西の対のお人が帰ったら、うまくご案内します」

小君が答えるので、源氏の君も思いました。

（そう言えるだけ、あの人にもなびく気配があったのだろう。この子は童であっても、その場の事情や人の態度を見て取る落ち着きがあるのだから）

碁の勝負が終わったようです。衣《きぬ》ずれの音がして女房たちが下がる気配でした。

「若君はどこにいらっしゃる。この御格子《みこうし》は閉めますよ」

女房の一人が言い、格子戸を鳴らして閉めて行きました。


源氏の君が言いました。

「静まったようだ。中に入ってうまく取り計らいなさい」

小君《こぎみ》は、姉の心がゆらぐこともなく真面目なので、話し合うことができないまま、周りに人が少ないときに寝所《しんじょ》へ案内しようと思っていました。

「紀伊守《きのかみ》の妹も、こちらに来ているのかい。私にのぞき見させないか」

「そんなことがどうしてできるでしょう。格子戸《こうしど》の前に几帳《きちょう》を立ててあります」

小君が答えるので、源氏の君はおかしくなります。

（そうだろうな。それでも）

すでに見たと告げてはかわいそうだと考え、夜が更《ふ》けるのが待ち遠しいとだけ言いました。

小君は、今度は妻戸《つまど》を叩《たた》いて中に入ります。人々は静まって横になっていました。

「この障子口《しょうじぐち》に、まろは寝るよ。風が通るといいな」

そう言って、薄縁《うすべり》を広げて横になります。女房たちは、東の廂《ひさし》の間《ま》に大勢が寝ているようでした。妻戸を開けた女童《めのわらわ》もそちらへ行って寝たので、しばらく空寝《そらね》をしてから、灯火をさえぎるように屏風《びょうぶ》を立てました。

暗くなったところへ、そっと源氏の君を招き入れます。

（どうだろう。愚《おろ》かな行為になるのでは）

気が引けるものの、小君の案内のまま、母屋《もや》の几帳の帷子《かたびら》を引き上げました。たいそうこっそり入ったのですが、だれもが寝静まった夜、源氏の君の衣《きぬ》ずれの音の柔らかさがかえって際立ちました。

姉君は、文が絶えたことをうれしく思っていいはずなのに、怪《あや》しい夢のようだった逢《おう》瀬《せ》が心を離れることはありません。安らかに眠ることができないまま、昼は思いにふけり、夜は寝覚《ねざ》めがちです。いつも嘆きが尽きない上、碁《ご》を打った娘が今夜はこちらでと、当世風に遅くまでおしゃべりしてそのまま寝ているのでした。

若い娘は、無心に熟睡《じゅくすい》しています。しかし姉君は、柔らかな音と香り高い薫香《くんこう》に気づき、顔をもたげました。すると、帷子一枚を横木にかけた几帳の隙間に、近寄る人の気配が、暗い中にもはっきりわかりました。

驚きあきれ、何も考えられないままそっと起き上がり、生絹《すずし》の単衣《ひとえ》一枚の姿で寝床からすべり出します。

帳台《ちょうだい》（四方に帳《とばり》を垂らした寝台《しんだい》）の中に入った源氏の君は、女人《にょにん》がただ一人で寝《ね》ているのではほっとしました。そばの廂の間には二人ほど女房が寝ています。

上掛《うわが》けを押しやって寄り添うと、以前より大柄に感じましたが、別人とは思いもよりません。しかし、まだ目を覚まさないのは勝手が違いすぎ、次第に真相に気がつきました。あきれて不愉快ですが、相手に人違いと知られては恥さらしです。それではだれが目当てだったのかと、無用に勘《かん》ぐられもするでしょう。

（本命の人を捜し出そうにも、これほど私を避ける気があるのだから、実りがないまま愚《おろ》か者《もの》にされるだけだろう）

火影《はかげ》に見たあのきれいな娘であれば、それでもかまわないと思うところが、感心できない軽薄さと言えました。

ようやく目が覚めた伊予介《いよのすけ》の娘は、思いも寄らないなりゆきに茫然《ぼうぜん》としています。思慮深い心づかいもなく、男側が気の毒に思える慎《つつし》み深さもありません。まだ男女のことを知らないにしては色好みなようで、気絶しそうにうろたえはしませんでした。

源氏の君は、正体を隠したいと願います。しかし、この娘が後で真相に気づいたとき、姉君がひたすら浮き名を嘆いたのを思うと、自分はよくても姉君が気の毒でした。方違《かたたが》えを口実にして何度も訪問したのは、娘のためだったように言い換えました。

察しのいい女人であれば、口先ばかりに気づくでしょうが、ませているようでも思考は幼かったので、この娘はまったく思い及びませんでした。かわいらしい人ですが、心に残るものもなく、源氏の君は、いまいましい人の拒絶がやはりひどいと考えます。

（どこに隠れひそんで、私のことを間抜《まぬ》けだと思っているのだろう。ここまで意地を張る人もめずらしいのに）

不快ながらも忘れられず、姉君が思い浮かぶのでした。

伊予介の娘の、やや分別のない若々しさもいじらしいので、情をこめて二人の仲を約束します。

「公認の夫婦より、忍ぶ関係のほうが思いがまさると昔の人も言います。私と思い合ってください。この身は世間をはばかることが多く、心にまかせて行動できないし、あなたの家族も許さないだろうから胸が痛むけれど、忘れずに待っていてくださいね」

などと、一通りのことは語り尽くしました。

娘は疑いもせずに言います。

「人がどう思うか恥ずかしいので、文をさしあげることもできません」

「だれにでも知らせると困ったことになりますが、ここで暮らす小君を使者にして文を送りますよ。だから、そぶりに出さないようにしてください」

源氏の君は言い置き、姉君が脱ぎ落としたと見られる薄衣《うすごろも》を持って出て行きました。

近くで寝ている小君を起こします。気がかりに思いながら寝ていたので、すぐに目を覚ましました。

妻戸をそっと押し開けたところ、年老いた声が大仰《おおぎょう》に言い立てます。

「そこにいるのはだれ」

小君は厄介《やっかい》に思って「まろだよ」と答えますが、老《お》い女房は賢明ぶってこちらにやって来ました。

「夜中だというのに、何をしに出かけるのです」

「何でもない。すぐそこへ行くだけだよ」

憎らしく思いながら答え、源氏の君を戸口から押し出します。そのとき、暁《あかつき》近い月が雲間から出て、さっと人影を照らしました。

「もう一人いるのはだれ」

老い女房がまた問いますが、すぐにひとり合点に言いました。

「民部《みんぶ》のおもとですか。まあご立派な背丈をお持ちだこと」

背が高いことでいつもからかわれる女房を言うのでした。小君が民部のおもとをつれて歩くと思ったようです。

「あなただって、そのうち民部と同じくらい背が高くなりますよ」

小君に言いながら、同じ戸口を出て来ました。

困りますが、相手を押し戻すわけにもいきません。源氏の君は渡殿《わたどの》の戸口に背をつけ、隠れるように立ちましたが、老い女房はそこへ寄って行きました。

「おもとは、今夜おかた様のそばにお仕えでしたか。私はおとといから腹《はら》を壊《こわ》して、つらくて局《つぼね》で休んでいたのです。人が少ないからとお召しがあったので、ゆうべ参上したけれど、やはり耐えきれなくて」

愚痴《ぐち》をこぼし、返事も聞かずに行き過ぎました。

「ああ、腹が腹が。また後で」

からくも脱出しました。やはり、こうした忍び歩きは愚かしく危険なことだったと、ますます懲《こ》りたことでしょう。


小君《こぎみ》の車の後ろに乗り、二条院に帰り着きます。

源氏の君は、今夜のいきさつを「幼稚だった」とたしなめ、姉君の強情さを爪《つま》はじきして恨《うら》みました。小君は気の毒で何も言えません。

「私をずいぶん深く憎んでいるようだから、この身にすっかり嫌気《いやけ》がさしたよ。どうして、会わないまでもやさしい返事くらいくれないのだろう。私が伊予介《いよのすけ》よりも劣った男だからか」

不愉快そうに言う源氏の君ですが、持ってきた小袿《こうちき》を衣の下に引き入れて寝床につきました。小君をそばに寝かせ、あれこれ恨みを言ったり親しく語らったりします。

「おまえはかわいいけれど、恨めしい人の弟だから、最後まで目をかけられないだろうね」

真面目な口ぶりで言われ、小君はわびしく思いました。

源氏の君はしばらく横になっていましたが、よく眠れず、急いで硯《すずり》を出すよう女房《にょうぼう》に命じます。宛先のある文のように書かず、懐紙《かいし》に手習いのように書きすさびました。

「〝空蟬《うつせみ》（蟬の抜《ぬ》け殻《がら》）を置いて身を変えた木の下で、なおも人柄《ひとがら》（殻《から》）を慕《した》うようだ〟」

小君はこの懐紙をふところに持って行きます。源氏の君は、伊予介の娘もどう思っているかと気の毒ですが、あれこれ配慮して文を出しませんでした。手に入れた薄衣《うすごろも》の小袿は、慕《した》わしい人の香りがしみこんでいるので、身近に置き続けて見入りました。

小君が中川《なかがわ》の家へ行くと、姉君が待ちかまえていて叱《しか》りつけます。

「とんでもないことをするから、何とか紛《まぎ》らしたけれど、他の人が勘《かん》づくに決まっているのに何と困ったことを。これほど幼稚な考えしかもたない人を、源氏の君はどう思っていらっしゃるのか」

恥をかかせるほどの言いようです。小君はあちらでもこちらでも責められて苦しいながら、手習いを書いた懐紙を取り出しました。

さすがに姉君も、手に取って読みました。あの脱ぎ捨てた小袿は、どれほど伊勢《いせ》の海人《あま》の潮《しお》じみた衣だったかを思えばいたたまれません。あれこれ思い乱れました。

伊予介の娘は、気恥ずかしい思いで西の対《たい》へ帰って行きました。昨夜の逢瀬《おうせ》はだれも知らず、ただ一人で思いにふけります。小君が行き来するのを見かけると、胸が苦しくなりますが、源氏の君からの文もありませんでした。失礼だと考える分別はもちませんが、年よりませた心に切なく感じたでしょう。

つれない姉君は、冷静な態度を取りながらも、心の中では一時の戯《たわむ》れではない源氏の君の心情を思いやっています。これが以前のままの自分だったらと、時を戻すこともできないのにこらえきれず、懐紙の歌の端に書きつけました。

「〝空蝉《うつせみ》の羽に置く露《つゆ》のように、木陰に潜《ひそ》んで忍び忍びの涙に濡《ぬ》れる袖《そで》だ〟」

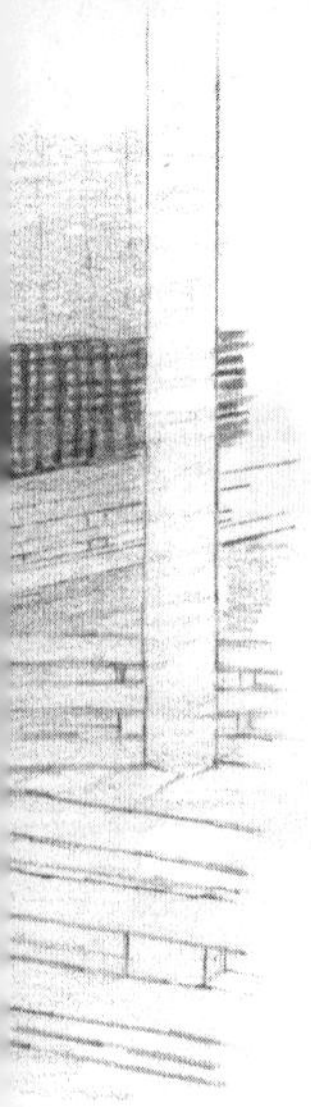

三　夕顔《ゆうがお》

十七歳の光源氏《ひかるげんじ》が、六条大路あたりの女人《にょにん》にお忍《しの》びで通《かよ》っていたころです。内裏《だいり》から六条へ向かう途中、病《やまい》が重いので尼《あま》になったと聞く大弐《だいに》の乳母《めのと》を見舞おうと、五条の家に立ち寄りました。

牛車《ぎっしゃ》を入れる門が閉まっていたので、乳母の息子の惟光《これみつ》を呼ばせて待ち、むさくるしい五条大路の様子を眺《なが》めます。

乳母の家の隣《となり》は、檜垣《ひがき》（檜《ひのき》の薄板《うすいた》を編んだ垣根《かきね》）を新調した家で、その上部に見える半蔀《はじとみ》（上半分の格子戸《こうしど》）が四、五間《けん》ほどすべて上げてありました。簾《すだれ》が真新しく涼しげです。そこに、きれいな額《ひたい》つきの女の透《す》き影《かげ》がいくつものぞいて見えました。

立って歩く足のほうを想像すると、むやみに背が高く感じます。どういう人が集まっているのだろうと、風変わりな家に思えました。

お忍びの道中なので、牛車はとりわけ目立たないものにし、従者の先払《さきばら》いの声も禁じてあります。自分の素性はわかるまいと気をゆるめ、少し顔を出してのぞいてみました。

その家の門戸は、蔀戸《しとみど》のように上に吊《つ》ってありました。奥をのぞくとも言えない狭い住居です。この世はすべて仮の宿りであり、玉の台《うてな》もはかなさの上では同じだという感《かん》慨《がい》がありました。

切懸《きりかけ》（横板を重ねた造りの板塀《いたべい》）のようなものに、青々としたつる草が快げに這《は》い上《のぼ》っています。その白い花が、ひっそりほほえむように花びらを広げていました。

「〝をちかた人にもの申す〟」

源氏《げんじ》の君《きみ》は、古歌《こか》の一節をつぶやきます。下《しも》の句《く》は〝そのそこに白く咲《さ》けるは何の花ぞも〟でした。控えていた随身《ずいじん》（近衛府《このえふ》の護衛の従者）が、膝《ひざ》をついて問いに答えました。

「あの白く咲いているのを、夕顔《ゆうがお》と言います。花の名は人に似て、こうしたみすぼらしい垣根によく咲いています」

たしかによく見れば、小家ばかりのむさくるしい界隈《かいわい》のここかしこ、みじめに傾《かたむ》いた軒先《のきさき》などに、同じつる草が這《は》いまわっていました。

「残念な花の宿命だな。一房《ひとふさ》折ってきてくれ」

源氏の君が言ったので、随身は上に吊った門を入って、白い花を折りました。

そのとき、粗末《そまつ》ながらもしゃれた造りの引き戸を開け、黄色い生絹《すずし》の単袴《ひとえばかま》を裾長《すそなが》に着たかわいい女童《めのわらわ》が出て来ます。随身を手まねきし、白い扇《おうぎ》によく香《こう》を焚《た》きしめた品をさし出しました。

「これに乗せて献上《けんじょう》しては。枝もたよりないつる花だから」

そのとき、門を開けて惟光の朝臣《あそん》が出てきたので、惟光がこの扇を取り次ぎました。

恐縮《きょうしゅく》して言います。

「門の鍵《かぎ》をどこへやったかわからなくなり、申し訳ありませんでした。お姿を見分ける者もいない界隈ですが、雑然とした大路でお待たせしてしまって」

牛車を引き入れて降りました。惟光の兄の阿闍梨《あじゃり》（天台・真言宗の僧《そう》）、婿《むこ》の三河守《みかわのかみ》、娘などが集まっており、源氏の君の見舞いをまたとない名誉とかしこまっています。

乳母の尼君《あまぎみ》も起き上がりました。

「死ぬのも惜《お》しくない身で、出家をためらったのは、ただあなた様にもう一度お目にかかるとき、変わりはてた姿をご覧にいれるからでした。心残りで迷いましたが、出家の効験《こうけん》で病も持ち直し、お見舞いをいただいてお姿を拝見できたのですから、阿弥陀仏《あみだぶつ》の御光《みひかり》を清い心で待つことができます」

そう言って弱々しく泣きます。源氏の君も涙ぐみました。

「病がなかなか治らないと聞いて、不安で嘆いていたのに、世を捨てた姿になったのは残念だよ。それでも長生きして、官位が昇進した私を見届けてほしい。それでこそ、九《く》品《ほん》の上《じょう》（九段階の極楽往生の最上）に支障なく生まれ変わるだろう。この世に少しでも未練があるのは、よくないことだと聞くよ」

乳母として慈《いつく》しんだ者は、欠点のある子どもでさえ、あきれるほど優秀と見なすものです。まして源氏の君であれば、この上なく晴れがましく、慣れ親しんだわが身まで大事でもったいなく思えるのでしょう。むやみに涙がちになりました。

子どもたちは見苦しいと感じ、出家しても世を去りがたい様子で泣き顔をつくり、主人にお目にかけていると、つつき合って目を見合わせていました。

源氏の君は、切なく思ってこまごまと語ります。

「まだ幼いうちに、慕《した》うべき人々が私を残して次々亡くなった後、育ててくれた乳母は何人もいたようだ。だがその中にも、あなたほどなじんで好きになった人は他にいなかった。成人してからは自由がきかず、朝夕会うことができなくなり、気ままな訪問もできないが、それでも長く会わないと心細くなったよ。この世に死別などなければいいいのに」

涙をぬぐう袖《そで》の薫香《くんこう》が、狭い室内に満ちあふれました。

(なるほど、思ってみればこの母は、人並み以上の幸運の持ち主だったのだ)

尼君を批判的に見ていた子どもたちも、だれもが涙をこぼしました。

病気平癒《へいゆ》の加持祈禱《かじきとう》を改めて始めるよう指示し、源氏の君は家を出ました。惟光に紙燭《しそく》(松の木を紙で巻いた室内用の細いたいまつ)を点《とも》させ、先ほどの扇を見てみます。使っていた女人《にょにん》の移《うつ》り香《が》が深くしみこんで魅力があり、小粋《こいき》な遊び書きがありました。


「〝当て推量にそれかと見る、白露《しらつゆ》の光を添《そ》えている夕顔《ゆうがお》の花〟」


さりげなく筆跡《ひっせき》を紛《まぎ》らしているのも品《ひん》よく奥《おく》ゆかしく、この界隈《かいわい》では意外で興味がわきました。惟光にたずねます。

「この西隣の家には、だれが住んでいる。聞いてみたことがあるか」

惟光は、例の厄介《やっかい》な性癖《せいへき》と考えますが、そうは言えません。

「この五、六日ここで寝泊まりしていますが、病人の容態が心配で看病に忙しく、隣のことまで聞き及びませんでした」

口ぶりがそっけなかったので、源氏の君も言います。

「気に入らないと思ったのだろう。けれども、この扇には調べる価値がありそうに見える。このあたりの事情に詳しい者を呼んで聞いてくれ」

そこで惟光は奥に入り、乳母の家の管理人にたずねました。戻ってきて報告します。

「揚名《ようめい》の介《すけ》（名目だけの国司の次官）の家だそうです。『男は田舎《いなか》へ行き、妻は若くて風流好きで、宮仕《みやづか》えをする姉妹が通《かよ》ってきます』と言っています。詳しいことは下々《しもじも》の者にはわからないようです」

（それなら、その宮仕えの女のしわざか。得意顔に、もの慣れた手ぎわで詠《よ》んでみせたものだ）

女官の中でも下級のありふれた者だろうと思いますが、この自分に歌を詠みかける粋《いき》なふるまいは悪くないし、見過ごせないと思えます。例の、この方面で慎重になれない癖《くせ》からでしょう。懐紙《かいし》に、ふだんの筆跡を極端に変えて書きました。

「〝そばに寄ってこそ、それとわかるものだ。たそがれにぼんやり見えた花の夕顔《ゆうがお》〟」

この歌を、花を折った随身に届けさせました。

隣の家では、だれ一人面識のない源氏の君でしたが、そう思わせる美しい横顔だったため、見過ごさずに歌を届けたのでした。返事もなく時間がたったので、きまり悪く思っていたところへ、こうも念入りな返事が届きます。浮かれて「どうお返事しよう」と言い合う様子でしたが、随身は気にくわないと思って待たずに戻りました。

牛車を先導するたいまつも少なくして、お忍びで出て行きます。西隣の半蔀はすでに下ろしてありました。戸の隙間から漏《も》れる灯火の明かりが、蛍《ほたる》よりかすかに見えて風情を感じました。

六条の女人の屋敷《やしき》は、木立も前栽《せんざい》もよそとは異なり、閑静《かんせい》で奥ゆかしくしつらえてあります。容易に打ちとけない女人のふるまいも格別で、先ほどの夕顔の垣根を思い出す余裕《よゆう》はありませんでした。

翌朝、少し寝過ごして、朝日が射すころに屋敷を出ました。朝帰りの姿は、なるほど人々がもてはやすのも当然と思える美しさでした。

帰り道も、あの半蔀の前を通ります。これまでも行き来していた大路なのに、はかない歌の一節のせいで、どういう人が住んでいるのかと通るたびに目がとまりました。

数日して、惟光《これみつ》が二条院に参上しました。

「病人がまだ弱っているので、あれこれ看病していました」

挨拶《あいさつ》のあと、源氏の君の近くに寄ってこっそり報告します。

「仰《おお》せの後、隣のことを知る者を呼んでたずねたのですが、どうもはっきりしません。『たいそうお忍びで、この五月ごろから住む人がいるようですが、どこの人かは家の者にすら教えません』と言います。ときどき中垣《なかがき》から隣の家をのぞいてみると、たしかに若い女たちの透き影が見えます。褶《しびら》のようなものを申し訳程度に引きかけ、仕えている女主人がいるようです。

昨日《きのう》、夕日が家の奥まで射しこんでいるときに、文《ふみ》を書こうと座っている女人《にょにん》が見え、顔立ちのきれいな人でした。憂《うれ》いにふける様子で、仕える女たちが忍び泣く様子もよく見えました」

源氏の君はほほえみ、その女人をよく知りたくなりました。

惟光は思っていました。

（私の主君は人望の高いお人だが、年がこれほどお若く、女たちがこぞって夢中になるのを思えば、堅物《かたぶつ》ではつまらなくもの足りないだろう。世間が認めない身分の男でさえ、この方面には好奇心がかきたてられるのに）

「何かわかることがあるかもしれないと、私からお隣に、もののついでに恋文《こいぶみ》を送ってみました。すぐさま書き慣れた筆跡で返事がきましたよ。かなり気の利いた若い女がいるようですね」

源氏の君は言います。

「続けて言い寄ってくれ。素性を探し当てなければつまらないよ」

頭中将《とうのちゅうじょう》たちが下《しも》の下《しも》と切り捨てた住まいで、意外なほどすてきな女人を見つけられたらと、目新しくおもしろく思うのでした。

一方で、あの空蟬《うつせみ》があきれるほど冷淡だったことが、ふつうの女とは異なると思えてなりません。柔順であれば気の毒な出来心《できごころ》で終わった関係なのに、いまいましくふられて終わりそうなので、ずっと気にかけていました。中流以下の身分には注目したことがなかったのに、いつかの雨夜《あまよ》の品定《しなさだ》めを聞いて以来、いろいろな品の女を知りたくなっています。さらに隅々まで関心を向けるのでした。

疑いもせずに待っている伊予介《いよのすけ》の娘も、かわいく思わないわけではありません。けれども、空蟬がそ知らぬ顔で聞いていたかと思うと、やたらにきまり悪いのでした。まず、空蟬の本心を見定めてからと思っているうちに、伊予介が任国から上京します。真っ先に源氏の君のもとへ、帰京の挨拶に出向きました。

船旅のせいで、少し日に焼けてやつれた旅姿でした。源氏の君は、相手の太くがっしりした体格が気に入りません。けれども家柄も悪くなく、年を取っても顔立ちは小ぎれいで、無視できない風格の持ち主でした。

伊予国《いよのくに》の報告をするあいだ、道後《どうご》の湯の「湯桁《ゆげた》はいくつ」と聞きたくなりますが、どうにも目を合わせられず、胸の内で思うこともさまざまでした。

(実直な大人を相手にこう思っているのは、まったく愚《おろ》かで気の安まらないことだな。なるほど、これが人妻との浮気の見苦しさというものか)

左馬頭《さまのかみ》の忠告を思い出し、伊予介が気の毒になります。空蟬の冷淡さはこしゃくですが、夫のためには感心なのだと考えました。

伊予介は、娘にふさわしい婿《むこ》を選び、自分は妻を伴《ともな》って任国へ下りたいと語ります。源氏の君はひどくあわてました。弟の小君《こぎみ》に、もう一度姉君《あねぎみ》に会えないかと相談しますが、女側と合意して行ってさえ、簡単に忍びこめるものではありません。まして先方は、似合わない逢瀬《おうせ》は今さら見苦しいと断念しているのです。

とはいえ、空蟬も、文も交わさず忘れられるのは残念に思っていました。折々の季節の挨拶など、気持ちのいい返事を書きます。さりげない歌にも可憐《かれん》で目にとまる箇所《かしょ》が添えてあり、いとしく思える人柄を感じさせました。源氏の君は、つれなく憎らしい人ながら忘れられないと思うのでした。

もう一方の娘のほうは、夫が決まっても変わらず自分に打ちとけると予想して、結婚の話がいろいろ耳に入っても動揺しませんでした。

秋になりました。

源氏の君は、みずから招いた懊悩《おうのう》（藤壺《ふじつぼ》の宮《みや》への恋）のため、左大臣邸《さだいじんてい》へ行くのもとだえがちになります。妻の葵《あおい》の上《うえ》は恨めしいと思うばかりでした。

六条の屋敷《やしき》では、心を許さない女人《にょにん》をようやく口説《くど》き落としたところなので、急に訪問を絶やしてはあまりに失礼です。それでも、源氏の君が以前ほど強引に求めなくなったので、どうしたことかと見えました。

六条の女人は、何ごとも過剰《かじょう》なくらい思いつめる気質でした。若い源氏の君とは年齢が離れすぎていることや、この恋仲を他人が漏《も》れ聞いたらどうなるかなど、ますますつらくなる独り寝の夜に目覚めるたび、さまざまに思い悩んでしおれるのでした。

霧《きり》が深く立ちこめる夜明け、六条の屋敷で、源氏の君はひどく急《せ》かされて目を覚まします。まだ眠くてたまらず、ため息をつきながら出て行きました。側仕《そばづか》えの中将《ちゅうじょう》の君《きみ》が、格子戸《こうしど》を一間だけ上げ、女主人に見送りを勧めるように几帳《きちょう》を引きやります。

女主人は、寝床から髪をもたげて見やりました。源氏の君が、前栽《せんざい》の草花の乱れ咲きを眺め、去りがたい様子でたたずむ姿は、真実たぐいまれな眺めでした。

牛車《ぎっしゃ》を停《と》めた廊《ろう》へ向かったので、中将の君がお供をします。季節にふさわしい紫苑色《しおんいろ》の上衣《うわごろも》に、薄物《うすもの》の裳《も》を鮮《あざ》やかに結んだ腰《こし》つきが、たおやかで優美でした。源氏の君はふり返り、この女房《にょうぼう》を廊の隅の高欄《こうらん》の下にしばらく引き据《す》えます。たしなみのある身ごなし、髪のかかり具合が、はっとする美しさだと感じました。

「〝咲く花に目移りしたという名をはばかるが、折らずには行き過ぎにくい今朝の朝顔

だ〃

どうしようかな」

源氏の君は手を握りますが、中将の君はもの慣れていて、すばやく女主人のことにして詠《よ》みました。

「〃朝霧《あさぎり》の晴れ間も待たずに出て行くとは、花にも心をとどめないと見える〃」

かわいらしい侍童《さむらいわらわ》で、身なりも感じよく着飾った子が、指貫《さしぬき》の裾《すそ》を露《つゆ》で濡《ぬ》らして草花の中に入りこみ、朝顔を折ってきたところなど、絵に描《か》きたいような光景でした。

関係ない人が見かけてさえ、源氏の君に心惹《ひ》かれない者はいません。情趣を知らない山の民すら、花の木陰《こかげ》で休みたいものです。光君《ひかるきみ》を身近に見ることのできる人々は、身分身分で自分のかわいい娘を仕えさせたいと願い、優れていると思う女きょうだいを持つ者は、下仕《しもづか》えでいいからこの君の住まいで務めさせたいと考えるのでした。

ましてや、自分のために詠んだ歌を耳にして、源氏の君の魅力ある態度にふれた女が、少しでも情趣を解するなら、どうしておろそかにできるでしょう。中将の君は、源氏の君が明け暮れ親しんで六条の屋敷を訪れないことを、密《ひそ》かに気がかりに思うのでした。

さて、西隣の家の偵察《ていさつ》を託《たく》された惟光《これみつ》は、さらに探りを入れていました。

「どこの女人《にょにん》なのかは、一向に思い当たりません。世間の目から隠れて暮らしている様子です。退屈しのぎに半蔀《はじとみ》のある南の長屋《ながや》に来て、牛車《ぎっしゃ》の音がすると若い人々がのぞいています。この女主人らしき人も、こっそり長屋へ来ることがあるようです。ちらりと見ただけですが、たいそう可憐《かれん》な顔立ちでした。

先日、先払《さきばら》いの従者を立てて大路を行く車を半蔀からのぞき、女童《めのわらわ》があわてて『右近《うこん》の君《きみ》、今すぐ見てください、中将《ちゅうじょう》どのがここの前をお通りです』と呼びました。すると、まずまずの大人が出て来て『静かに』と手を振り、『どうしてわかるの。見てみましょう』とやって来ました。打橋《うちはし》（取りはずしのきく板橋）を渡して長屋と行き来しているのですが、急いだために裾《すそ》を何かに引っかけ、転んで橋から落ちそうになります。『まったくこの葛城《かずらき》の神は。危ない橋をかけて』と腹を立て、のぞき見する気も失《う》せた様子でした。女童が『主《ぬし》様は直衣《のうし》のお姿で、従者は以前に見た何々と何々と』と、名を数えあげるのを聞くと、頭中将《とうのちゅうじょう》どのの随身《ずいじん》や小舎人童《こどねりわらわ》のことでした」

源氏の君は言います。

「本当に頭中将の車だったか、自分で確かめたかったな」

(もしや、雨夜《あまよ》の品定《しなさだ》めに語った、いとしく忘れられない女なのでは)

思いつくと、さらに知りたくてなりません。惟光はその様子を見て取り、自分も西隣の女房と恋仲になったことを語りました。

「私のほうでは、すでに内部の様子を残りなく見ているのですが、お互い主人持ちではないように文を交わし、空とぼけて通《かよ》っています。相手はうまく隠しおおせたと思っていて、小さな子が言いまちがえるのも言い紛《まぎ》らし、無理やり女主人がいないようにふるまっています」

笑って言うので、源氏の君も言いました。

「尼君《あまぎみ》の見舞いに行ったついでに、私にものぞき見させてくれ」

(あれが仮の宿だとしても、住みついた家のみすぼらしさを思えば、これこそ頭中将が見下した下《しも》の品《しな》なのだろう。そんな中で、予想もしないすてきな出会いがあれば)

源氏の君はむやみに期待するのでした。

惟光は、主君の望みにわずかもそむくまいと思い、一方では自分も相当な女好きだったので、あれこれ策をめぐらせて奔走《ほんそう》しました。そして、無茶をしてまで源氏の君を西隣に通わせることに成功します。このあたりのいきさつは煩雑《はんざつ》なので、例によって省《はぶ》きます。

女人の素性が判明しなかったので、源氏の君も素性を明かしません。念入りに身なりをやつし、ずいぶん熱心に通ったので、惟光も源氏の君がこの人を気に入ったのを察しました。自分の馬に源氏の君を乗せ、当人は走り歩いてお供します。

「私の恋仲の女に、人並みとも見えない徒歩姿を見つけられたら、そのときはつらいでしょうね」

こぼしますが、源氏の君はだれにも正体を知られないよう、随身《ずいじん》は花を折った一人だけ、童《わらわ》も顔を知られていない一人だけを率いて通いました。勘《かん》づかれないようにと、隣の乳母《めのと》の家にも立ち寄りません。

夕顔の女人は、この逢瀬《おうせ》が奇妙で腑《ふ》に落ちない思いです。文の使者の後をつけさせたり、男が帰る暁《あかつき》の道を見張らせたりして、相手の正体を確かめようとしました。源氏の君は、どこに住むともわからないように紛《まぎ》らしますが、女人をいとしく思わずにはいられません。いつも心を離れなくなり、無益で軽はずみな行動だと自戒《じかい》しながらも、足しげく訪問するのでした。

色恋に溺《おぼ》れると、真面目な男でも取り乱すことがありますが、源氏の君は見目よく抑えて人から非難される言動をしたことがありません。それなのに、別れたばかりの朝も離れて過ごす昼間も、奇妙なほど会いたくて苦しいのです。正気をなくして思いつめる仲ではないと、必死で冷静になろうとしました。

夕顔の気質は、驚くほどもの柔らかで大らかでした。思慮深く慎重なところは少なく、たいそう少女めいていていながら、男女のつきあいを知らなくはありません。

（高貴な生まれではなさそうだ。なのに、どうしてこれほどこの人が好ましいのだろう）

源氏の君は何度もそう思うのでした。

ことさら正体がわからないよう、着ていく衣は粗末な狩衣《かりぎぬ》にしています。変装した上、相手に少しも顔を見せないよう隠していました。夜が更《ふ》けて家の人々が寝静まったときに出入りしたので、昔あったという神やあやかしの化身《けしん》が通っているかのようです。

夕顔はうす気味悪く嘆かわしいのですが、闇《やみ》の中の手さぐりだけでも、この男がどんな育ちの人物かわかるところはありました。

（だれなのだろう。きっとあの好色な男が手引きしたのだろう）

大夫《たいふ》の惟光を疑います。しかし、惟光はどこまでも知らん顔で、手引きなど思いも寄らないように自分の恋人に通っていました。どういうことかわからず、夕顔は風変わりなもの思いにふけるのでした。

源氏の君は考えます。

（この人が、私を油断させて急に逃げ隠れしてしまったら、どこに見当をつけて捜せばいいのだろう。ここは仮の隠れがのようだから、どこへなりとも去って行くだろう。それがいつの日ともわからない）

後を追っても見失い、軽はずみな恋だったと終わりにすれば、その程度の遊びごとで過ぎ去るでしょう。けれども、そうして終わらせる気にならないのでした。人目を気にして数日隔《へだ》てた夜など、耐えられないほど会いたくなります。

（やはり、素性がわからなくても二条院に引き取ろう。世間の噂《うわさ》が不都合なことになろうと、そのときはそのときだ。われながら、これほど身にしみていとしく感じる人はいなかったのだから。どういう宿縁《しゅくえん》があるのだろう）

「さあ、気楽に過ごせる場所で、のんびり話をしようよ」

源氏の君が誘いかけると、夕顔は子どもっぽく言います。

「やっぱり奇妙。そうおっしゃっても、世間とは違うおつきあいだから、何やら怖いようで」

たしかにと思い、源氏の君はほほえみました。

「そうだね、あなたと私のどちらが狐《きつね》だろう。いいから化《ば》かされてごらんなさいよ」

やさしく言い聞かせると、素直にその気になり、それでもいいと思う様子でした。世間で聞かない異様な逢瀬《おうせ》だろうと、ひたむきに相手に身をゆだね、いじらしい人だと感じます。やはり、頭中将の常夏《とこなつ》の女ではないかと、あのとき語られた人柄を思い出すのですが、隠したい事情があるのだろうとあえて聞き出しませんでした。

（この人が気を悪くして、急に姿を隠すとは思えない。私の訪問がとぎれがちで間が空いてしまったら、心変わりして逃げることがあるかもしれないが。われながら、少しよ

その女に目移りしたほうが、この人のかわいさをいっそう味わえるかもしれない）

そんなことまで考えました。

八月の十五夜でした。満月の光が、隙間の多い板葺《いたぶ》き屋根のあちらこちらから射しこんでいます。見慣れない住居の様子が、源氏の君にはものめずらしく思えました。その上、暁《あかつき》が近づいたのか、隣り合う家々で目を覚ました賤《しず》の男《お》たちの声が聞こえてきます。

「ああ、ずいぶん寒い」

「今年は実入りが悪く、田舎《いなか》に出向けそうにないから、どうにも心細い。北どの、聞いているかい」

などと、壁越しに言い交わすのが聞こえました。

つましいそれぞれの営みのため、起き出した人々が間近でざわつくので、夕顔は恥ずかしく思っています。風流好みで気取った女なら、消え入りたくなる住居でしょう。

けれども、この人はおっとりとかまえ、つらいとも情けないともきまり悪いとも、思い悩む様子を見せませんでした。当人のふるまいは品よく無邪気《むじゃき》で、さわがしい隣人《りんじん》の不作法を、どういうことかと気づきもしない様子です。恥じ入って顔を赤らめるより、かえって罪がなく見えました。

ごろごろと雷鳴より大きく、唐臼《からうす》を踏《ふ》みとどろかせる音が聞こえてきます。枕《まくら》のすぐそばに思えて、さすがに耳障《ざわ》りだと感じました。源氏の君には何の音かもわかりません。ただ奇妙で不快な騒音と聞きます。語るには煩雑《はんざつ》なものごとが多いようです。

白妙《しろたえ》の衣を打つ砧《きぬた》の音も、あちらこちらかすかに聞こえました。空を渡る雁《かり》の声が響き、人恋しい秋の情趣が胸にしみます。端《はし》のほうにある御座所《ござしょ》なので、遣戸《やりど》を引き開けて二人で外を眺めました。

狭い庭にしゃれた呉竹《くれたけ》が植えてあり、前栽《せんざい》の露《つゆ》は、こんな場所でも同じにきらめいていました。秋の虫は多くが乱れ鳴いています。壁の中のキリギリス（コオロギの古名）の声でさえ遠方に聞いていた源氏の君なので、耳に当てがったように鳴くのがかえっておもしろく感じました。これも、夕顔への思いが深いからこそ、あれこれの難点が大目に見られるのでしょう。

夕顔は、白い袷《あわせ》に薄色《うすいろ》（薄紫《うすむらさき》）の柔らかな上衣を重ね、華《はな》やぎの少ない装いでした。可憐でか弱げです。取り立てて優れた容姿とは言えませんが、ほっそりとたおやかで、何か言うときの態度が、ああ、いじらしいと、ひたすら愛らしく見えるのでした。

源氏の君は、あと少し気取ったところを加えてもいいと感じながら、さらに親密に過ごしたくて言いました。

「さあ、この近くにある気楽な場所へ行って夜を明かそう。こうしているばかりでは、つらくてならないよ」

「どうしてそんな、いきなり」

夕顔は、おっとりと言って座っています。源氏の君が、この世だけでなく来世《らいせ》まで夫婦でいようと約束すると、打ちとけて慕い寄る素直さは、他では見られず風変わりなほどでした。男女のつきあいに慣れた人にも見えません。

源氏の君は、周りがどう思うかも気にかけず、女房の右近《うこん》を呼び寄せ、随身《ずいじん》を呼ばせて牛車《ぎっしゃ》を引き入れさせました。家の女房たちも、この通い人《かよびと》の情の深さを見て取ったので、素性がはっきりしないことが不安ながらも頼みにしていました。

夜明け近くなります。鶏《にわとり》の声は聞こえず、御嶽精進《みたけそうじ》なのか、礼拝する老人の声が聞こえました。

立ったり座ったりの作法も苦しげに礼拝しています。源氏の君は胸を打たれ、朝露のようにはかない現世《げんせ》に、何を貪欲《どんよく》に祈るのだろうと考えました。「南無当来導師《なむとうらいどうし》」と弥勒菩薩《みろくぼさつ》を拝んでいるようです。

「あれを聞いてごらん。あの人も、私たちのようにこの世限りとは思わないらしい」

源氏の君は哀れがって詠《よ》みました。

「〃優婆塞《うばそく》（在俗《ざいぞく》のまま仏教に帰依《きえ》した人）の勤行《ごんぎょう》を道しるべに、来世《らいせ》も深い契《ちぎ》りにそむかないでくれ〃」

長生殿《ちょうせいでん》（玄宗皇帝《げんそうこうてい》と楊貴妃《ようきひ》が過ごした離宮《りきゅう》）の古い例は不吉《ふきつ》なので、「比翼《ひよく》の鳥《とり》」の代わりに、弥勒が来迎《らいごう》する未来（釈迦《しゃか》入滅《にゅうめつ》の五十六億七千万年後）を詠んだのでした。長く愛情を誓《ちか》うにしても、ずいぶん大げさでした。

「〃前世《ぜんせ》の契《ちぎ》りが情けない身と思い知ったから、行く末までも頼みきれないのだ〃」

夕顔は、こうした返歌もたよりなげでした。

山際に入るのをためらうような月です。同じく夕顔も、行き先も知らずに出かけることをためらっていました。

源氏の君が説得するうち、月がにわかに雲に隠れます。明けゆく空の色が美しく見えます。すっかり明るくなって人目につかないうちにと、いつものように急いで家を出ました。

夕顔を軽やかに抱き上げて車に乗せ、右近《うこん》をお供に乗せます。そして、五条大路近くのなにがしの院へ牛車《ぎっしゃ》を向かわせました。

院の管理人を呼び出し、待ちましたが、荒れた門のまわりには忍草《しのぶぐさ》が生《お》い茂《しげ》り、見上げる木立はたとえようもなく暗い木陰をつくっていました。霧《きり》が深く露《つゆ》も多く、車の簾《すだれ》を上げていた源氏の君の袖《そで》がたいそう濡《ぬ》れます。

「こんなことは、まだしたことがなかったのに。気苦労の多い逢瀬《おうせ》だな。

〝昔もこうして男が恋に迷ったのだろうか、私がまだ知らなかった東雲《しののめ》の道だ〟

あなたには経験があったかな」

夕顔は恥じらって詠《よ》みました。

「〃山《やま》の端《は》の心も知らずに行く月は、空の上でぼんやり影《かげ》を消すだろう〃

心細くて」

この場の様子を、気味が悪く恐ろしいと思っています。源氏の君は、隣家が密集した住まいに慣れたせいだと、おかしく思いました。

牛車を乗り入れ、西の対《たい》に座敷《ざしき》を用意するあいだ、高欄《こうらん》に車の長柄《ながえ》を引きかけて待ちます。右近は優艶《ゆうえん》に思えて、夕顔の過去の出来事もこっそり思い出していました。管理人が懸命《けんめい》にもてなす態度を見れば、源氏の君の正体にもすっかり見当がついたのでした。

ほのぼのと姿が見分けられるようになったころ、車を降りました。仮の御座所《ござしょ》ですが、小ぎれいにしつらえてあります。

「お供の者がいなくては、お困りでしょう」

管理人は、懇意《こんい》にしている下家司《しもげいし》で、左大臣《さだいじん》にも仕えている男でした。そばに来て

「しかるべき人々を呼び寄せましょう」と申し出ます。

「わざわざ人が来ない隠れがを選んだのだ。だれにも所在を漏《も》らさないでくれ」

源氏の君は口止めしました。管理人は、朝食の粥《かゆ》などを急いで準備させたものの、給仕する人手も足りません。まだ知らなかった旅寝《たびね》の宿で、源氏の君は〝息長川《おきながかわ》〟と二人の仲を約束するばかりで過ごしました。

日が高くなってから起き出し、格子戸《こうしど》をみずからの手で上げます。

院の庭は荒れ果て、人影もないまま遠くまで見わたせました。木立は気味が悪いほど古木になっています。軒先《のきさき》の草木にも見どころはなく、すべて秋の原野となり、池は水草で埋《う》もれていました。管理人は離《はな》れの建物に曹司《ぞうし》をつくって住むようです。西の対《たい》とはだいぶ距離《きょり》がありました。

「人けもなくなった屋敷だな。それでも、鬼《おに》だろうと私なら見逃すだろう」

源氏の君は言います。いまだに顔を隠していましたが、夕顔がその態度をつらく思っているので、これほどの仲になって隠し続けるのも不自然だと思えました。

「〝夕露《ゆうづゆ》にふれて開く花は、玉鉾《たまほこ》の道で、あなたに見られたことが縁《えん》だったのだろう〟


露の光はどう見えるかい」

夕顔は、源氏の君の顔を横目で見やります。

「〝光かがやくと見えた夕顔の上露《うわつゆ》は、たそがれどきの見まちがいだったようだ〟」

小さな声で詠《よ》み、源氏の君はおもしろがりました。くつろいだ源氏の君の美しさは、場所柄を思えば不吉《ふきつ》に見えるほどでした。

「あなたがいつまでも隠し立てするから、つらくて私も正体を教えなかったのだよ。今こそ名前を教えてほしい。気味が悪いよ」

「海人《あま》の子なので」

夕顔はそう言って明かさず、甘《あま》えた調子で戯《たわむ》れるのでした。

「いいだろう、これも私のせいだろう」

恨《うら》んだり恋を語ったりして、日を暮らしました。

惟光《これみつ》が訪ねて来て、果物《くだもの》などをさし入れました。自分の手引きがばれると右近《うこん》になじられると思うので、御座所《ござしょ》に近づけません。源氏の君の思い切った行動がおかしく、そこまで魅了する女人《にょにん》だったのかと思いを馳《は》せます。

（私がうまく言い寄ってもおかしくなかったのに、主君にお譲《ゆず》りしたのだから、われながら心が広かった）

などと、あきれたことを思っていました。

源氏の君は、どこまでも静かな夕方の空を眺めます。夕顔が建物の奥の暗がりを怖がるので、廂《ひさし》の簾《すだれ》を上げて二人で寝そべっていました。夕映えのするお互いの顔を見交わせば、この外出を不安がっていた夕顔も、ふだんの嘆きを忘れて和《なご》んでいく様子です。たいそう可憐《かれん》でした。

ずっと源氏の君に寄り添って過ごし、ひどく臆病《おくびょう》なところは、子どもっぽくいじらしく思えます。格子戸を早めに下ろし、灯火を点《とも》させました。

「こうして、何もかも見届けた仲になったのに、まだ心に隠し立てを残しているのがつらいよ」

そう言って恨むのでした。一方では、父の帝《みかど》がどんなに自分を呼んでいるだろう、どこを捜させているだろうと、思いを馳《は》せます。

（われながら不思議な情熱だ。六条のおかたがどれほど悩んでおられるか。恨まれてはつらいが、恨むのが当然だろう）

申し訳ない恋人のことを、まず思い浮かべました。無心に向かい合う夕顔をかわいく思うだけに、あまりに情が深くて息苦しい六条の女人の気性を、もう少し控えてくれたらと比べるのでした。

宵《よい》が過ぎたころ、少し寝入ります。

枕もとに、美しい女が座っていました。

「この私がすばらしいおかたとお慕《した》いしているのに、訪ねてもくださらず、これほどつまらない女を伴《ともな》ってご寵愛《ちょうあい》とは。ひどく目障《ざわ》りで恨《うら》めしいことです」

女は、隣に寝ている夕顔をつかんで引き起こそうとします。源氏の君は、悪霊《あくりょう》に襲《おそ》われた気分で目が覚めました。灯火が消えて周囲は真っ暗です。ぞっとしたので、太刀《たち》を抜いて魔除《まよ》けに置きました。

女房の右近を起こします。この人も恐怖を感じた様子で這《は》い寄ってきました。

「渡殿《わたどの》にいる宿直人《とのいびと》を起こして、紙燭《しそく》を持ってくるよう言いなさい」

命じますが、右近は言います。

「どうして行けるでしょう、こんなに暗いのに」

「何を子どもじみたことを」

源氏の君は笑い、宿直人を呼ぼうと手を叩《たた》くと、気味の悪い山彦《やまびこ》だけが返ってきました。だれも聞きつけた様子がありません。

夕顔は怯《おび》えきって激しく震《ふる》え、どうすることもできずにいます。汗《あせ》もしとどになり、何も考えられない様子でした。右近が言います。

「むやみにもの怖《お》じするご気性ですから、どれほど怖《こわ》がっておられるか」

源氏の君も思いました。

(ひどくか弱く、明るいうちから外ばかり見ていた人なのだ。かわいそうに)

「私が人を起こしてこよう。手を叩くと山彦が答えてうるさい。少しのあいだ、女主人のそばで待て」

右近を引き寄せておき、西の妻戸《つまど》へ行って戸を押し開けますが、見れば渡殿の火も消えていました。

風が少し吹いています。渡殿に控える人の数も少なく、だれもが寝入っていました。

管理人の息子で親しく使っている若い男、殿上童《てんじょうわらわ》一人、例の随身《ずいじん》だけです。源氏の君に呼ばれ、管理人の息子が目を覚ましました。

「紙燭を点してこちらへ。随身には、弦打《つるう》ちして絶えず声をつくれ（魔除けに弓弦《ゆづる》を弾《はじ》き、警戒《けいかい》の声をあげること）と言え。人けもないのに油断して寝入るやつがあるか。惟光が来たはずだが、どこにいる」

「控えていましたが、仰《おお》せ言《ごと》もなかったので、暁《あかつき》に迎えに来ると言って出て行きました」

この若い男は滝口《たきぐち》（宮中警護の武士）だったので、いかにもふさわしい態度で弓弦を打ち鳴らし、「火危うし」と言いながら離れの管理人の曹司へ向かいました。

（宮中なら、名対面《なだいめん》の時刻――午後九時ごろ――は過ぎているだろう。滝口の宿直申《とのいもう》しのころあいだ）

源氏の君がそんなふうに推測するので、まだそれほど夜更《よふ》けではないのでした。

西の対に戻って手さぐりすると、夕顔は先ほどのまま横たわり、右近もそのそばにうつ伏していました。源氏の君は右近に言います。

「これはどうした。まったく正気を疑うほどの怖がり方だ。荒れた場所では狐《きつね》などが人を脅《おど》そうとして、恐ろしく思わせるのだろう。私はそんなものに脅されないよ」

引き起こすと、右近が答えました。

「もう、ひどく気分が悪くて、うつ伏していたのです。おかた様こそ大変な思いをしておられます」

「そうだな、どうしてこれほど」

源氏の君が夕顔の体を探ると、息もしていませんでした。揺《ゆ》すってみても、なよなよとして意識がない様子です。たいそう幼げな人だから、もののけに憑《つ》かれたのだと、どうしていいかわからなくなりました。

管理人の息子が、紙燭を持ってきました。右近が取り次げそうにないので、源氏の君はそばに几帳《きちょう》を引き寄せ、「ここへ持ってくるように」と命じます。しかし、相手はふだんやりつけないので、恐縮して簀子《すのこ》から上がって来られません。

「いいから持ってこい。遠慮するのも時と場合に応じてだ」

紙燭を手にして夕顔を照らすと、その枕もとに、夢で見た女の姿が幻《まぼろし》に見え、ふっとかき消えました。

昔の物語にはこういう話もありますが、まさかと思ってぞっとします。夕顔がどうなったか胸が騒ぎ、身の危険もかえりみずに添い伏し、「やや」と目を覚まさせようとしました。しかし、その体は冷えていくばかりです。息はとうに絶え果てていました。

何も言うすべがありません。相談できるたのもしい人もいません。こうした場合に頼れるのは法師《ほうし》だと思うものの、強がっても十七歳の源氏の君は、何の反応もない夕顔を見るとどうしていいかわかりませんでした。ただ抱きしめて呼びかけます。

「私のあなた、生き返っておくれ。こんな悲しい目にあわせないでおくれ」

けれども冷えきった体は、気配もよそよそしくなっていきました。右近は、闇をひたすら恐れたことも忘れ、身も世もなく泣き崩《くず》れます。源氏の君は、南殿《なでん》（紫宸殿《ししんでん》）の鬼《おに》がなにがしの大臣《だいじん》を脅した例を思い起こし、気丈《きじょう》に右近をたしなめました。

「この人が、このまま虚《むな》しく死ぬはずがないだろう。夜の声は響くから静かに」

胸の内では、急転する事態に途方に暮れる思いです。管理人の息子を呼び寄せました。

「ここに、おかしなことに、何かに憑かれて具合が悪くなった人がいるのだ。随身に『すぐに惟光の朝臣《あそん》の泊まるところへ行き、至急来るように言え』と伝えよ。なにがしの阿闍梨《あじゃり》がそこにいれば、こっそりここへ来るように言え。尼君《あまぎみ》の耳に入るかもしれないから、大げさに言わないように。こうした忍び歩きを許さない人だから」

指示しながらも胸がつまり、夕顔を死なせたらどうしようとたまらなくなります。周囲の不気味さもたとえようもありません。

風がやや荒くなり、夜半を過ぎたようでした。松の梢《こずえ》の風音が山奥のようです。鳥が異様にうつろな声に鳴くので、梟《ふくろう》とはこれかと思いました。あれこれ考えると、この院はどこもかしこも寂《さび》れて不気味で、人声もしないのに、どうして気まぐれに宿を取ったのだろうと、悔《く》やんでも悔やみきれませんでした。

右近は何も考えられない様子で、源氏の君のそばに寄り添い、わななき死にそうになっています。この人もどうなってしまうかと、上の空で衣をつかんでいました。正気なのは自分一人であり、どうしていいかわかりません。灯火は弱くまたたき、母屋《もや》の端《はし》に立てた屏風《びょうぶ》の上、あちらこちらの隅の暗さが気にかかります。異形《いぎょう》のものが足音をひしひしと鳴らして背後から近寄ってくる気がします。

(早く来てくれ、惟光)

惟光が泊まった家が見つからず、随身が捜し歩くうちに夜が明けてしまいました。源氏の君には、その長さが千年も過ぎたように思えました。やっとのことで、鶏《にわとり》の声が遠くに聞こえます。鶏が鳴けば悪霊《あくりょう》は去るものでした。

（命がけになるとは、どんな因縁《いんねん》でこうした目を見るのだろう。私がみずから、色恋で大それた罪深い思いを抱《いだ》いたから、その報《むく》いとして、過去未来の手本となる怪異《かいい》に遭遇《そうぐう》するのだろうか。私が隠しても事実はどこかで明るみに出て、父の帝のお耳に入るのだろう。人々の噂《うわさ》が広がり、巷《ちまた》の童《わらわ》べの口にものぼるのだろう。あげくのはて、私たちはみっともない浮き名をさらすのだ）

ようやく、惟光の朝臣がやって来ます。夜中も暁も、主君の意向をかなえようと尽力《じんりょく》していた惟光が、この夜に限って呼んでもすぐに来なかったことを憎らしく思います。けれども、呼び寄せて語る内容の虚しさに、すぐには言葉も出ません。

右近は、大夫《たいふ》（惟光）が来たのを知ると、夕顔と源氏の君のなれそめを思い出して泣き出しました。源氏の君も耐えきれなくなります。一人で気丈に夕顔の体を抱きかかえていましたが、惟光を見てほっとすると、急に悲嘆がわき上がりました。しばらくのあいだ、とめどなく泣き続けました。

少し涙を抑えて、惟光に言います。

「ここに、ひどく奇怪《きかい》なことが起きて、驚くと言うにもあまりあるのだ。こうも急な場合は誦経《ずきょう》するものだと思い、それを行ってから、願文《がんもん》などを立てて祈禱《きとう》してもらおうと、阿闍梨に来るように言ったのだが」

「兄は昨日、比叡山《ひえいざん》に戻りました。それにしても、何という異変でしょう。このおかたは、前から病気がちなご様子でしたか」

「そんなことは何もなかった」

源氏の君は泣きます。その様子が美しく愛らしく、見ている者まで悲しくなり、惟光も声を上げて泣きました。何歳も年上で世情に通じた者ならば、何かあったときにはたのもしいでしょうが、同い年の若者同士です。かける言葉もない思いですが、それでも惟光は言いました。

「このことを管理人に話すのは、具合が悪いでしょう。当人が親身になってくれても、身内でよそに漏《も》らす者がいるはずです。とにかく、この院から出ましょう」

「けれども、ここより人目の少ない場所などあるだろうか」

「そうですね。五条の家へ戻っては、女房たちが泣き騒ぎ、隣の家が立てこんでいるから聞きつける人が多いはずです。やはり、この場合は山寺が、事情も扱い慣れていて目立たないでしょう」

しばらく思いめぐらして提案します。

「古い知り合いが尼になった、東山《ひがしやま》付近にお運びしましょう。私の父の朝臣の乳母《めのと》だった者が、年老いて住んでいます。周辺には人が多いようですが、その庵《いおり》は閑静な場所にあります」

夜が明けて人通りが多くなるのに紛《まぎ》れて、牛車《ぎっしゃ》を寄せました。

源氏の君には、もう夕顔を抱き上げることができそうにないので、惟光が上筵《うわむしろ》でくるんで車に乗せます。小柄《こがら》できゃしゃで、気味悪くも見えずに愛らしい体でした。きつく包むことはできなかったので、髪が筵からこぼれ出ています。源氏の君は涙で前も見えず、どうしようもなく悲しく、この人がどうなるかを見届けたいと願います。しかし、惟光は言いました。

「馬に乗って急いで二条院へお帰りください。人騒《ひとさわ》がしくなる前に」

牛車には右近を乗せて遺体に付き添わせ、源氏の君に自分の馬を提供して、惟光自身は徒歩で東山に向かいました。指貫《さしぬき》の裾《すそ》をくくり上げて徒歩にそなえ、異様で経験もない葬送《そうそう》だと思いながらも、主君の悲痛を見れば、身を捨てて決行するつもりでした。源氏の君は何も考えられずに、茫然《ぼうぜん》としたまま二条院に帰り着きました。

「どちらからお帰りですか。お加減が悪そうに見えます」

女房たちが言いますが、ただ御帳台《みちょうだい》に入り、胸を押さえてたまらなく思い続けました。

（どうして自分も付き添わなかったのだろう。万一あの人が生き返ったとき、私がそばにいなかったらどう思うだろう。見捨てて帰ったのをつらく思うだろう）

取り乱して思ううちに、胸が突き上げるように苦しくなりました。頭も痛み、体も熱くなったようで気分が悪くなります。この自分もあっけなく死ぬのではと思えました。日が高くなっても源氏の君が起き出さないので、女房たちは不審に思い、粥《かゆ》などを勧めます。苦しくて食べられず、源氏の君が心細く思っていると、帝の使者が訪れました。昨日、居所がわからなかったことを心配しての使いでした。左大臣《さだいじん》の息子たちも二条院を訪ねてきます。

源氏の君は、頭中将《とうのちゅうじょう》一人を近くへ呼び寄せました。

「立ったままこちらに来てくれ」（死の穢《けが》れを移さないよう、客人を座らせない）

そう言って、御簾《みす》越しに話しました。

「私の乳母がこの五月から重病になり、尼になって一時持ち直したのだが、また弱ってきたのだ。もう一度見舞ってくれと言うので、幼いころから親しんだ者に、いまわの際《きわ》に冷たく思われないよう出向いたところ、下働きで病気だった者が急に亡くなったのだよ。私が来たことに遠慮して、日が暮れてから運び出したと聞きつけ、近く神事の多い宮中に顔を出しては不浄だから、自重《じちょう》して出仕しなかったのだ。加えて、この暁から咳《せき》の病《やまい》なのか、頭痛がして苦しいので、こんな形で失礼するよ」

頭中将は言いました。

「そうか、そういう事情だったと帝に申し上げよう。ゆうべの管弦《かんげん》の遊びも、君をしきりに呼んでおられて、ご機嫌《きげん》ななめでいらっしゃったよ」

立ち去ろうとしながら、また引き返して来て言います。

「いったい、どこでどんな災難に遭遇《そうぐう》したのかい。今の話が本当だとはとても思えないね」

源氏の君はぎくりとしますが、顔には出さずに言いました。

「帝には、そう細かくお伝えしなくていいから、ただ思いもよらぬ穢《けが》れに触《ふ》れたとだけ申し上げてくれ。まったくあるまじきことだから」

心の中では虚しさや悲しさを思い続け、体調も悪いので、相手と目を合わすこともできません。頭中将の弟、蔵人《くろうど》の弁《べん》を呼び寄せ、今の言い訳を真面目に帝に報告させました。左大臣邸にも、こうした事情で行くことができないと文《ふみ》を送りました。

日が暮れてから、惟光《これみつ》が参上しました。

死の穢《けが》れを忌《い》むと人々に説明し、訪問客をみな立ったまま帰したので、周りには人がいません。近くに呼び寄せてたずねました。

「どうなった。もう生き返ることはないと見定めたのか」

言いながらも袖《そで》を顔に押し当てて泣き、惟光も泣く泣く答えました。

「今は最期のご様子でした。長々と安置するのも具合が悪いので、明日、日柄《ひがら》もいいようだから、尊い老僧《ろうそう》の知り合いに葬儀《そうぎ》をたのみこんでおきました」

「付き添った女房はどうしている」

「それがまた、生きていられないほど悲しんでいます。自分も死に遅れまいと、今朝は谷底へ身を投げんばかりでした。『家の者たちに告げないと』と言うのですが、少し気を静めて事情を見極めてからと、なだめておきました」

惟光の話に、源氏《げんじ》の君《きみ》も悲しみにくれます。

「私も気分が悪く、生きていられるかわからないと思う」

「何の、これ以上お悩みになることはありません。すべてはこれも因縁《いんねん》だったのでしょう。だれにもこの急死を知られないよう、惟光がすべて自分で手配しますから」

源氏の君も言いました。

「そうだな。そう思おうとはするのだが、浮ついた気まぐれで人を死なせてしまったことは、必ず非難されるだろうから本当につらい。少将《しょうしょう》の命婦《みょうぶ》（惟光の妹）にも話すなよ。まして尼君《あまぎみ》は、このような忍び歩きをたしなめていたから気まずく思える」

「その他の法師《ほうし》たちにも、みな違う理由を言い含めてありますよ」

惟光が言うので、源氏の君はその言葉をたのみにしました。

二条院の女房たちは、様子をわずかに聞き知り、変だと思っていました。

「おかしい、何ごとだろう。穢れを理由に出仕もなさらず、それでいて、ひそひそ話をして泣いていらっしゃる」

源氏の君は、惟光に葬送《そうそう》の作法を述べます。

「この後も、うまく取り計らってくれ」

「いやなに、大げさな葬儀にするべきではありません」

惟光がそう言って立ち上がるので、ひどく悲しくなりました。

「不都合とは思うが、もう一度だけあの人の亡きがらを見ないと気が済まない。私も馬に乗って行こう」

とんでもないことだと思うものの、惟光はあえて応じました。

「そうまでお思いなら、しかたありません。急いでお出かけになり、夜が更《ふ》ける前にお戻りください」

五条へのお忍びに用意していた狩衣《かりぎぬ》に着替え、屋敷を出ました。

気分が悪くて耐えられないほどなので、このような異常な理由で出かけては、すでに怪異《かいい》に懲《こ》りているというのに、引き返そうかと迷います。それでも、夕顔を失う悲しみのほうが大きいのでした。今、夕顔の亡きがらを見ておかなければ、いつの世に生前の容姿が見られるのだと念じます。惟光と例の随身《ずいじん》だけをつれて行きました。

東山《ひがしやま》までは遠い道のりに思えました。十七日の月が昇《のぼ》り、賀茂川《かもがわ》の河原を南下します。先導するたいまつの明かりもかすかでした。途中で鳥辺野《とりべの》（火葬地）の方角を見やりますが、うす気味悪いと思う余裕もなく、取り乱した心境で到着しました。

周囲がひどく淋しい上、板屋《いたや》の隣に堂を建てて修行する尼の住まいもわびしげでした。

御灯明《みあかし》の光がかすかに透《す》いて見えます。内部から女一人泣く声がして、外で法師が二、三人、特に声を大きくせずに念仏を行っているようでした。

どの寺も初夜《そや》の勤行《ごんぎょう》が終わっているので、ひっそり静まっています。清水寺《きよみずでら》の方角には明かりが多く見え、人も多くいるようでした。尼君の子の大徳《だいとこ》（僧の尊称《そんしょう》）が尊い声で読経《どきょう》を始め、源氏の君は涙を流し尽くす思いでした。

板屋に入ると、灯火を遺体から遠ざけて置いてあり、右近《うこん》は屏風《びょうぶ》を隔《へだ》てて伏していました。夕顔はどれほど心細かっただろうと考えます。たいそう可憐《かれん》な様子で、まだ死後の変化もありませんでした。その手を握りしめます。

「私にもう一度声を聞かせてくれ。どういう前世《ぜんせ》の契《ちぎ》りだったのだろう、わずかなあいだに心の底からいとしく思ったのに、捨て去って惑《まど》わせるのはひどい」

声も惜しまず泣き続けます。大徳たちはこの若者がだれか知りませんが、みんなで涙をこぼしました。

右近には二条院へ来るよう言いましたが、女房は答えます。

「長年、幼いころから片時も離れず親しんだおかたと、突然お別れして、どこへ帰るというのでしょう。他の女房たちに、おかた様がどうなったと言えばいいのでしょう。悲しさも当然ながら、他人の噂《うわさ》に取り沙汰《ざた》されるのがつらい」

取り乱したまま泣いて言います。

「火葬の煙《けむり》といっしょに、おかた様の後を追いたい」

「気持ちはわかるが、これが世の中というものだよ。悲しくない死別などない。だれもが同じ限りある命なのだ。そう思って気を静め、私のもとで仕えなさい」

源氏の君はなだめますが、一方ではたよりなげに言うのでした。

「そう言う私自身のほうが、生きてとどまることができない気がするよ」

惟光が急がせます。

「もう明け方近くなります。早くお帰りを」

源氏の君は何度もふり返り、胸をいっぱいにしながら東山を後にしました。

道は露《つゆ》深く、朝霧《あさぎり》も濃く立ちこめて、どこへともなく魂《たましい》がさまよい出す心地がします。夕顔の亡きがらが、生前のままの姿で横たわっていたこと、衣を交わして寝たので、亡きがらには自分の紅《くれない》の衣がかけてあったことなど、どういう宿縁《しゅくえん》だったのだろうと道すがら思いやりました。馬の背にしっかり乗っていることもできない状態で、惟光が手を添えて助けましたが、堤《つつみ》のあたりで鞍《くら》から滑り降りました。

すっかり錯乱《さくらん》して言います。

「私は、この道の半ばで行き倒れるらしい。けっして帰り着けないと思える」

惟光もこれを聞くとうろたえました。

（私がもっとしっかりしていたら、このかたが東山へ行きたいと願おうと、これほど異常な外出には賛成しなかったのに）

夢中で川の水に手を洗い清め、清水寺の観音《かんのん》に無事を祈願《きがん》します。それでもなすすべのない思いでしたが、源氏の君も必死で心を奮い立たせ、仏の加護《かご》を念じました。そして、惟光に助けられながら、やっとのことで二条院に着いたのでした。

不審な深夜の忍び歩きを、女房たちはこぼし合います。

「見苦しいおふるまいを。最近、いつも以上に落ち着かず、お忍びの外出続きだったけれど、昨日はひどくお加減が悪そうだったのに、どうしてこうまでしてお通《かよ》いになるのやら」

実際、この日寝床《ねどこ》について以来、源氏の君はひどく苦しんで、二、三日すると驚くほど衰弱してしまいました。父の帝《みかど》はそれを知ってたいそう嘆きました。平癒《へいゆ》の祈禱《きとう》をあちらこちらの寺で休みなく行わせ、祀《まつ》り、祓《はら》え、修法《ずほう》の数々は言い尽くせないほどでした。この世にたぐいなく、不吉なほど美しい容姿の持ち主だから、神に魅入《みい》られて長く生きることができないのではと、天下の人々も騒ぎ出します。

病《やまい》が苦しい中にも、右近《うこん》を呼び寄せ、御座所《ござしょ》近くに局《つぼね》を与えて仕えさせました。惟光《これみつ》は主君の容態に気も動転していましたが、その心配をこらえ、右近がよるべなく思わないよう励《はげ》まして援助します。

源氏の君も、いくぶん楽に思えるときは右近を呼んで使いました。ほどなく二条院の人づきあいにも慣れてきます。夕顔の喪《も》に服して衣装を黒くし、器量《きりょう》がいいとも言えませんが、そつなく能力のある若女房でした。

源氏の君はこっそり右近に打ち明け、弱々しく泣きます。

「不思議と短かったあの人との宿縁《しゅくえん》に引かれて、私もこの世に生きてはいられないようだ。長年の主人を失い、心細く思うあなたの慰《なぐさ》めにも、もし生き延びたら何ごとも世話したいと思っているのに、すぐにもあの人の後を追いそうだから、それが残念だよ」

右近も、亡くなった人の悲しみはそれとして、たいそうもったいなく思うのでした。

二条院の人々はみな、宙に足が浮いたように動揺しています。宮中からの見舞いの使者は、雨脚《あまあし》よりもひっきりなしに訪れました。

源氏の君も、父の帝が憂《うれ》い嘆くと聞くと畏《おそ》れ多く、しいて気力を奮い起こしました。舅《しゅうと》の左大臣《さだいじん》が奔走《ほんそう》して世話を焼き、日々二条院を訪れてさまざまな手当てを行った効《こう》験《けん》もあったでしょうか、二十数日も重く患《わずら》いながら、目立った余病もなく快方に向かいました。

死の穢《けが》れを忌《い》む三十日も同時に終わり、帝が待ち遠しく思っているので、宮中の宿直《とのい》所《どころ》へ出かけることにします。左大臣は、みずからの牛車《ぎっしゃ》で源氏の君を左大臣邸《てい》に迎え、もの忌《い》みなどを厳重に行わせました。源氏の君はまだ頭がぼんやりして、別世界によみがえったような気分がしばらく続きました。

九月二十日ごろ、ようやく全快します。顔がひどく痩《や》せてしまいましたが、かえって優美さが増していました。今ももの思いにふけりがちで、声を上げて泣くことがあります。これを見て不審に思い、もののけが憑《つ》いていると言う人もいました。

源氏の君は右近を呼び、静かな夕暮れにいろいろ話をします。その中で言いました。

「今でもまだわからないよ。あの人は、どうして素性を教えてくれなかったのだろう。

本当に海人《あま》の子だろうと、私がこれほど大切に思うのも知らず、隠し立てしていたのがつらかった」

右近が答えます。

「秘め隠す必要など、どこにあったでしょう。どんな折であれば、特別でもない名乗りをなさることができたでしょう。最初のご訪問から、ふつうと異なるおつきあいでしたから、『まるで現実ではないよう』とおっしゃっていました。『名を隠しておられるけれど、おそらくは』とおっしゃいながら、おざなりの遊びだから正体をお隠しなのだと、つらく思っておられました」

「つまらない意地の張り合いだったよ。私にそんなつもりはなかった。ただ、これほど人にとがめられる忍び歩きを、今までしたことがなかったのだ。父の帝が戒《いまし》めておられるのをはじめ、周りに気がねの多い身で、ちょっとした戯《たわむ》れを仕向けるにも不自由な、世間の取り沙汰《ざた》がうるさい立場なのだよ。

他愛ない歌を交わした夕べから、おかしなほど心を惹《ひ》かれ、無理をして会いに行ったのも、私たちに宿縁《しゅくえん》があったせいだろう。そう思えばうれしく、反対につらくもある。長くもない関係だったのに、どうしてこれほど深く思い入れたのだろう。

もっと詳しく聞かせてほしい。今は何ごとも隠さなくていいだろう。七日ごとの供養に仏画を描《か》かせるにも、だれのためと念じればいいのか」

右近は語りました。

「隠し立てなど何もありません。おかた様が最後まで黙っていらしたことを、亡くなった後に私が語っては、口さがないのではと思うだけです。ご両親は早くにお亡くなりでした。父君は三位中将《さんみのちゅうじょう》とお呼びしたおかたで、娘御《むすめご》をたいそうかわいがっておられましたが、昇進を不安にお思いになる中、命まで失ってしまわれました。

その後、些細《ささい》なつてをたどり、頭中将《とうのちゅうじょう》どのがまだ少将《しょうしょう》でいらしたころ、お見そめになったのです。三年ほどは、いとしく思うご様子でお通《かよ》いになりました。

けれども昨年の秋ごろ、右大臣邸《うだいじんてい》からたいそう恐ろしい話が聞こえてきたのです。おかた様は無性に怖がりですから、どうしようもなく怯《おび》えてしまい、西の京に住む乳母《めのと》の家に隠れました。けれども、そこもひどく手狭《てぜま》で住みづらいので、山里に移ろうとお考えでしたが、今年は方角が不吉になってしまい、方違《かたたが》えにあのみすぼらしい家に移ったのです。

このような住まいをあなた様に知られたことを、嘆くご様子でした。人並み以上に内気なおかたで、他人に悩んでいる様子を見せるのを恥ずかしく思っておられ、いつも平気を装ってお会いしたようでした」

(やはり、そうだったか)

源氏の君は、常夏《とこなつ》の女の話を思い合わせ、ますます夕顔がいじらしくなるのでした。

「頭中将が、幼い子を見失ったと憂《うれ》えていたのは、あの人の子どもかい」

「そうです。おととしの春にお生まれでした。たいそう愛らしい女の子です」

「その子はどこに。私が求めたとはだれにも知らせず、引き取らせてくれないか。あっけなく去った悲しい人の形見にできたら、これほどうれしいことはない」

源氏の君は、さらに言いました。

「頭中将にも伝えるべきだとは思うが、どうにもならない恨《うら》み言《ごと》を言われるかもしれない。父母どちらの縁にしても、私が育てて不都合はないはずだ。その乳母どのにも、別の理由で言いつくろってくれ」

右近も答えました。

「それはうれしいお話です。姫君《ひめぎみ》が西の京でお育ちになるのは、心苦しく思っておりました。五条の家にはしっかりお世話できる者がいなかったので、あちらにいらしたのです」

夕暮れは静かで、空の景色もしんみり胸にしみます。前栽《せんざい》の草花は枯れてしまい、虫の音も鳴き枯れて、木々の紅葉《もみじ》が少しずつ色づくころあいでした。右近は、絵に描《か》いたような興趣のある庭園を見わたし、思いもよらない優雅な出仕《しゅっし》だと、五条の宿を思い出して気が引けるのでした。

竹の中で、家鳩《いえばと》という鳥が太い声で鳴きます。源氏の君は、荒れた院でもこの鳥が鳴き、夕顔がひどく怖がった様子が、ありありと愛らしく目に浮かんできました。

「年はいくつだった。他の人には似ず、おかしなほどか弱げに見えたものだ。こうも短命なお人だったからか」

「十九におなりでした。この右近は、他界した乳母が後に残した子どもでしたが、三位《さんみ》の君《きみ》が哀《あわ》れがってくださり、おかた様のそばを離れずに大きくなりました。そのご恩を思えば、どうして私だけ生き残れるでしょう。〝いとしも人に〟の古歌《こか》のように、なじみきったことが悔《く》やまれます。どこまでもはかなげな気性でいらしたお人を、長年たのみにすることに慣れてしまって」

源氏の君は言いました。

「はかなげな様子だからこそ愛らしかった。利口ぶって人の意見を聞かないのは、気に障る態度だよ。私自身がきっちりした堅実な性格ではないから、女人《にょにん》はただ素直で、うっかり人にだまされそうなくらいで、それでも行いは慎《つつし》み深く、夫の考えによく従うのがいいと思う。自分の思うままに教え導いて妻にできたら、どんなにいとしく思えるだろう」

「そのようなお好みには、少しもはずれないお人だったと思っても、亡くなったことが残念でなりません」

右近はそう言って泣きました。

空が曇《くも》って風が冷ややかです。源氏の君は、長々ともの思いにふけりました。

「〝あの人の煙《けむり》が雲になったと眺《なが》めれば、夕べの空も慕《した》わしく思われる〟」

つぶやきますが、右近には返歌ができません。女主人がここにいればと思うと、胸がつまって何も言えないのでした。

源氏の君は、耳にうるさい砧《きぬた》の音を思い出しても恋しくなり、「まさに長き夜」と漢詩を吟《ぎん》じて横になりました。

伊予介《いよのすけ》の家の小君《こぎみ》が参上することもありますが、源氏《げんじ》の君《きみ》は、以前のように文を託《たく》しませんでした。

空蟬《うつせみ》は、すっかりあきらめたのだろうと気の毒に思っていましたが、病《やまい》を患《わずら》っていると聞き、やはり嘆きました。遠い伊予国《いよのくに》に下ることを心細く思っていたので、自分を忘れているかどうかの試みに、こちらから文を出してみます。

「ご病気と聞いて心配ですが、私にどう言えるでしょう。

〝様子を問わない私を、どうしてかと問われもせずに日が過ぎて、思い乱れるばかりだ〟

〝益田《ますだ》の生けるかひなき〟は真実のようです」

源氏の君はめずらしい文を見たと思います。この人への思いも忘れてはいませんでした。

「生きる甲斐《かい》がないとは、だれが言いたいことでしょうね。

〝空蝉《うつせみ》の関係はつらいものだと思い知ったというのに、それでもあなたの言葉にすがるこの命だ〟

はかないものです」

病のせいで、震える筆跡の乱れ書きになっていますが、ますます魅力がありました。源氏の君が、あのもぬけの殻《から》の寝床をいまだに忘れないのを、空蝉は気の毒にもおかしくも思いました。

こうして感じよく文を交わすものの、もう一度逢瀬《おうせ》を持つ気はありません。ただ、源氏の君に心ない女と思われずに終わりたいと願うのでした。

伊予介の娘のほうは、蔵人《くろうど》の少将《しょうしょう》を婿《むこ》に迎えました。源氏の君はそれを聞いて思います。

（婿君は怪しんだだろうに。どう思っているだろうか）

少将の心境が気の毒で、また、あの娘の様子も気になります。小君を使者にして「死にかけてよみがえり、あなたを思う私の心を知っているだろうか」と言い送ることにしました。

「〝わずかに軒端《のきば》の荻《おぎ》と縁《えん》を結ばなければ、何にかこつけて露《つゆ》ほどの恨《うら》み言《ごと》を言えばいいのだろう〟」

背の高い荻に結びつけ「人目のないときに」と命じます。しかし、たとえ小君がしくじろうと、夫の少将は、文の主が自分と気づけば大目に見るだろうと考えるのでした。思い上がりには困ったものでした。

小君は、蔵人の少将がいない隙《すき》に文を見せました。伊予介の娘はつらい思いでしたが、源氏の君が自分を思い出したことを放ってはおけず、早さが取り柄とばかりに返事を書きました。

「〝ほのかに吹いて来た風を見れば、下荻《したおぎ》の葉は、半ば霜《しも》に閉じられながらもうれしい」

字の下手なところは紛《まぎ》らして、しゃれた風に書いてあります。品《ひん》がありません。源氏の君は、火影《ほかげ》に見た顔立ちを思い返しました。

(心づかいして向かい合っていた人は、不器量《ぶきりょう》でも嫌いになれない身ごなしだった。この人は、何の遠慮もなく得意げにはしゃいでいたな)

しかし、それもまたかわいいと感じるので、懲《こ》りもせずまたも浮き名を立てそうな、源氏の君の気の多さと言えました。

夕顔の四十九日の法要《ほうよう》は、こっそり比叡山《ひえいざん》の法華堂《ほっけどう》で行いました。略式にせず、奉納《ほうのう》の装束《しょうぞく》をはじめとする品をこまごまと用意して、誦経《ずきょう》を上げさせました。経《きょう》、仏の飾りつけを厳《おごそ》かにし、惟光《これみつ》の兄の阿闍梨《あじゃり》が高僧らしく立派に務めました。

源氏の君が学問の師とする文章博士《もんじょうはかせ》を呼び寄せ、願文《がんもん》を作らせます。だれという名は出さず、慕《した》わしい人が死去したので阿弥陀仏《あみだぶつ》に後生《ごしょう》をゆだねたいという下書きを、みずから哀切《あいせつ》に書きつづってありました。これを読んだ博士は言います。

「このまま、書き加える箇所もありますまい」

源氏の君は、こらえようとしても涙がこぼれ、悲しくてなりません。博士がまた言いました。

「どういうお人なのやら。そのような女人《にょにん》の噂《うわさ》を聞かないのに、あなたをこれほど悲しませる宿命の持ち主とは」

源氏の君は、密かに作らせていたお布施《ふせ》の装束の袴《はかま》を取り寄せます。

「〝私が泣く泣く結った今日の下紐《したひも》を、どんな来世《らいせ》ならば解いて会うことができるのか〟」


死者の魂《たましい》は四十九日間、中有《ちゅうう》を漂《ただよ》い、その後に六道《ろくどう》（天道《てんどう》・人間道《にんげんどう》・修羅道《しゅらどう》・畜生道《ちくしょうどう》・餓鬼道《がきどう》・地獄道《じごくどう》）のどこかに行き先を定めると言います。夕顔の魂はどこへ向かったろうと思いやるのでした。心をこめて念誦《ねんじゅ》を行いました。

頭中将《とうのちゅうじょう》を見かけると、むやみに胸が騒ぎます。あの撫子《なでしこ》が無事に育っていると教えたいのですが、夕顔を死なせた恨《うら》み言《ごと》が怖くて言い出せないのでした。

五条の家では、女房たちが女主人の行方《ゆくえ》を案じていましたが、それっきり捜し出せませんでした。右近《うこん》さえ戻って来ないので、おかしいと嘆き合いました。

確証がないまま、通《かよ》い人《びと》の高貴な雰囲気《ふんいき》から、あれは源氏の君ではとささやき合っていたので、惟光《これみつ》に苦情を言います。けれども、惟光はしらを切り通し、無関係な恋人として通い続けるのでした。ますます夢の中のできごとのように思えます。

「もしや、受領《ずりょう》の息子で色好みな男が、頭中将どのに見つかるのを恐れて、おかた様を地方の任国へつれて行ったのでは」

そんなふうに考えるようになりました。

この家の持ち主は、西の京に住む乳母《めのと》の娘でした。娘は三人いましたが、右近は血のつながらない娘なので、隠し立てがあって女主人の行方を教えないのだと思い、泣いて恋い慕っていました。

右近もまた、うるさく責め立てられると思ってためらい、源氏の君が今さら漏《も》らすなと口止めするので、姫君の様子をたずねることができません。連絡が取れないままあきれるほど時が過ぎてしまいました。

源氏の君は、夢でもいいから夕顔の姿を見たいと願い続け、四十九日の法事の次の夜、わずかに夢に見ます。夕顔は、荒れた院で過ごした夜と同じ姿をしており、枕もとにいた異様な女も同じに見えました。

（荒れ果てた場所に住みついたもののけが、私に憑《つ》こうとした結果、この人をとり殺したのか）

そう思えば、忌《い》まわしい限りでした。

伊予介《いよのすけ》は、神無月《かんなづき》（十月）の一日ごろ任国に下りました。女たちの下向《げこう》のためにと、源氏の君は手厚く餞別《せんべつ》を贈りました。さらに私的な贈品として、繊細に趣味よく作られた櫛《くし》、扇《おうぎ》を数多く、幣《ぬさ》も特製のものを贈ります。あの空蟬《うつせみ》の小袿《こうちき》も当人に送り届けました。

「〝再会までの形見にしようと見ていたが、涙でひたすら袖《そで》が朽《く》ちるばかりだった〟」

細かな内容もありましたが、煩雑《はんざつ》なのでここに取り上げません。

使者は返事の文を持たずに帰ってきましたが、返却《へんきゃく》された小袿の返歌だけは、小君《こぎみ》を通して届きました。

「〝蟬《せみ》の羽もすでに裁ち替《か》えた夏衣を、返すのを見ても音《ね》を上げて泣けることだ〟」

(思えば、この人は不思議なほど独自の強情さで、私をふり捨てて行くのだな)

源氏の君は、歌を見ながら考え続けます。立冬《りっとう》と呼ぶにふさわしい日であり、時雨《しぐれ》が降り出して、空の景色にしんみりしました。もの思いにふけって日を暮らします。

「〝死別の人と今日別れる人、二つの道へ去ってしまい、行方《ゆくえ》も知れない秋の終わりだ〟」

やはり、人に言えない色恋は苦しいものだと、思い知った気分なのでしょう。

このような子細は、本人がむやみに隠しているのが気の毒で、語るのを控えていたのですが、「いくら帝《みかど》の御子《みこ》の話だろうと、直接知る者まで、どうして欠点がないと賞賛するばかりなのか」と、作りごとのように受け取る人がいるので取り上げました。あまりに遠慮のない言及だという非難は避けられないでしょう。

四　末《すえ》摘《つむ》花《はな》

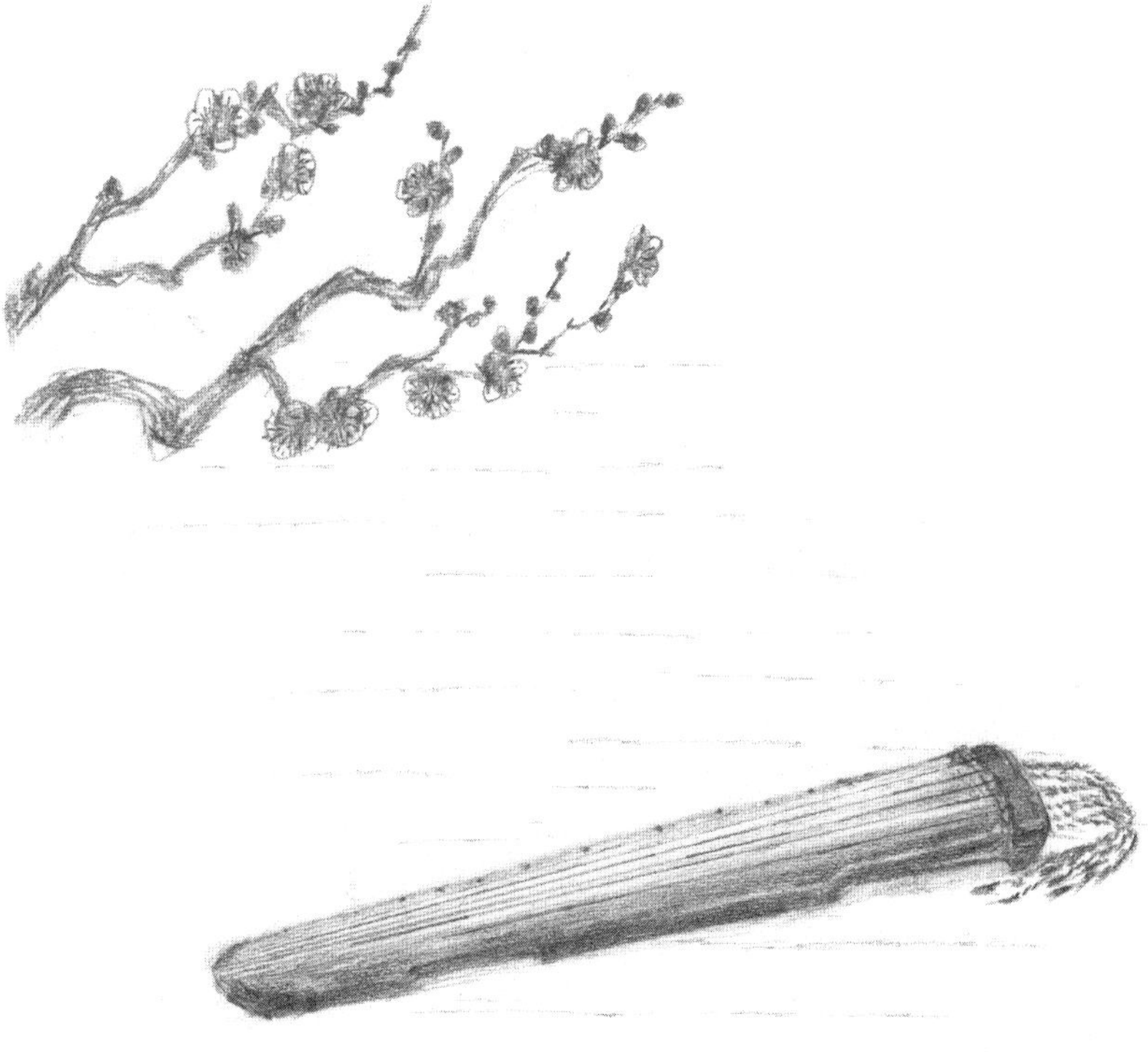

光源氏《ひかるげんじ》、十八歳のことです。

どれほどいとしく思っても足りない夕顔《ゆうがお》を、はかなく死なせてしまった無念さは、翌年になっても忘れられませんでした。

身近に接するのは、あちらもこちらも気のおける女人《にょにん》たちで、気取って思いの深さを知らせることに競っているかのようです。夕顔の親しみやすく打ちとけた愛らしさには似てもつかず、恋しく思うのでした。

（どうすれば、大げさな評判もなく遠慮せずに会える人で、可憐《かれん》でかわいい人が見つかるだろうか）

懲《こ》りもせず、そう思い続けていました。

少しでも優れた女の噂《うわさ》があると、すべてに耳を傾けます。これはと期待できるあたりには、歌の一つも送ってみます。すると、源氏《げんじ》の君《きみ》になびかずに無視する女はめったにいないので、新鮮味《しんせんみ》もないのでした。

無視する気丈《きじょう》な女は、風情がなく実直なばかりで、あまりに情理を知らなく見えます。

しかも最後までまっとうせず、急に平凡な男の妻に収まったりします。源氏の君が途中で文《ふみ》をやめる相手も多いのでした。

何かの折には、つれない空蝉《うつせみ》をいまいましく思い出しました。軒端《のきば》の荻《おぎ》(伊予介《いよのすけ》の娘)には、気が向いたときは文を出しているようです。火影《ほかげ》に見た奔放《ほんぽう》な姿を、また同じに見たいと思うのでした。総じて自分が関わった女人のだれ一人、完全に忘れ去ることのできない性分でした。

左衛門《さえもん》の乳母《めのと》という、源氏の君が大弐《だいに》の乳母の次に親しんだ人の娘が、大輔《たいふ》の命婦《みょうぶ》と呼ばれて宮中《きゅうちゅう》に仕えていました。宮家筋《みやけすじ》の兵部大輔《ひょうぶのたいふ》の娘でした。たいそう色好みな若い女房《にょうぼう》で、源氏の君も使っています。母は筑前守《ちくぜんのかみ》の妻になって任国に下ったので、父方の宮家の屋敷《やしき》を里にして行き来していました。

亡き常陸《ひたち》の親王《しんのう》の晩年に生まれた姫君《ひめぎみ》は、父の宮《みや》にたいそう大事にされていたのに、死後は心細く取り残されていると、何かのついでに語ります。気の毒に思った源氏の君は、いろいろ質問しました。大輔の命婦は答えました。

「ご性格やご容姿など、詳《くわ》しくはわかりません。引き籠《こ》もって人づきあいをしないおかたです。私が訪ねた夜などは、もの越《ご》しに話を交わします。琴《きん》の琴《こと》だけを親しい話し相手と思っていらっしゃるようです」

「漢詩にいう三友《さんゆう》（琴・詩・酒）だね。中の一つは女人《にょにん》には似合わないが」

源氏の君はさらに言いました。

「私にその琴《こと》を聞かせてくれないか。亡き父の宮は音楽に造詣《ぞうけい》の深いおかただった。並たいていの奏者ではないだろう」

「そうまでお耳に止まる音色かどうか」

大輔の命婦は言いますが、それでも気を引くように語ってみせました。

「ずいぶん思わせぶりだね。近く、朧月夜《おぼろづきよ》にこっそり訪ねてみよう。おまえも退出していなさい」

源氏の君に言われ、大輔の命婦は厄介《やっかい》だと思いましたが、宮中行事が暇《ひま》になる春のころに退出しました。

父の兵部大輔は新しい妻のもとに住んでおり、親王《しんのう》の屋敷にはときたま寄るだけでした。大輔の命婦は継母《ままはは》の家になじまず、常陸の宮の姫君との親交でここへ宿下がりするのでした。

源氏の君は宣言したとおり、十六夜《いざよい》の月が美しい夜、大輔の命婦を訪ねて来ます。

「気がもめてなりません。琴《こと》の音《ね》が澄《す》む夜の風情ではありませんのに」

命婦は言いますが、源氏の君は食い下がりました。

「それでも姫君のもとへ行って、ただ一鳴《ひとな》らしとお勧めしてくれ。徒労に終わるのでは悔《くや》しいよ」

大輔の命婦は、自分の曹司《ぞうし》に源氏の君を待たせ、申し訳なく不安に思いながら寝殿《しんでん》へ行ってみました。姫君は、まだ格子戸《こうしど》を上げたまま、梅の花が香る庭の様子を眺《なが》めています。よいころあいだと考えました。

「琴《きん》の琴《こと》をお弾《ひ》きになったら、さぞ音色もまさるでしょう。そう思える夜の景色に誘われて参りましたよ。せわしく内裏《だいり》と行き来しているせいで、ゆっくり拝聴《はいちょう》できなかったのが残念で」

姫君は答えました。

「琴《きん》を聞き知る人がいたのですね。内裏《だいり》になじんだあなたに、聞かせるような腕前《うでまえ》では」

楽器を取り寄せたので、源氏の君がどう聞くかと、大輔の命婦はむやみにはらはらしました。常陸の宮の姫君は、かすかな音色で掻《か》き鳴らします。

優美に聞こえました。特に技巧のある弾き方ではありませんが、琴《きん》の琴《こと》は格式の高い楽器なので、源氏の君も聞きにくくは思いません。

（荒れた淋しい屋敷に、古風なしきたりで育てられた深窓《しんそう》の姫君が、その名残《なごり》もなく住んでいるとは。どれほど憂愁《ゆうしゅう》を尽くしただろう。こんな情況でこそ、昔物語でも思いがけない美女に出会うものだ）

言葉をかけたくなりましたが、ぶしつけに思われるのは恥ずかしく、ためらいました。

大輔の命婦は気の回る女房だったので、源氏の君がすっかり聞き取るほど弾かせてならないと、姫君に声をかけます。

「空が曇《くも》ってきたようですね。来客がある予定なので、私が嫌って席をはずしたと思われては。この次ゆっくり拝聴することにして、今夜は御格子《みこうし》を下ろしましょう」

曹司に戻ると、源氏の君が言いました。

「聞かないほうがよかったくらい、ほんの少しでやめてしまったな。どれほど上手《じょうず》かも聞き分けられなかったから、憎らしいよ」

姫君に興味をもった様子です。

「同じことなら、すぐ近くで立ち聞きさせてくれないか」

「さあ、どうでしょう。こんな心細い暮らしに気も滅入《めい》っておいでで、おいたわしいご様子だから、お取り持ちするのも気がかりです」

心をくすぐる程度でやめておこうと思い、命婦が言うと、源氏の君もたしかにそうだろうと考えました。すぐに打ちとけて男女の仲になるようでは、その程度の分際《ぶんざい》と言えます。この境遇が気の毒な高貴さを持つ姫君なのです。

「では、私がお慕《した》いしていることをそれとなくお伝えしてくれ」

大輔の命婦に言い置きました。

他にも約束した家があるらしく、源氏の君はこっそり帰って行きます。

「帝《みかど》が、あなた様は真面目すぎると心配しておられることが、おかしく思えるときがありますね。このようなお忍《しの》び歩きの姿、どのようにご覧になることか」

命婦の言葉に、源氏の君はふり返って笑いました。

「おまえが言うとも思えない批判をしないでほしいね。これを浮気な姿と言うなら、どこかの女房の素行は弁解しにくいはずだよ」

この人をひどく色好みだと思っていて、ときどき口にも出すので、大輔の命婦もきまりが悪くなって黙りました。

寝殿のほうで姫君の気配を知ることができるかと、源氏の君はそっと出て行きます。壊《こわ》れた透垣《すいがい》が少しだけ折れ残っている陰に立ち寄ると、そのそばに、前から立っていた男がいました。

(だれだろう。姫君に心を寄せる好色者がいたのか)

そう思って陰に身を寄せました。

じつはこの男、頭中将《とうのちゅうじょう》でした。

夕方、内裏からいっしょに退出してきたのですが、源氏の君が左大臣邸《さだいじんてい》にも寄らず、二条院へも行かずに別れたので、行き先を怪しんだのです。自分にもこれから訪ねる女人の家があるというのに、様子を知ろうと尾行《びこう》したのでした。

見映えのしない馬に乗り、粗末《そまつ》な狩衣《かりぎぬ》姿で来ているので、源氏の君はつけられていると気づきません。意外な場所に牛車《ぎっしゃ》を乗り入れたので、頭中将も合点《がてん》のいかない思いです。琴《こと》の音《ね》が聞こえたので耳を傾《かたむ》けながら、源氏の君が出てくるのを期待して待っていたのでした。

源氏の君にはだれかわからず、正体を知られまいと忍び足で歩きます。そこへ男が急に寄ってきました。

「私を振り捨てて行ったのが恨《うら》めしく、お送り申し上げましたぞ。

〝いっしょに大内山《おおうちやま》を出たというのに、入るところを見せない十六夜《いざよい》の月だ〟」

頭中将だと気づき、いまいましく思いながら、源氏の君も少しおかしくなりました。

「まさかと思うよ」

憤慨《ふんがい》しながら歌を返します。

「〝どの里も照らす月の光を見ても、月の沈む山際《やまぎわ》を探し歩く人がいるだろうか〟」

頭中将は、相手の苦情を制して先に言うのでした。

「後を慕って来てみれば、いったい何をしているんだい。本来、こうした忍び歩きは、取り次ぐ随身《ずいじん》の力量で成否が分かれるものだ。有能な私を置いていくものではないよ。

身なりをやつした外出は、軽はずみな事故にあいやすいのに」

いつも見つけられてばかりで、源氏の君は悔しくなりますが、それでも頭中将は撫子《なでしこ》（亡き夕顔の娘）の行方《ゆくえ》をまだ知らないのだと思い直しました。そこは自分の勝ちだと密かに思っています。

どちらも約束した女人の家があったのに、別れられなくなって一つの車に乗り合わせました。月が風情よく雲に隠れた道のりを、横笛を吹き合わせながら左大臣邸に着きます。

先払《さきばら》いの声も禁じてこっそり中に入り、だれにも見られないよう廊下《ろうか》の隅《すみ》で直衣《のうし》に着替えました。そ知らぬ顔で、たった今到着したように二人で横笛を吹きながら曹司へやって来ます。左大臣は聞き逃さず、高麗笛《こまぶえ》を持ってこさせました。高麗笛が得意な左大臣であり、見事な音色で吹き鳴らします。琴《こと》も持ってこさせ、葵《あおい》の上《うえ》の御簾《みす》の内で、音楽の心得のある女房たちに合奏させました。

女房の中務《なかつかさ》の君《きみ》は、特に琵琶《びわ》が上手です。しかし、言い寄った頭中将を遠ざけ、源氏の君とのわずかな関係を大事にしたので、そのことが周囲にも知れわたりました。大宮《おおみや》（葵《あおい》の上《うえ》と頭中将の母）まで不快に思っているので気が重く、演奏もせずに寄り伏しています。けれども、里下がりして源氏の君を見かけることができなくなるのは淋しく、思い乱れているのでした。

源氏の君と頭中将は、先ほど聞いた琴《きん》の音色を思い出し、哀れをさそう住まいも一風変わって興味深いと思い続けます。

頭中将は想像しました。

（もしも、たいそう美しく愛らしい姫君が、あのような場所で年月を重ねていたのなら。一度会えば切なくてたまらず、世間がどんな取り沙汰《ざた》をしようと、見苦しいほど夢中になってしまうだろうな）

源氏の君が気のある態度でうろつくのだから、何もせずに見過ごしはしないのだろうと、しゃくに思えてなりませんでした。


その後、源氏の君も頭中将《とうのちゅうじょう》も、それぞれ常陸《ひたち》の宮《みや》の姫君に文を送ったようです。どちらにも返事の文はありませんでした。

若者たちは、もどかしく不満に思いました。

（あまりにつれないではないか。淋しい暮らしをする人は、情理をよく理解して、はかない草木や空の景色に託《たく》して歌を詠《よ》むものだ。その深い心根《こころね》を、こちらが推し量ってこそ情趣があるのに。いくら身分が重々しいからと完全に引き籠《こ》もるのでは、不愉快だし体裁《ていさい》も悪いのに）

頭中将は、いっそうじりじりしていました。いつもの隠し立てしない性分で、源氏の君に不平を言います。

「例の屋敷の姫君から文の返事があったかい。ためしに私も一言送ってみたが、ばつが悪いことにそのままだよ」

（それなら、やっぱり言い寄ったのか）

源氏の君は思います。ほほえんで答えました。

「さあ、返事を見ようとも思わなかったから、まだ見ていないよ」

頭中将はこれを聞き、分け隔《へだ》てをされたと思って悔しがりました。

源氏の君は、この姫君にそれほど思い入れなかった上に無愛想にされ、すっかり熱が冷めていたのですが、頭中将が言い寄ると知って気を変えます。

（雄弁で口説《くど》き慣れている男には、あの姫君もなびくのだろう。頭中将に得意げに、先

に言い寄った私がふられたという態度を取られるのは、どうもおもしろくない）

そこで、大輔《たいふ》の命婦《みょうぶ》に真面目に相談しました。

「はっきりせず、よそよそしいご様子なのがつらい。遊び好きな男と疑っておられるようだ。けれども私は、すぐに心変わりする性質ではないよ。女人《にょにん》の心がゆったりと気長でないから、不本意な結果になって、私の過ちと見なされてしまうのだろう。気立てのいいおっとりした女人と、親兄弟が口出ししたり恨《うら》んだりすることなく心安らかに会えるなら、どんなにかわいく思えるか」

大輔の命婦は、姫君の様子を語りました。

「どうでしょう、あなた様がお望みの優雅な〝笠宿《かさやど》り〟には、不向きかもしれません。常陸の宮の姫君は、何ごとも慎《つつし》み深い一方で、めったにないほど引っ込み思案でいらっしゃるのです」

「機転のきく才気走った人ではないようだね。だが、女人は子どもっぽく大らかでこそかわいいものだよ」

源氏の君は言います。亡き夕顔を忘れられないのでした。

源氏の君はわらわ病《や》みを患《わずら》いました。人知れぬ懊悩《おうのう》（藤壺《ふじつぼ》の宮《みや》への恋）にかかりきりになり、心に余裕のないまま春夏が過ぎていきます。

秋になったころ、静かに昨年を思い返しました。夕顔の家で聞いた砧《きぬた》の音、耳うるさかった唐臼《からうす》の音さえ懐かしくなります。常陸《ひたち》の宮《みや》の姫君に何度も文を送りますが、やはり返事がありませんでした。

男女の情を知らないのかといまいましく、負けるものかという意地も生まれ、大輔《たいふ》の命婦《みょうぶ》に苦情を言います。

「どうなっているんだ。これほど無視された経験は今までなかったのに」

ひどく不満げなので、命婦も気の毒になりました。

「私が遠ざけ、不似合いなご縁《えん》と仕向けているのではありません。ただ、とにかく度が過ぎるほど遠慮深いかたなので、返事を書くことができないのだと思います」

源氏の君は言いつのりました。

「それは世間並みではないよ。情趣も理解できない幼さや、一人で何もできない深窓《しんそう》の姫君ならともかく、すべてを理解したお人と見て文を送っているのに。私も何となく淋しくてしかたないから、同じ心情の返事をもらえたら、思いがかなった気がする。

色恋をもちかける形にはしないで、荒れた簀子《すのこ》に立ったまま話をさせてくれないか。

知らん顔はどうにも納得できない。姫君のお許しがなくても取り計らってくれ。おまえが困るような、不埒《ふらち》なふるまいはけっしてしないから」

世間の女の評判をさりげなく聞き集め、関心を寄せる癖《くせ》がついています。もの淋しい気分の夜には、ちょっとしたついでにも、常陸の宮の姫君はどうかと文を届けます。大輔の命婦は、源氏の君がこれほどの熱心なことに気が重くなっていました。

（姫君のご様子に、色恋に似合いの奥ゆかしさはないのに。私が勝手な手引きをして、かえって何かお気の毒なことになっては）

それでも、源氏の君が真剣にたのむのに、聞き入れないのは偏屈《へんくつ》だと思えました。父の親王《しんのう》が存命のころから、時勢に取り残され、訪問する者もいなかった屋敷です。まして今は、茂った浅茅《あさじ》を踏み分けて訪れる人も絶えているのに、世になくすばらしい若者から美しい文が届くのです。

しがない女房たちは満面の笑みを浮かべ、「やはりお返事を」と姫君に勧めます。しかし、当人はあきれるほど内気な性分で、まったく見ようともしないのでした。

大輔の命婦は考えました。

（それなら、ふさわしい機会に、もの越しの会話をなさるのもいいだろう。源氏の君がお気に召さずに終わるならそれもけっこう。ご縁があって万一お通《かよ》いになることがあったとしても、それに反対なさるおかたはいないのだから）

男好きな軽い性格なので、そう心に決めると、父の兵部大輔《ひょうぶのたいふ》にも何も相談しませんでした。

八月二十日過ぎ、宵《よい》を過ぎるまで昇《のぼ》らない月が待ち遠しい時期です。星明かりだけが冴《さ》え、松の梢《こずえ》を吹く風の音が心細く聞こえました。

常陸の宮の姫君は、父の宮が存命のころの思い出話をして少し泣いています。大輔の命婦はよい機会だと考え、源氏の君に連絡しました。例のお忍びの装束《しょうぞく》でやって来ます。月がようやく昇りました。荒れ果てた籬垣《ませがき》（竹・木の皮で作った低く目の粗《あら》い垣根《かきね》）を気味悪く眺めていると、姫君が命婦に勧められ、琴《きん》の琴《こと》をかすかに掻《か》き鳴らすのが聞こえます。悪くないと思えました。

大輔の命婦のほうは、もう少し親しみやすく当世風な感じを出せばいいのにと、浮《うわ》ついた性分から歯がゆく思っていました。

人目もない場所なので、源氏の君も気安く中に入ります。取り次ぎの者に大輔の命婦を呼ばせました。命婦は、今初めて聞いたように驚いたふりで姫君に言いました。

「これは困ったことに。これこれのいきさつで源氏の君がいらしたようです。お返事がないことをいつもお恨みでしたが、私の一存ではどうにもならないとお断りしていたところ、『みずから道理をお聞かせしよう』とおっしゃっていたのです。どうお返事しましょう、平凡な身分のおかたではないので恐縮《きょうしゅく》です。もの越しにでも、お客人の話をお聞きなさいませ」

姫君は恥じらいました。

「よその人との話し方を知らないのに」

奥のほうへ這《は》い入る態度は、たいそう初々《ういうい》しく見えます。大輔の命婦は笑い、さとし聞かせました。

「それほど子どもっぽいふるまいをなさっては、私も気が引けてしまいます。親御《おやご》様が健在で守られた姫君であれば、幼げに育つのもわかります。けれども、こんなに暮らしが心細いのに、いまだに男女の仲を気がねをなさるのは似つかわしくありません」

他人の言葉に強く反対できない性質なので、姫君は言いました。

「お返事せず、ただ聞くだけでいいなら、格子戸《こうしど》を閉めてお相手しましょう」

「簀子《すのこ》にお招きするのは、源氏の君のご身分にふさわしくありません。強引に軽率なことをなさるお気持ちは、けっしてもたないおかたです」

大輔の命婦は上手に言いくるめ、廂《ひさし》の間《ま》と母屋《もや》の境の襖障子《ふすましょうじ》二間に、自分で掛け金《がね》をさしました。客人の座席を廂の間に用意します。

常陸の宮の姫君はひどく気づまりに思いますが、このような訪問の心得を夢にも知らなかったので、命婦が言い聞かせたことを、そういうものかと思っていました。乳母《めのと》の老女は自分の曹司《ぞうし》で横になり、夕方から早くも寝入っています。若い二、三人の女房は、世間で評判の美男子を見たくてそわそわしていました。姫君の上衣《うわごろも》を少しましなものに着替えさせ、髪《かみ》などを整えます。当人は何も心づもりしませんでした。

源氏の君は、どこまでも美しい容姿を目立たない衣装にしのばせています。最上の優美さであり、大輔の命婦は、このすばらしさがわかる人にこそ見せたい、冴えない屋敷の訪問ではもったいないと思いました。

姫君がひたすらおっとり座っているのは安心でき、出過ぎたところは見せないだろうと考えます。しかし、いつも源氏の君に責められていたことをかなえる代わり、かわいそうな姫君がもの思いにふけることになってはと、気が気でないのでした。

源氏の君は、姫君の身分を思えば、小粋《こいき》にふるまう当世風の派手さより、ずっと好ましく奥ゆかしいと感じました。女房たちがひどく勧めるので、少しだけ前のほうへ膝《ひざ》をすべらせた様子です。その気配もひそやかでした。衣被香《えいこう》の香りが親しみやすく匂《にお》い立ち、おっとりした雰囲気《ふんいき》は、期待どおりの女人だと思えました。

年来慕い続けたことを巧みに語り続けます。しかし、間近での返答も一言もありません。つれない態度だとため息が漏《も》れました。

「〝何度あなたの沈黙に負けてきたことか。ものを言うなと言われないのをたのみにしてきたが〟

いやならいやと言い捨ててください。〝玉だすき〟のどっちつかずは苦しいものです」

姫君の乳母子《めのとご》で侍従《じじゅう》という、せっかちな若い女房が、見かねて姫君のそばに寄って詠《よ》みました。

「〝鉦《かね》をついて終わりにできずにいたが、沈黙の行《ぎょう》で答えられず、あいにくになってしまった〟」

子どもっぽい声で重々しさもないのに、当人が詠んだように返したので、源氏の君は、身分のわりに甘えた調子だと聞きました。しかし、返事がもらえてめずらしかったので言います。

「かえって話ができなくなりますね。

〝言わないほうが言うに勝ると知りながら、心に押しこめておくのは苦しいものだ〟」

あれこれとりとめもなく、おもしろくも真面目にも語りましたが、何の効果もありませんでした。

（これほど沈黙を守るのは、今まで会った女人とは異なり、よそに意中の男がいるからなのでは）

源氏の君は悔しくなり、そっと襖障子を押し開けて母屋に入りました。

大輔の命婦はこれを知り、姫君を気の毒に思います。

（まあ、ひどい。私を油断させておいて）

しかし、気づかなかったふりで自分の曹司へ戻りました。若い女房たちも、相手は世間で褒《ほ》め称《たた》えられる源氏の君ですから、阻《はば》む気はありません。大げさに嘆きませんが、ただ予想外に急なことだったので、まるで心の用意のない女主人をかわいそうに思いました。

当の姫君は、茫然《ぼうぜん》とするばかりで、恥じらって気後れするより他のことは知らない様子でした。

（今は、こういう反応もいじらしいものだ。男女のことを知らず、大事に育てられた人なのだから）

そう思って大目に見ようとしますが、腑《ふ》に落ちず、どことなく気の毒な感じの相手でした。どのあたりに好感をもてばいいのでしょう。ため息をついて、深夜のうちに屋敷を出ました。

大輔の命婦は、どうなっただろうと眠れずに聞き耳を立てていましたが、承知していたことを他の女房に気づかれまいと、見送りの声はかけません。源氏の君も忍び足で出て行きました。


二条院に戻り、寝床につきますが、望みどおりの女人《にょにん》はめったにいない世の中だと思い続けます。姫君の身分の重さを思えば、すぐに関係を断つのも気の毒でした。

思い乱れているところへ、頭中将《とうのちゅうじょう》がやって来ました。

「ずいぶん朝寝坊だね。もちろん理由あってのことだろう」

源氏の君は起き上がって言います。

「気安い独《ひと》り寝《ね》だから気がゆるんだよ。内裏《だいり》から来たのかい」

頭中将は忙しげに答えました。

「そう、退出してそのままだ。朱雀院《すざくいん》での行幸《みゆき》の舞楽《ぶがく》は、今日中に楽人《がくじん》と舞人《まいびと》を選定するよう、ゆうべのうちにお達しがあったよ。それを、父の左大臣《さだいじん》に伝えに行ったのだ。引き返し宮中へ戻らないといけない」

「それなら、いっしょに参内《さんだい》しよう」

朝食の粥《かゆ》、強飯《こわいい》を命じ、客人にも提供しました。牛車《ぎっしゃ》を二両並べていましたが、二人は一つの車に乗り合わせて行きます。

「まだ、眠そうな顔をしている」

頭中将は指摘して、源氏の君に隠しごとが多いのを恨《うら》みました。

決議する案件の多い日であり、宮中で日を暮らします。

常陸《ひたち》の宮《みや》の姫君に、後朝《きぬぎぬ》の文《ふみ》も送っていないことを申し訳なく思い、夕方になって送りました。雨が降り出したので、外出するのも面倒《めんどう》になります。〃笠宿《かさやど》り〃によいとは思い立たなかったのでしょうか。

常陸の宮の屋敷では、待ちわびる文が来ず、姫君には気の毒なことになったと大輔《たいふ》の命婦《みょうぶ》がつらく思っていました。しかし、当の姫君は恥ずかしく思うばかりだったので、朝の文が日暮れまで届かなくても、失礼とも思いませんでした。

「〃夕霧《ゆうぎり》の晴れる景色（気色《けしき》）もまだ見ていないのに、気のふさがる今夜の雨だ〃

雲の晴れ間が待ち遠しくてなりません」

源氏の君の文にはこうありました。今夜来ない様子がうかがえて、女房たちは不安にかられます（結婚の成立は、男が三日続けて通《かよ》うことが条件）。

「お返事を書かなくては」

みんなで姫君に勧めますが、当人はますます思い悩んで、型どおりの歌さえ書くことができないのでした。これでは夜が更《ふ》けてしまうと、またもや侍従《じじゅう》が教えました。

「〝晴れない夜の月を待つ里を思いやってほしい。私と同じ心でもの思いをしなくても〟」

女房たちに口々に急《せ》かされて、姫君は、何年も前の紫色の紙で褪《あ》せて白っぽくなったものに書きます。筆跡《ひっせき》はさすがに字体がしっかりして、中古の流儀《りゅうぎ》で上下をそろえてありました。

源氏の君はこれを受け取り、目にする甲斐《かい》もなく手から放しました。

行かなければどう思われるかと、気持ちが落ち着きません。

（期待はずれな男で残念と言われるだろう。だが、それが何だというのだ。私はそれでも、一度関係した女人を最後まで見捨てる気はないのだから）

源氏の君の心情を知らず、姫君の屋敷ではだれもが嘆いていました。

夜になって左大臣が宮中を退出したので、源氏の君もいっしょに左大臣邸《てい》へ行きます。行幸《みゆき》の舞楽の趣向に興じ、左大臣の息子たちも屋敷に集まって相談を続けました。

それぞれが師匠について舞《まい》を習い始め、稽古《けいこ》に熱中して日々が過ぎていきます。楽の音《ね》もふだんより騒々《そうぞう》しく、だれもが競い合って、いつもは管弦《かんげん》の遊びに用いない大篳篥《おおひちりき》や尺八《しゃくはち》などを、音高く吹き鳴らしました。太鼓《たいこ》まで高欄《こうらん》の下にころがしてあり、自分たちで打ち鳴らして合奏しています。

源氏の君も暇《ひま》のない状態でした。切実に思う女人の家へは人目を盗んで出向いても、常陸の宮の屋敷まで足が及《およ》ばないまま、秋も終わります。さらに待つ甲斐もなく日々が過ぎました。

行幸の当日が近くなり、舞楽の予行で気ぜわしいころ、大輔の命婦が参内しました。

「あの人は、どうしている」

源氏の君はたずねます。常陸の宮の姫君にすまなく思ってはいるのでした。様子を語って大輔の命婦は言いました。

「ここまでお見捨てになるご性分だったとは。姫君のおそばにいる者まで心が痛んでなりません」

自分はただ奥ゆかしく思わせて終える気だったのに、源氏の君が台なしにしてしまったことで、泣きたい思いなのでした。源氏の君は、命婦にも心ない男だと思われているので気が引けます。無口に引き籠《こ》もっていた姫君を思い浮かべ、かわいそうに思いました。

「今は行く余裕がないのだよ。困ったな」

ため息をついてから、ほほえんで言います。

「情理がわからなく見えたご気性を、懲《こ》らしめるつもりがあるらしいよ」

その笑みが若々しく愛くるしいので、大輔の命婦までついほほえみそうになりました。

（まったく困りものだ、女に恨まれる若さでいらっしゃる）

他人への思いやりが少なくわがままでも、それで当然だと思えてしまうのでした。

この多忙な時期を終えてからは、源氏の君も、ときどき常陸の宮の屋敷を訪問しました。

紫《むらさき》のゆかりの少女を見出し、二条院に引き取ってからは、この少女をかわいがることに熱中しています。

六条屋敷の訪問でさえ、さらに間遠《まどお》になったようであり、まして荒れた常陸《ひたち》の宮《みや》の屋敷は、忘れてはいないものの気が進まないのでした。度を越した恥ずかしがり屋の理由を知りたい気持ちも失《う》せ、時が過ぎていきます。

再び思い直し、常陸の宮の姫君も、顔立ちを見知ればもっと魅力を感じるかもしれない、手さぐりだけのつきあいだから納得できないのでは、と考えました。姫君の容色が知りたくなります。しかし、あからさまに灯火を寄せて照らし出すのも気が引け、くつろいだ宵《よい》の時間に、そっと屋敷に入って格子戸《こうしど》の隙間《すきま》からのぞいてみました。

姫君の姿はわずかも見えません。几帳《きちょう》がひどく古ぼけ、長年の置き場を動かさず、押しやったりもしないのでした。やきもきします。

高齢の女房が四、五人いました。お膳《ぜん》には、青磁《せいじ》らしい唐《から》わたりの食器が乗っているのですが、料理はろくなものがありません。女主人から下げられたものを、女房たちが食べているところでした。

隅のほうに寒そうにしている女がいて、白い衣がとんでもなく煤《すす》けている上、汚い褶《しびら》を引き結んだ腰《こし》つきが老いて見苦しいありさまです。それでも、挿《さ》し櫛《くし》を前下がりに挿した額《ひたい》つきは、宮中《きゅうちゅう》の内教坊《ないきょうぼう》（舞姫《まいひめ》に女楽《じょがく》・踏歌《とうか》などを教える役所）、内侍所《ないしどころ》（神器などを保管する役所）あたりにいそうな老女だと、おもしろく思いました。このような人々が姫君に仕えていると、今まで知らなかったのでした。

「ああ、なんて寒い年だろう。長生きをするとこんな目にあうらしい」

そう言って泣く者もいます。

「まだ宮様《みやさま》が存命でいらした世に、どうしてつらいと思ったのやら。こうもたのみにする人がいないまま、時が過ぎていくのですね」

そう言って、そのままあの世へ飛び立ちそうに震《ふる》える者もいました。

さまざまに体裁の悪い内容をこぼし合っているので、源氏の君は盗み聞きも気まずくなります。一度遠ざかってから、たった今来たように格子戸を叩《たた》きました。

「おお、それそれ」

老女たちは言い、灯火の芯《しん》を明るく点《とも》し直し、格子戸を上げて招き入れました。

若い侍従《じじゅう》は、斎院《さいいん》にも通《かよ》いで仕えているので、今はこの屋敷にいません。ますますみじめに田舎《いなか》じみた女房ばかりで、源氏の君には慣れない心地でした。

老いた人々がわびしがる雪が、雲も垂れこめて激しく降りしきりました。空が荒れ、風も激しく、灯火が吹き消されますが、再び点す人もいません。源氏の君は、荒れた院であやかしに襲われたことを思い出します。屋敷の荒れ具合ではあの院にも劣らない住まいでした。こちらのほうが室内が狭く、少し人数が多いのを気休めにしますが、ぞっとする感じが消えず、不気味さでよく眠れない夜でした。

亡き夕顔は愛らしくいじらしく、怪異な体験をしてさえ思い出に残るというのに、ただ内気で無愛想で、おもしろみのない相手と過ごすのが残念でした。

やっとのことで夜が明けたようです。

源氏の君は、みずから格子戸を上げ、前栽《せんざい》に積もった雪を眺めました。庭の雪には足跡もなく、はるばると荒れた敷地内が見わたせます。いかにも淋しげな風景でした。さっさと出て行くのは気の毒に思えたので、姫君に誘いかけました。

「きれいな明けの空を見てごらんなさいよ。いつまでも心の隔《へだ》てをおくのはおかしいですよ」

まだほの暗いときですが、雪明かりに映え、源氏の君の姿がますます美しく若々しく見えます。老いた女房たちは、顔をほころばせて見とれるのでした。

「早くあちらへ。遠慮はつまらないことですよ、素直さが肝心《かんじん》です」

女房たちにさとされ、人の進言に逆らわない性分なので、姫君も身づくろいを気にしながら膝《ひざ》をすべらせて出て来ました。源氏の君は、見ないふりで外を眺めていますが、横目づかいでただならぬ注意を払っていました。

（どのような容姿だろう。親密になってこそ初めてわかる美点が、わずかでもあればうれしいのだが）

そう願うのも、身勝手な考えというものでしょう。

まず、座高が高く胴長《どうなが》に見えました。やはりそうかと、胸がつぶれます。

加えて、何とも異様に見えたのは鼻でした。思わず目が離せなくなります。普賢菩薩《ふげんぼさつ》の乗り物（白象《はくぞう》）を思わせます。驚くほど高く長く、鼻の先が少し垂れ下がって赤く色づいているのが、何よりもいやな感じでした。顔色は雪に劣らぬ白さで青白いほどです。額《ひたい》がたいそう広々として、その下の部分も面長《おもなが》で、つまりは異様に顔が長いようでした。痛々しいほど痩《や》せて骨張った体つきをしています。肩《かた》の尖《とが》り具合が衣の上からもわかりました。

（どうして私は、この人を残りなく見てしまったのだろう）

後悔するくせに、あまりにめずらしいので見続けてしまう源氏の君でした。

頭の形や髪のかかり具合は美しいのです。優れた女人《にょにん》と見る人々にそれほど劣らないと見えます。袿《うちき》の裾《すそ》にたまって引いている髪の長さは、衣に一尺ほどもあまる様子でした。

衣装にまで言及するのは口さがないのですが、昔の物語でも、登場人物の装いは真っ先に語られるものです。常陸の宮の姫君が身につけているのは、ゆるし色（紅または紫の薄い色）がひどく褪《あ》せて白っぽくなった衣を一襲《ひとかさね》に、もとの色もわからない黒っぽい袿を重ね、表着《うわぎ》は見事な黒貂《くろてん》の皮衣《かわぎぬ》を香《こう》ばしく焚《た》きしめたものでした。皮衣は、古風で由緒《ゆいしょ》ある装束とはいえ、若い女人が着るには似合いません。仰々《ぎょうぎょう》しくやけに目立っていました。

（けれども、この皮衣がなければ、今日のような日は寒くてたまらないだろう）

そう思える顔色をしているので、源氏の君は心苦しくなりました。

かける言葉を何も思いつきません。自分まで無口になった気がします。それでも相手の沈黙を解きたいと、あれこれ話しかけました。姫君はひどく恥ずかしがり、口もとを袖《そで》で覆《おお》っていますが、その手つきさえ垢抜《あかぬ》けず古めかしく、儀式官《ぎしきかん》が気取って進み出るときの両肘《りょうひじ》を張った姿をほうふつとさせました。さすがにほほえんでいるのですが、それもぎこちなく落ち着かなげです。

源氏の君はどうしようもなく哀れになってきて、やはり急いで出ることにしました。

「頼れるお人もいないご様子だから、あなたを見そめた私とは、疎遠《そえん》に思わずおつきあいくださると本望《ほんもう》です。それなのに、なじんでくださらないのでつらくなります」

出て行く口実に歌を詠《よ》みます。

「〝朝日のさす軒《のき》のつららは溶《と》けていくのに、どうして池の氷は凍《こお》ったままなのだろう〟」

常陸の宮の姫君は、ただ「むむ」と笑っただけで、どうにも口の重い様子でした。気の毒になって返歌を待たずに屋敷を出ました。

牛車《ぎっしゃ》を寄せた中門は、ひどく傾いて倒れかけています。夜目にも察していたことですが、やはり見えていなかった部分も多く、哀れに荒れ果てた屋敷でした。松の枝の雪だけが、暖かそうにこんもり積もっています。山里のように見えて趣《おもむき》がありました。

（左馬頭《さまのかみ》たちが語った草《くさ》やぶの屋敷とは、このような場所だろうな。なるほど、ここにいじらしく愛らしい恋人を住まわせ、いつも気がかりで会いたいと思うのはすてきだな。存在してはならない私の秘めた恋心も、その魅力に紛《まぎ》れてしまうだろうに）

風流にかなった住まいでも、似合わない住人の人柄では、何の価値もないと考えます。けれども、こうも考えました。

（私以外の男であれば、この人の容貌《ようぼう》に我慢できなかっただろう。けれども、私が男女関係をもつことになったのは、亡き親王《しんのう》が娘の将来を案じて、この世に残した魂《たましい》のお導きだったのかもしれない）

橘《たちばな》の木が雪に埋《う》もれていたので、随身《ずいじん》を呼んで払わせました。松の木はそれをうらやむのか、みずからしなった枝を起き上がらせ、雪がさっとこぼれます。古歌《こか》に読まれた末《すえ》の松山《まつやま》の白波《しらなみ》と見えます。たとえ深いたしなみがなくても、無難に情趣を分かち合える女人と、この景色を眺めたいものだと思うのでした。

牛車を出す表門はまだ開きません。鍵の預かり所を問わせると、高齢の老人が出て来ました。娘なのか孫なのか、中途半端な年頃の女がいっしょに出て来ます。衣が濡《ぬ》れてひどく煤《すす》けた色になり、寒がっている様子が明らかでした。妙な器《うつわ》にかすかに点した火を入れ、袖で包みこむように持っています。老人には一人で門を開けることができないので、女も寄り添って助けました。それでも扉《とびら》が動かず、源氏の君の供人《ともびと》が手伝って開けました。

「〝降り（古《ふ》り）つもった頭の雪を抱《いだ》く人もそれを見る私も、劣らず濡《ぬ》らす朝の袖《そで》だ〟」

「幼《わか》き者は形蔽《かく》れず」と、源氏の君は漢詩の一節を吟《ぎん》じます。鼻の先が赤く色づき、ひどく寒がっていた人の姿をふと思い出し、ほほえみました。

（頭中将《とうのちゅうじょう》があの人を見たら、何になぞらえるだろう。いつも私を偵察《ていさつ》しているようだから、そのうち目にするのだろう）

阻止《そし》することもできないと思えました。

常陸の宮の姫君が、並の容姿であれば、源氏の君はこのまま遠ざかっていたかもしれません。けれども、醜《みにく》さをはっきり目にしてしまったので、かえって忘れられなくなりました。気の毒な暮らしを案じてしげしげと使者をやります。黒貂の毛皮ではなく、絹《きぬ》、綾《あや》、絹綿《きぬわた》などの衣料を、老いた女房たちのものまで送り、さらには門番の老人のためにまで、上下の仕え人を思いやって送り届けました。このような生計の援助をしても恥ずかしくない相手なので、気安い気持ちで、生活のお世話役としてつきあおうと心に決めます。ふつうの男女づきあいには似ず、実生活の支援を続けるのでした。

（あの空蟬《うつせみ》がくつろいで見せた宵《よい》の横顔より、いっそう不器量な姫君だが、慎《つつし》み深さに隠れて悪くも見えなかったのだ。そして、空蟬に劣る身分でもない。たしかに、女人の長所は品《しな》の高低で決まるものではないようだ。空蟬は、気立てはいいのに悔しいほどしっかりしていて、この私は負かされて終わってしまった）

などと、何かの折には思い出していました。

年も暮れました。

源氏《げんじ》の君《きみ》が宮中の宿直所《とのいどころ》にいると、大輔《たいふ》の命婦《みょうぶ》が参上しました。源氏の君の髪を櫛《くし》で整えます。

色恋の相手ではないのが気楽であり、色っぽい冗談を言い交わして使い慣れています。特に呼ばないときでも、命婦の側に話があるときには参上していました。

「おかしな出来事があったので、あなた様にお話ししないのは偏屈《へんくつ》なようで、思い悩んでいるのです」

そう言ってほほえみ、その先は言おうとしません。

「何があった。私に隠し立てはしないでほしい」

「どうして隠すことなど。私自身の悩みであれば、畏《おそ》れ多くともすぐに打ち明けます。これは、お話ししにくいことなのです」

ひどく口ごもっています。源氏の君は軽くけなしました。

「いつもの気をもたせるそぶりなんだろう」

すると、命婦は文を取り出しました。

「かの姫君からの御文です」

「これはなおさら、隠しておくことでもないだろうに」

源氏の君は取り上げますが、命婦は気をもみました。陸奥紙《みちのくがみ》の厚ぼったいものに、香《こう》を深くしみこませてあります。この姫君にしては上手に書いてありました。歌も添えてあります。

「〝唐衣《からころも》、君の心が恨《うら》めしいので、袂《たもと》はこれほど濡《ぬ》れそぼるばかりだ〟」

源氏の君には歌の心がわからず、首をかしげていました。

大輔の命婦は、布で包んだ古風で重い衣箱《ころもばこ》を前に置き、押しやります。

「これを、ためらわずにおわたしできるでしょうか。けれども、元旦の晴れ着にと（元旦に衣装を用意するのは正妻の役目）特別に用意なさったので、そっけなくお返しもできず。私の一存で隠しては、姫君の誠意にも反するのでご覧に入れるのです」

「隠されたら、きっとつらいことになったよ。濡れた袖《そで》を干してくれる人もいない私に、たいそううれしい心づかいだ」

源氏の君は応じますが、それ以上何も言いませんでした。

（あきれた歌の詠《よ》みぶりだ。これがあの人自身の精いっぱいの歌なのか。今までは、侍《じ》従《じゅう》が手を入れていたのだろう。それにしても、筆づかいの指導をする博士《はかせ》はいなかったのだろうか）

どこを見ても取り柄がないと感じます。しかし、心底努力して詠んだ歌なのだろうと思えば、ほほえんで見つめました。

「まことに畏れ多い歌とは、こういうときに言うのだろうな」

大輔の命婦は顔を赤らめていました。

古風な衣箱にあったのは、紅《あか》い今様色《いまよういろ》ながらも目立つほど艶《つや》のない古びた直衣《のうし》でした。表と裏が同じ濃い色で、縫《ぬ》い方にもまったく見どころがありません。文を広げた源氏の君は、その隅に遊び書きに書きました。

「〝心惹《ひ》かれる色でもないのに、どうしてこの末摘花《すえつむはな》（紅花《べにばな》の別名）に袖《そで》を触れてしまったのだろう〟

紅《くれない》の濃い花（鼻）とは見たけれど」

命婦が横目で見やると、そんなふうに書き汚していました。花（鼻）をけなした理由が思い当たる、たまに見かける月明かりの横顔であり、姫君が気の毒ながらもおかしくなりました。

「〝紅《くれない》の一度染めの薄い気持ちであろうと、ただ姫君の名を汚《けが》すことにならなければ〟

お二人の仲が心配で」

大輔の命婦が慣れた口ぶりで、独り言のように詠みます。源氏の君は、たとえ上手でなくとも、この程度には一通りの歌が詠める人であればと、かえすがえすも残念に思いました。身分を思えばいたわしいので、その名を貶《おとし》めることはできません。女房たちがやって来たので、ため息をついて言いました。

「この衣箱は隠しておこう。このようなまねは、あの人がするものではないのに」

（どうしてご覧に入れたのだろう。私までが気の利かないことをしてしまった）

大輔の命婦は恥ずかしくなり、そっと退出しました。

翌日、命婦が清涼殿《せいりょうでん》に出仕していると、源氏の君が台盤所《だいばんどころ》（女房の詰《つ》め所《しょ》）をのぞき、文を投げてよこします。

「ほら、これを。昨日の返事には妙に苦労してしまったよ」

周りの女房たちが、どういうことか知りたがりました。源氏の君は戯《たわむ》れに風俗歌《ふうぞくか》を口ずさんで出て行きます。

「ただ梅の花の色のごと、三笠《みかさ》の山の乙女《おとめ》をば捨てて」

これを聞いて、命婦もおかしくなりました。

「どうして、自分一人で笑っているの」

何も知らない女房たちが、命婦をとがめます。

「何でもありません。寒い霜《しも》の朝に、掻練《かいねり》（柔《やわ》らかくした絹、紅色がふつう）好きな人の鼻の色が見えたのでしょう。お口ずさみの歌がかわいそう」

女房たちは納得できずに言い合いました。

「こじつけでしょう。私たちの中に赤い鼻をしている者などいません。左近《さこん》の命婦《みょうぶ》や肥後《ひご》の采女《うねめ》がいるならともかく」

大輔の命婦が文を届けると、常陸《ひたち》の宮《みや》の屋敷では女房たちが集まって、源氏の君の文に見とれました。


「〃会わない夜を隔《へだ》てる中《なか》の衣《ころも》、その袖《そで》をますます重ねろと衣を届けてくれたのか〃」


白い紙に気取らずに書いてあるところが、かえって魅力的に見えました。

大晦日《おおみそか》の夕方、常陸の宮の屋敷に、この前の古風な衣箱に入れた衣料一揃《ひとそろ》いが届きます。葡萄染《えびぞ》めの織物の上衣、山吹襲《やまぶきがさね》などをいろいろ揃え、大輔の命婦が使者となって持ってきました。この前の直衣の色合いが気に入らなかったのだと、命婦は思い知るのですが、老いた女房たちはそう思いません。

「あれもまた紅色の重々しい品でしたよ。見劣りしないでしょう」

「姫様のお歌も、筋《すじ》が通って力強さがありました。このお返事は、ただ興に乗っているだけです」

口々に言います。常陸の宮の姫君も、たいそう苦労して詠んだ歌なのだからと思い、ものに書きとめておきました。


元旦が過ぎ、この年は男踏歌《おとことうか》がありました（隔年の一月十四日に実施）。例によって、あちらこちらで管弦《かんげん》と舞《まい》の稽古《けいこ》に騒《さわ》いでおり、源氏《げんじ》の君《きみ》も忙しくしています。しかし、淋しい常陸《ひたち》の宮《みや》の屋敷を哀れに思いやり、七日の白馬《あおうま》の節会《せちえ》の後、夜になって帝《みかど》の御前《ごぜん》を下がってから、宿直所《とのいどころ》に泊まると見せかけて夜更《よふ》けに訪問しました。

この屋敷の内も、ふだんより活気づいて世間並みに見えます。姫君にも、少し柔和になった様子が見えました。

（この人がすっかり打ちとけて変わったら、どんな感じだろう）

源氏の君は期待してみます。

日が射してくるまで、わざとぐずぐずしてから出ました。東の妻戸《つまど》を押し開けると、向かいの廊《ろう》が屋根もなく壊《こわ》れているので、日射しがそばまで入りこみます。雪が少し積もっているので明るく、奥もはっきり見えました。

姫君は、源氏の君が直衣《のうし》を着る様子を見ようと、少し物陰から顔を出しています。横向きに伏せた髪がこぼれ出ている様子は、たいそうすばらしく見えます。年明けて年齢を一つ加えた変化が見たいと、源氏の君は格子戸《こうしど》を上げました。

気の毒なことになった前回に懲《こ》りて、全部は上げません。脇息《きょうそく》を押してそばに寄せ、格子戸をもたせておきます。その明かりで、乱れた髪などをつくろいました。ひどく古ぼけた鏡台の唐櫛笥《からくしげ》、掻上《かかげ》（髪結《かみゆ》い道具）の箱を取り出します。さすがに男用の化粧道具も少しまじっているのが、粋《いき》でおもしろく思えました。

姫君の衣装は、今日こそ世間並みだと見ます。源氏の君が贈った衣料そのままなのですが、気づきませんでした。おもしろい紋様《もんよう》があって目につく表着だけ、もしやと思い当たります。

「今年こそ、少し声を聞かせてください。待たれる鶯《うぐいす》の声をさしおいても、あなたのお気持ちが改まるのが待ち遠しい」

源氏の君が言うと、姫君はやっとのことで震《ふる》える声を出しました。

「〝さえずる春は〟」

古歌《こか》の下の句は〝改まれども我ぞ古《ふ》りゆく〟です。

「そうでしょう。年を取ったしるしですね」

源氏の君は笑い、「夢かとぞ見る」と口ずさんで出て行きました。姫君はものに添い伏して見送っています。口もとを覆った様子を横目で見やりますが、やはりあの末摘花《すえつむはな》が赤く華やかに目立っていました。見苦しいものだと考えました。

二条院に着くと、紫《むらさき》の上《うえ》が、何ともかわいらしく少女らしい姿で出て来ます。紅色がこれほど感じいい人もいるのにと思えました。無紋《むもん》の桜襲《さくらがさね》（表が白、裏が赤または蘇《す》芳《おう》）の細長《ほそなが》を柔らかく着慣らし、無心な態度がたいそう可憐《かれん》です。古風な祖母君の流儀《りゅうぎ》で、今までお歯黒《はぐろ》もつけたこともなかったところ、源氏の君が化粧をさせたので、眉《まゆ》などがくっきりして愛らしく美しくなりました。

（どうしてみずから好んで、男女づきあいで苦労しているのだろう。これほどいじらしい人の相手もせずに）

源氏の君は考えます。いつものようにいっしょに人形遊びをしました。

紫の少女は絵を描《か》いて色を塗《ぬ》ります。あれこれおもしろく描き散らしました。源氏の君も描き添えます。髪のたいそう長い女の絵を描き、その鼻に紅を塗ってみると、絵姿でさえみっともなくなりました。

自分の顔を鏡に映し、たいそう美しいのを見やって、みずからの手で赤鼻に塗ってみます。これほど顔立ちが整っていても、鼻が赤くなっては見苦しくなるようでした。少女がそれを見てひどく笑います。

「私がこんな変な顔になったら、どうする」

「とてもいやだと思う」

赤い染料がしみつかないかと心配しています。

源氏の君はぬぐうふりだけして、深刻な口調で言いました。

「もう白くならない。つまらないいたずらをしてしまった。帝が何とおっしゃるだろう」

紫の上は本気で気の毒がり、寄り添ってぬぐおうとしました。

「平中《へいちゅう》のように、余計な彩《いろど》りを添えてはならないよ。赤いのはまだ我慢できるけれどね」

源氏の君は戯《たわむ》れに言います。古い説話で、好色者の平中が嘘泣《うそな》きの水に墨《すみ》を混ぜられ、顔じゅうを黒くしたことを引き合いにしたのです。何ともほほえましい仲に見えました。

日がうららかに射し、いつのまにか霞《かすみ》も晴れわたり、梢《こずえ》の蕾《つぼみ》が待ち遠しい季節です。梅の花がほころび、ほほえむように咲き出しているのがとりわけ目につきます。階段の屋根の下の紅梅《こうばい》が早咲きで、もう色づいているのでした。

「〝紅《くれない》の花が奇妙に疎《うと》ましい。高く伸びた梅の枝には心惹《ひ》かれるのに〟

いやはや」

源氏の君は、むやみにため息をつくのでした。

こうした女人《にょにん》たちのその後は、いったいどうなったでしょうか。

都での再会

光源氏《ひかるげんじ》の前半生の大事件は、兄の帝《みかど》への謀反《むほん》を疑われ、官位を剝奪《はくだつ》され、みずから都を去った苦難の日々でした。『紫の結び（二）』所収の「須磨《すま》」「明石《あかし》」の帖《じょう》にその流浪《るろう》が語られます。

転落のきっかけは、右大臣《うだいじん》の娘・朧月夜《おぼろづきよ》の君《きみ》と情を通じたことですが、これも源氏《げんじ》の君《きみ》の捨てばちな行動ゆえでした。父の死去で、自分や藤壺《ふじつぼ》の宮《みや》に後ろ盾《うしろだて》がなくなり、右大臣家が時流の頂点にいることへの腹いせがあったでしょう。

三年後に帰還の命があり、都に返り咲いた源氏の君は二十八歳になっています。栄枯盛衰《えいこせいすい》が身にしみたせいか、以前より人格者になったようです。とはいえ、色好みと長く執着を忘れない性分は直っていません。

「蓬生《よもぎう》」と「関屋《せきや》」の帖は、『紫の結び（二）』所収の「澪標《みおつくし》」の次に並んで置かれています。

「蓬生」では末摘花《すえつむはな》の君《きみ》のその後、「関屋」では空蟬《うつせみ》のその後が語られます。彼女たちの後日談が知りたいと、当時の読者たちが望んでいたのだろうと思わせます。

五　蓬生《よもぎう》

光源氏《ひかるげんじ》が須磨《すま》、明石《あかし》を流浪《るろう》した年月、都にはさまざまに思い嘆く女人《にょにん》がいました。

それでも生活の基盤のある女人は、不在がつらくても暮らしは安定しています。二条院の紫《むらさき》の上《うえ》は、旅先の暮らしを詳しく知らせる文《ふみ》をもらい、官位を失った源氏《げんじ》の君《きみ》の仮の衣装を旅先へ送り、この世のつらさを折にふれて分かち合うことで、慰《なぐさ》めも得られたでしょう。

世間のだれもが源氏の君の通《かよ》い先と知らず、都を去った様子もよそで知るしかなかった女人たちのほうが、かえって人知れず心を痛めることが多いのでした。

末摘花《すえつむはな》の君《きみ》は、父の親王《しんのう》が亡くなってから面倒を見る人もなく、ひどく心細い暮らしをしていましたが、思いも寄らず源氏の君が現れ、その後も忘れずに訪れるようになりました。多大な権勢を持つ源氏の君にとって、取るに足りないわずかな救済でしたが、待ち受けるほうの生計の苦しさでは、大空の星の光をたらいの水に映し取る心地で過ごしたのでした。

しかし、世間に騒《さわ》ぎが起こり、源氏の君はこの世のすべてを悲観します。混乱の中で、特に深い仲ではない女人たちへの気づかいは忘れたようになり、遠方へ去っていきました。その後は、ことさら安否をたずねる文も届きません。しばらくは名残《なごり》を偲《しの》んで泣く泣く過ごしましたが、年月がたつにつれて痛々しく淋しいありさまになりました。

老いた女房《にょうぼう》たちは、ため息をつきます。

「いやもう、まったく残念なご宿縁《しゅくえん》だ。思いがけず神仏が現れなさったかと思うご厚情で、姫様《ひめさま》にもこのようなおかたがお出ましになると、すばらしく思っていたのに。世間でよくあることとはいえ、またも頼む人がいなくなったご様子が悲しい」

貧しい暮らしに慣れきった年月は、言いようもない淋しさも当たり前に過ごしていましたが、なまじ世間並みの生活を覚えた数年間のせいで、かえって耐えがたく思えるようでした。

多少しっかりした女房が、自然に集まって仕えていましたが、源氏の君が都を去ると同時に次々に去って行きました。老いた女房で亡くなる者もいて、月日とともに上下の使用人が少なくなります。

もとから荒れていた常陸《ひたち》の宮《みや》の屋敷《やしき》ですが、ますます狐《きつね》の住みかになりました。気味悪くうっそうとした木立に、梟《ふくろう》の声を朝夕聞き慣れます。人の気配があれば、こうした鳥獣《ちょうじゅう》は急いで隠れるのですが、木霊《こだま》のような不届きなものが住みついて姿を現すようになり、わびしいものごとが数知れずありました。

わずかに残っている女房が言いました。

「もう、やむを得ないでしょう。最近の受領《ずりょう》で風流な住まいを好む者が、この庭の木立に目をつけて『手放すお気持ちはないだろうか』と、女房に取り次ぎを求めています。そのようになさって、これほど気味の悪いお住まいを移ることを思い立たれては。残ってお仕えする者も耐えがたいのです」

「まあ、ひどい。世間の人がどう思うか。私が生きている間に父の宮の屋敷を変えてしまうことなど、どうしてできます。恐ろしげに荒れ果ててしまったといえども、父の宮の面影《おもかげ》が残る古い住みかだと思うからこそ、心も慰められるのに」

末摘花の君はそう言って泣き出し、一考もしませんでした。

室内の調度品は、古びて使いこんであっても昔風の格式高い品でした。目利《めき》きを自負する者がそういう品を欲しがり、常陸の宮がどこそこの名匠《めいしょう》に作らせたと聞きこんでは、取り次ぎを求めてきます。貧しい生活をおのずと見下して申し出るのでした。例の女房は言います。

「しかたありません、これこそ世の常《つね》のこと」

目立たないように売り払い、さし迫った今日明日の生計の足しにしようとします。しかし、末摘花の君はたしなめるのでした。

「父の宮は私に見せようと、ここに置かれたのです。どうして軽薄な他人の家の飾りにできますか。亡きおかたのご意向にそむくのはいやです」

ちょっとした雑用さえも、用立てに訪れる人のいない身の上でした。ただ、兄の禅師《ぜんじ》の君《きみ》だけが、たまに都に出てきたときに立ち寄って行きました。しかし、この人もめったになく古風な人物で、同じ法師《ほうし》の中でも実生活を知らず、浮き世離れした聖《ひじり》なのでした。屋敷に茂り合う草蓬《くさよもぎ》を見ても、手入れするものとも気づきません。

そうするうちに、浅茅《あさじ》が庭を覆《おお》い尽《つ》くし、茂った蓬は軒先《のきさき》まで伸び育っていました。草やぶが東西の門を閉じてしまったのは安心とも言えますが、崩れかかった周囲の築地《ついじ》から馬や牛が入りこんで道ができ、春夏には牧童《ぼくどう》が放牧しようとするので失礼でした。

八月、野分《のわき》（台風）が荒れた年に、廊《ろう》などの建物が倒壊《とうかい》し、粗末《そまつ》な板葺《いたぶ》きだった下《しも》の屋《や》は、わずかな屋台骨しか残りませんでした。

後に残ろうとする下仕《しもづか》えもいません。炊事《すいじ》の煙《けむり》も絶え、哀れに悲しいことがたくさんありました。盗賊《とうぞく》のような狼藉者《ろうぜきもの》は、見るからに目ぼしいものがなさそうだからか、用なしと素通りします。そのため、原野のような草やぶながらも、寝殿《しんでん》だけは昔と様子が変わりませんでした。床《ゆか》をきれいに掃《は》き清める人がいないので、塵《ちり》が積もりますが、俗世間と離れた几帳面《きちょうめん》な暮らしを続けました。

ちょっとした歌集、物語のような気晴らしがあってこそ、所在なさを紛《まぎ》らわせ、不如意《ふにょい》な生活を慰めることができるでしょう。けれども末摘花《すえつむはな》の君《きみ》は、こうした方面にも不案内でした。

特に歌を好まなくても、急ぐ用事のないとき、仲のいい同士で文を取り交わしてこそ、若い人は草木につけても心が慰められるものです。しかし、この姫君《ひめぎみ》は親の方針のまま、他人との交際を恥ずかしく思っていました。たまに文をくれる相手がいても、一向になじみません。物語は、古ぼけた厨子《ずし》を開け、「唐守《からもり》」「はこやの刀自《とじ》」「かぐや姫《ひめ》」を絵に描《か》いたものをときどき手に取るだけでした。

古歌の歌集は、趣味よく選び出して詞書《ことばが》きや作者を明記し、深く鑑賞できてこそ楽しみがあります。事務的な紙屋紙《かんやがみ》、陸奥紙《みちのくがみ》の厚ぼったいものに、ありふれた古歌を書きつけた歌集では興ざめですが、あまりにもの思いがつのるときは、それを出して広げました。当世風の人々がするという、経を唱えたり勤行《ごんぎょう》したりは恥ずかしいと考えています。見る人もいないのに、数珠《じゅず》などは持とうとしませんでした。このように、たいそう古風で堅苦しい暮らしを続けました。

侍従《じじゅう》という乳母子《めのとご》だけは、長年女主人を見放さずにいましたが、通《かよ》いで仕えていた斎院《さいいん》も亡くなったため、耐えられないほど生計が逼迫《ひっぱく》します。

末摘花の君の母北の方の姉妹に、身分を落として受領《ずりょう》の北の方になった人がいました。娘たちを大事に育てていたので、この侍従は、知り合いがだれもいない出仕《しゅっし》先よりいいと考えます。親たちも常陸《ひたち》の宮《みや》に仕えた縁《えん》でそちらに顔を出していたのを思い、ときどき通って仕えるようになりました。しかし、末摘花の君は人見知りのあまり、おば君《ぎみ》とも親しくつきあいませんでした。

「この私を見下して、親族の不名誉だとお思いのようだから、姫君の暮らしのお気の毒さもお助けできないのですよ」

おば君は憎らしげに侍従に言いますが、ときどき文を出すのでした。

平凡に生まれついた者ほど、高貴な人をまねて気取りたがるものですが、このおば君は、高貴に生まれついても受領の妻になる宿命だったせいか、気質に少々品《ひん》がありませんでした。

（私が受領の妻に落ちぶれたと、見くびって思われたからには、どうにかしてあの人を私の娘の使用人にしてやりたい。性質が古風すぎても、お世話人としては安心できるだろう）

そう考えて、末摘花の君に言い送りました。

「ときどきこちらにお出かけになり、娘たちに琴《こと》の音《ね》をお聞かせください」

侍従もくり返し勧めます。末摘花の君には、おば君に対抗する気はないのですが、たいそう恥《は》ずかしがり屋のため、親交を持とうとしません。おば君はいまいましく思っていました。

こうしているうちに、受領の夫が大弐《だいに》（大宰府《だざいふ》の次官）に任官します。娘たちに相応の婿《むこ》を迎えて都に残し、夫婦で筑紫《つくし》（九州）へ下ることになりました。もう娘の後見はいらないのに、なおも末摘花の君を使用人にしたくて、口先では親切に誘います。

「遥《はる》かな土地へ下向《げこう》してしまえば、心細いお暮らしをご支援できなくなります。近くに住むから安心していましたが、お気の毒で心配で」

しかし、末摘花の君は一切応じませんでした。おば君は腹を立て、呪《のろ》って言うのでした。

「まったく憎らしい、ごたいそうに。自分一人でお高くとまっていても、あんなやぶ原で年月を過ごした人を、大将《たいしょう》どの（源氏の君）が大事に思ったりなさるものですか」

そうした中で、まさに源氏の君が、帝《みかど》の命を受けて都に帰還します。天下の人々は喜びにわきかえりました。

朝廷《ちょうてい》に復帰した源氏の君に、われ先に忠誠心を見せようと、それしか考えない男女が高い身分にも低い身分にもいました。迎合《げいごう》する人々の心のあり方を目《ま》の当《あ》たりにして、源氏の君には思い知ることがいろいろありました。こうも周囲があわただしかったので、常陸の宮の屋敷を思い出す余裕《よゆう》もなく月日が過ぎます。

末摘花の君は思いました。

（今はもうこれ限りなのだ。この数年、源氏の君の不遇《ふぐう》なお立場をひどいと思いながら、萌《も》え出《い》づる春の復権があると信じ続けてきた。けれども、卑《いや》しい人々さえ喜びに思う官位のご昇進を、私はよそに聞くばかりだった。以前、悲しかった別れのつらさを、わが

身一つのためにあると感じたのも、無意味なことだったのだ）

心も折れてつらく悲しく、人知れず声を上げて泣きました。

大弐の北の方は、いっそうばかばかしいと考えます。

（思ったとおりだった。これほど貧しくみっともない暮らしの女を、大事な人に数える男がいったいどこにいる。仏も聖《ひじり》も、心の素直な人ほどよく導いてくださるのに、こんな状態で偉そうに世間を甘く見ているのだから。父の宮と母君がご存命のころの習慣のまま、思い上がりが抜けない人の哀れなこと）

そして、言葉巧みに持ちかけました。

「やはり、筑紫へ行くご決心をなさっては。世間がつらいときは、つらさの少ない山奥を訪ねるものです。田舎《いなか》暮らしなど気に入らないと思っておいででしょうが、今ほどみっともない暮らしはけっしてさせませんから」

貧乏に気を滅入《めい》らせた女房たちは、不満をつぶやくのでした。

「お受けなさればいいのに。姫様は、ふだん偉ぶることのないおかたなのに、何を思ってこうも頑固《がんこ》になっていらっしゃるのだろう」

侍従は、大弐の甥《おい》にあたる若者と恋仲になりました。都に残して行けないと言われ、はからずも大宰府へ同行することになります。

「おそばにいられなくなるのが心苦しくて」

そう言って、末摘花の君にも筑紫への下向を勧めました。しかし、当人は今も、訪れなくなって久しい源氏の君に一縷《いちる》の望みをかけていました。

（それでも、時がたてば思い出してくださることがあるかもしれない。あのかたは、やさしく心をこめて約束なさったのだから。この身は前世《ぜんせ》の功徳《くどく》も少なく、忘れられてしまったけれど、風のたよりに私の悲しい境遇をお聞きになれば、来てくださるのでは）

長年、そう思い続けていたのです。屋敷の大部分が以前よりさらに荒れ果てても、みずからの意志で、小さな調度品まで売ろうとしませんでした。源氏の君が訪れたころと同じに保つことを念じて過ごしたのです。

声を上げて泣くことも多くなり、ますます憂《うれ》いに沈んだので、ただ山人《やまびと》の赤い木の実一つを顔に添えたような横顔は、並の男には我慢できないと見えました。詳しくは言いません。気の毒で口さがないことです。

冬になるにつれて、ますます訪れる者もないまま、末摘花《すえつむはな》の君《きみ》は悲しげにぼんやり過ごしていました。

二条院では源氏の君が、亡き父の院を追善《ついぜん》する法華八講《ほっけはっこう》を、世間をゆるがせて開催《かいさい》していました。僧侶《そうりょ》にも平凡な者は選ばず、学問に優れて修行の功を積んだ尊い僧のみ招いています。その中に禅師《ぜんじ》の君《きみ》が呼ばれていました。

禅師の君は、帰りがけに常陸《ひたち》の宮《みや》の屋敷に立ち寄ります。

「これこれのわけで、権大納言《ごんだいなごん》（源氏の君）どのの御八講《みはっこう》に参上したよ。たいそう立派な法会《ほうえ》だった。この世に顕現《けんげん》した浄土《じょうど》のようで、厳《おごそ》かで目を見張る装備を尽くしておられた。あのおかたは、仏菩薩《ほとけぼさつ》の生まれ変わりかもしれない。五種類の濁《にご》り深き世に、どうしてお生まれだったのか」

そう語るとすぐに帰って行きました。口数少なく、世間の人とは気質の違う兄妹なので、暮らし向きの話は相談できませんでした。

（豪華《ごうか》な法会をなさるのに、みじめな私の窮状《きゅうじょう》を音沙汰《おとさた》なしで見過ごすとは、ずいぶん思いやりのない仏菩薩だ）

末摘花の君はつらくなり、源氏の君とは真実これ限りなのだと、ようやく思い始めました。そこへ大弐《だいに》の北の方がやって来ました。

ふだん訪問などしないのに、大宰府《だざいふ》へつれていく魂胆《こんたん》があるので、末摘花の君のために装束《しょうぞく》を用意しています。仕立てのいい牛車《ぎっしゃ》に乗り、誇《ほこ》らかな顔つきで、何の悩みもない様子で現れました。

門を開けさせようとすると、見苦しく寂《さび》れた状態はこの上ありません。門の扉《とびら》も壊れて傾いているので、北の方の従者たちが手伝い、開け騒ぐことになりました。一面のやぶ原で、屋敷に通《かよ》う道を探しあぐねます。寝殿《しんでん》の南面《みなみおもて》にわずかに格子戸《こうしど》を上げてあるところを見つけ、乗り入れた牛車を寄せました。

末摘花の君は、ますますばつが悪く思います。侍従《じじゅう》が、あきれるほど煤《すす》けた几帳《きちょう》から顔を出して応対しました。容色は以前より衰えています。長年の貧しさにやつれてしまったのですが、それでも小ぎれいで上品な娘でした。畏《おそ》れ多くも女主人と取り替えたく見えました。

大弐の北の方は言います。

「もう出発しようと思いながらも、心苦しいお暮らしをお見捨てしづらくて。今日は侍従を迎えに来たのですよ。私をお嫌いになって、わずかも訪問してくださらなくても、侍従の同行はお許しくださらないと。それにしても、どうしてこれほど痛ましいお住まいなんでしょう」

ふつうはここで泣き出すところでしょうが、旅立ちに浮き立つおば君は、たいそう心地よげでした。

「常陸《ひたち》の宮《みや》がご存命のころ、私を親族の恥としてお見捨てになったので、それから疎遠《そえん》になってしまいましたが、この年月もあなたを他人とは思っていません。高貴な姫君のように気位を高くお持ちで、源氏の君がお通《かよ》いになった御縁も畏《おそ》れ多いと、親しいおつきあいを遠慮していたのです。けれども、世の中とは定めなきもので、数に入らぬ私のほうが、かえって心安らかでいられますね。

以前、私には及びもつかないと拝見したご境遇が、今では悲しく心苦しいばかり。都にいればご無沙汰《ぶさた》しても安心できたけれど、こうも遥《はる》か遠くへ旅立つことになって、気がかりでお気の毒に思えます」

このように言われても、末摘花の君も打ちとけた返事はできませんでした。

「お誘いはうれしいのですが、世間知らずの私ではどうにも。このままの暮らしで朽《く》ち果《は》てるのがよいかと思っています」

大弐の北の方は言い聞かせました。

「たしかに、そうもお思いでしょうけれど、この世に生きる身を捨てて、こんな不気味な場所で暮らす例などありません。源氏の君がここを立派に改修なさるなら、一転して玉の台《うてな》にもなるでしょうが、あのかたは今、兵部卿《ひょうぶきょう》の宮《みや》の御娘《おんむすめ》（紫《むらさき》の上《うえ》）の他に愛情を分け与える女人《にょにん》もいないのですよ。以前は色好みなご性分でしたが、気まぐれにお通いになったあちらこちらの家は、すべてお見限りになっています。まして、これほどみすぼらしいやぶ原に住む人を、純情に自分を頼り続けたからと訪ねてくることなど、万が一にもあり得ないでしょう」

末摘花の君もそのとおりだと考えます。しみじみ悲しくなって泣きました。けれども、腰を上げる気配は一向にありません。おば君は説得に手間取って日を暮らしました。

「では、侍従だけでも」

日が沈むのを知って急《せ》かします。侍従も気がもめて、泣きながら女主人にそっと言いました。

「それなら、今日のところは、これほどおっしゃるおかたの見送りとして行ってまいります。おば君のお話にも一理あります。けれども、姫様が思い悩んでおられるのはわかるので、お二人の間に入ってお聞きするのはつらいことです」

末摘花の君は、この人まで自分を見捨てて行くのが恨めしいのですが、引き止める雄弁さはありません。ますます声を上げて泣くことしかできませんでした。

形見として贈るべき、着慣れた衣も古ぼけているので、長年の記念にする品が見あたりません。ただ、抜《ぬ》け毛《げ》を集めて鬘《かずら》にしたものが九尺あまりもあってたいそう美しかったので、きれいな箱に入れ、昔の衣被香《えいこう》で香り高いものを一壺《ひとつぼ》添えて与えました。

「〝絶えるはずのない関係とたのみにした玉かずらは、思いの外に遠くへ行ってしまう〟

亡き乳母《めのと》が言い置いたこともあったから、不甲斐《ふがい》ない私を最後まで助けてくれると思ったのに。捨てられるのは当然でも、他のだれに託《たく》して去って行くのかと恨めしい」

そう言って、末摘花の君はひどく泣きます。侍従も弁解できずに泣きました。

「母の遺言《ゆいごん》は、今さら申し上げるまでもありません。長年の耐えがたい生活のつらさを耐えてきたのに、こうも意外な道に誘い出され、遥《はる》か遠くへさまよい出ることになるとは。

〝玉かずらが絶えても、私たちの関係は消えない。行く道の手向《たむ》けの神にかけて誓《ちか》おう〟

命の長さは知りませんが」

「どうしたの、暗くなってしまったのに」

大弐の北の方が苛立《いらだ》って言い、侍従は心ここにあらずで屋敷を出ます。牛車から後ろをふり返ってばかりいました。

今まで、嘆きながらも女主人のそばを離れなかった侍従が、こうして別れていったので、末摘花の君はどうにもならないほど淋しくなります。よそでは採用されそうにない、年老いた女房たちまでが言い出すのでした。

「さてまあ、これが当然ですよ。どうしてここにとどまれるでしょう。私も望みをなくさず、新しい仕え先を考えなくては」

それぞれの縁故《えんこ》を思い返し、この屋敷にはいられないと思っている様子でした。末摘花の君は見苦しいと思いながら座っていました。

霜月《しもつき》（十一月）にもなると、雪やあられがよく降りました。よそでは積もった雪が消える期間があるのに、朝日夕日をさえぎる蓬《よもぎ》のやぶ陰《かげ》に深く積もった雪は、越《こし》の白山《しらやま》を思わせる万年雪です。その雪を踏《ふ》んで出入りする下仕《しもづか》えもいません。末摘花の君は、所在なく思いにふけるのでした。

他愛のないことを言って慰《なぐさ》め、泣いたり笑ったりして気を紛《まぎ》らしてくれた侍従はもういません。塵《ちり》の積もった夜の几帳《きちょう》の内側の、侍従の寝《ね》ていたあたりの空虚《くうきょ》さが、うら悲しく感じられました。

源氏の君は、紫《むらさき》の上《うえ》との久々の暮らしにますます気ぜわしい毎日でした。特に大事な女人《にょにん》ではないあちらこちらには、わざわざ出かけることもしませんでした。ましてて末摘花《すえつむはな》の君《きみ》のことは、あの人は今もこの世に生きているだろうかと思い出すことがあっても、訪問しようと急ぐ心もなく過ぎていきます。そのまま年が変わりました。卯月《うづき》（四月）のころ、花散里《はなちるさと》の君《きみ》を思い出し、紫の上にことわりを入れてお忍《しの》びで出かけます。

ここ数日降っていた雨の名残《なごり》が、また少し降りかかって風情を添えた上、月が顔をのぞかせました。過去の忍び歩きが思い浮かぶ、優艶《ゆうえん》な夕月夜です。牛車《ぎっしゃ》の中でいろいろな思い出にふけっていると、見る影もなく荒れた屋敷があり、庭の木立が森のように茂った場所を通りました。

巨木の松に巻きついた藤《ふじ》が、花を咲かせています。月明かりに美しく映え、花房《はなぶさ》が風になびいてさっと匂《にお》い立ちました。懐かしくそこはかとない香りです。橘《たちばな》の花に替わっておもしろく思い、車から顔を出すと、柳《やなぎ》の木もたいそう枝垂《しだ》れ、築地《ついじ》の壁《かべ》がさえぎらないせいで乱れ伏していました。見覚えのある木立だと思ったのは、ここが末摘花の君の屋敷だからでした。胸を打たれて牛車を停《と》めました。

例の惟光《これみつ》は、忍び歩きには必ずお供するのでそばに控えています。呼び寄せて言いました。

「ここは常陸《ひたち》の宮《みや》の屋敷だろうな」

「さようで」

「ここに住んでいたお人は、まだ淋しく暮らしているのだろうか。訪問するべきだが、そのために出てくるのも気づまりだ。このついでに、中に入って挨拶《あいさつ》しなさい。よくよく確かめてから言葉をかけるのだよ。人違《ひとちが》いをしては愚《おろ》か者《もの》になる」

末摘花の君は、長雨にますます憂愁《ゆうしゅう》が増していました。沈みこんで過ごしていると、昼寝の夢に亡き父の宮が出て来ます。目が覚めても、名残惜しく悲しいのでした。雨漏《あまも》りで濡《ぬ》れた廂《ひさし》の端《はし》を仕え人に拭《ふ》かせ、御座所《ござしょ》のあちらこちらを整えさせながら、いつになく世間並みに歌を詠《よ》む気分になります。

「〝亡き人を慕《した》う袂《たもと》が涙で乾く間もないのに、荒れた軒先《のきさき》のしずくまで加わるとは〟」

そんな歌を詠むのも、痛々しいことではありました。

惟光は敷地に入り、あちらこちらをめぐり歩き、人の物音のするほうへ向かおうとしますが、人の気配は少しもありません。

(これまでも、前を通るときは注意して見ていたが、だれかが住んでいる様子もなかったのだ)

そう思って戻ろうとしたとき、月が明るく照らしました。寝殿《しんでん》のほうを見やると、格《こう》子戸《しど》が二間ばかり上げてあり、簾《すだれ》が動く様子です。

わずかな気配を見つけたことで、かえって恐ろしく感じましたが、それでも、そばに寄って咳払《せきばら》いしました。ひどく年老いた声が、まず咳こんでから応じました。

「どなた。どこのお人です」

惟光は名を名乗って言いました。

「侍従《じじゅう》の君《きみ》と呼ばれていたおかたに、対面をお願いしたい」

「その人はよそへ行きました。けれども、私も同じような者ですよ」

たいそう老《ふ》けこんでいますが、聞き覚えのある老い女房の声でした。

屋敷の人々は、源氏の君の使者とは思い及びません。狩衣《かりぎぬ》姿の男が、ひっそりとものの柔らかな態度で現れたので、見慣れないまま、ひょっとすると狐《きつね》の化身ではと疑っていました。

惟光は、御簾《みす》に近寄って言いました。

「確かなことが知りたいのです。こちらの姫君が以前と変わらぬご様子なら、源氏の君はおうかがいする誠意を絶やさずお持ちのようです。今宵《こよい》も行き過ぎることができずに待っていらっしゃいます。どうお伝えすればいいでしょう、気を楽にしてお答えを」

老いた女房たちは、ようやく納得して笑い出しました。

「以前と変わるおかた様であれば、このような浅茅《あさじ》が原《はら》を捨てずに住んでいるでしょうか。推し量ってお伝えください。長く生きた私も他では例を見ないほど、世にもまれなお暮らしぶりでいらっしゃったのですから」

いくらか口が軽くなった女房は、問わず語りを始めそうで厄介《やっかい》です。惟光はその場を離れました。

「よしよし、まずはこれをご報告しましょう」

惟光の姿を見て、源氏の君は言いました。

「どうしてこれほど長くかかったのだ。どうだった。昔の跡《あと》も見えない蓬《よもぎ》の茂り方だな」

「これこれの様子で、やっとのことでたどり着いたのです。侍従のおばの少将《しょうしょう》という老い女房が、以前と同じ声で応じました」

情況を語ると、源氏の君は心をゆさぶられました。

（このような草やぶの中で、どんな思いで暮らしてきたのだろう。なのに私は、今まで文一つ送らなかったとは）

自分自身の薄情さを思い知らされます。

「どうすればいいだろう。こうした忍び歩きも難しくなっているのに、ついでがなければ立ち寄ることもできない。以前と変わらないというのも、たしかにそう推察できるお人柄だったよ」

いきなり中に入るのは気が引けました。礼儀正しく先に文を送りたいのですが、過去の返歌の遅さが今も変わらないのであれば、使者が立ち往生するのは気の毒です。思いとどまりました。

惟光が言います。

「かき分けて通ることもできない蓬の露《つゆ》の多さです。少し露を払わせてからお入りになったほうがいいでしょう」

源氏の君は、独り言に詠みました。

「〝探しながらも私は訪ねよう。道もなく深く茂った蓬《よもぎ》に隠れた変わらぬ心を〟」

牛車を降りると、惟光が歩く先を馬の鞭《むち》で払いながら通しました。木立から雨のしずくが秋の時雨《しぐれ》めいて落ちてくるので言います。

「〝御傘《みかさ》〟をどうぞ。たしかに〝木《こ》の下露《したつゆ》は雨にまされり〟ですね」

指貫《さしぬき》の裾《すそ》はすっかり濡れそぼりました。昔でさえあるかなきかに見えた中門は、さらにあとかたもなくなり、建物に入る姿が無様《ぶざま》に見えます。そばで見る人もいないのが救いでした。

末摘花の君は、これ限りと思いながらも待って過ごした念願がかない、喜ばしいのですが、気後れするみすぼらしさで対面することが恥ずかしくなります。大弐《だいに》の北の方が贈った装束《しょうぞく》は、不快に思って見向きもしませんでしたが、老い女房たちが香木《こうぼく》の唐櫃《からびつ》にしまっておいたため、感じよく香《こう》がしみていました。これを出してきたので、他に方法もなく着替えます。そして、例の煤《すす》けた几帳《きちょう》をそばに寄せて座っていました。

訪れた源氏の君が声をかけます。

「長年会えずにいる間も、あなたを思う心は変わらずに案じていましたが、そちらは文もくださらないのが恨めしく、今までお気持ちを試していたのですよ。三輪山《みわやま》のしるしの杉《すぎ》ではないが、こちらの木立に見覚えがあり、行き過ぎることもできずに負けてしまいました」

几帳の帷子《かたびら》を少しかきやると、姫君は例によってひどく恥じらい、すぐには返事もしません。しかし、草やぶを分けて訪ねて来た相手の気持ちを浅いとは思えず、勇気を出してかすかな声で答えましました。源氏の君はさらに言いました。

「このように、草に隠れてお過ごしになった年月の悲しさはどれほどかと。また、私自身の心が変わらないせいで、あなたのお心もわからないまま、分け入ってきた嘆きの多さをいかがお思いですか。この数年のご無沙汰《ぶさた》は、世間のどこも同じご無沙汰なのでお許しいただけるでしょう。今後は、あなたのお心に反することがあれば、言葉をいつわった罪も負いましょう」

などと、それほど深く思っていなかったことまで、情をこめてあれこれ言って聞かせたようでした。

長居しては、屋敷の様子をはじめとして見ていられない状態なので、それらしい理由をつくろって帰ろうとします。自分が植えたものではないにしても、松が梢《こずえ》高く育った年月が感慨深く、わが身の夢のような流浪《るろう》と復帰が思いやられました。

「〝藤《ふじ》の花が行き過ぎにくく見えたのは、松があなたの待つ宿のしるしだったからだ〟

数えてみればずいぶん年数がたったものです。都で変わってしまったものごとが多いのも、さまざまに思いやられます。そのうちゆっくり、地方に流された身の苦労も語り尽くしましょう。これまでの年月、毎年の生活の苦しさを、あなたはだれに訴えることができたのだろうと、率直に思うのもおかしな心情ですね」

末摘花の君はそっと詠みます。

「〝年を経て待った甲斐《かい》もないわが宿に、藤《ふじ》の花を愛《め》でるためだけに立ち寄ったのか〟」

静かに身じろぎする気配も袖《そで》の香《か》も、以前より向上したのではと、源氏の君は思うのでした。

月が沈みかけ、開いている西の妻戸《つまど》から華やかに射し入ります。あるべき渡殿《わたどの》になる建物も失《う》せ、軒先《のきさき》もすっかりなくなっているせいでした。調度品に月の光があたり、あれこれと見えますが、昔と変わらないしつらいが、しのぶ草にやつれた寝殿の外見よりも優雅でした。

源氏の君は、昔物語にある塔《とう》を壊《こわ》した人を思い合わせます。同じように貞淑《ていしゅく》に年月を過ごしたのも哀れでした。ひたすら内気な態度にもさすがの上品さがあり、奥ゆかしく思えます。

（色恋の相手でなく、生活のお世話をする相手として見捨てるまいと思っていたのに、この年月のさまざまな悩みですっかり忘れたことを、薄情に思っていただろうな）

そう考え、気の毒になりました。

あの花散里の君も、人目を引く当世風の華やぎを持つ人ではありません。末摘花の君と比べてそれほど差が生じなかったためか、この人の欠点もずいぶん大目に見ることができたようでした。


賀茂《かも》の祭《まつり》、斎院御禊《さいいんみそぎ》のころ、その準備の名目で、人々が源氏の君に献上《けんじょう》した品がさまざまに集まりました。源氏の君は、関係のある女人《にょにん》たちに配ります。特に末摘花《すえつむはな》の君《きみ》には細かく配慮しました。懇意《こんい》の人々に言いつけ、部下を派遣して蓬《よもぎ》を払わせます。崩れかけた築地《ついじ》が見苦しいので、板垣《いたがき》で修繕しました。

昔の愛人を見つけ出したと、世間の噂《うわさ》になっては外聞が悪いので、何度も訪問はしません。こまごまと文を書き、二条院の隣に新築している邸宅《ていたく》の話を伝えました。

「そこに住居をお移しするのがいいと思っています。ふさわしい女童《めのわらわ》などを探しておいてください」

老いた女房たちの身の上まで思いやって連絡します。みすぼらしく蓬に埋もれた身にあまる厚情であり、女房たちは空を仰《あお》ぎ、二条院の方角に向かって感謝をささげるのでした。

かりそめの遊びごとでも、ありふれた女には目や耳をとめない源氏の君です。人並み以上にこれはと思える、心の琴線《きんせん》にふれる美女を探していると、世間の人々は想像しています。これほど正反対の、何ごとも人並みに届かない女人を大事に扱うとは、どういう性分なのでしょう。これも前世《ぜんせ》の契《ちぎ》りなのでしょうか。

今は限りと見切りをつけ、それぞれに散っていった屋敷の使用人は、上下を問わず、われもわれもと再び仕えようとしました。どこまでも遠慮深い女主人の気立てに慣れた後で、成り上がりの受領《ずりょう》の家に仕えた女房などは、なじめず居心地の悪い思いをしたために、軽率な心根を見せて舞い戻ってきます。

源氏の君は、過去にも増して権勢盛んであり、その上に人々への思いやりが加わったので、行き届いた配慮を見せました。常陸《ひたち》の宮《みや》の屋敷にその余波が表れ、だんだん訪れる人も増え、庭の草木も風情があると見なされるようになりました。遣水《やりみず》の流れを整備し、前栽《せんざい》の下枝も涼しげに調《ととの》えます。源氏の君にそれほど重んじられない下家司《しもけいし》で、働きぶりを買ってほしい者は、この屋敷が重要視されると見て取り、ご機嫌《きげん》取りにせっせと奉仕するのでした。

二年ほどこの古い屋敷でひっそり過ごし、その後は二条東院というところに移りました。源氏の君と対面することはめったにありませんが、二条院の敷地内であり、何かの用事で東院へ来たときに末摘花の君の住まいへも寄っていきます。あまり軽んじた扱いはしませんでした。

大弐《だいに》の北の方が、上京してから驚嘆《きょうたん》して考えたことや、侍従《じじゅう》がうれしいながらも、あとわずか待てなかった自分の軽薄さを恥ずかしく思ったことなど、今少し問わず語りに語りたいのですが、頭痛がして面倒《めんどう》なのでやめます。また何かのついでに思い出して語りましょう、とか。

六　関屋《せきや》

伊予介《いよのすけ》と呼ばれた人は、源氏《げんじ》の君《きみ》の父の院が亡くなった翌年、常陸介《ひたちのすけ》になって任国《にんごく》へ下りました。妻の空蟬《うつせみ》もいっしょに下向《げこう》しました。

空蟬は、源氏の君が須磨《すま》へ流浪《るろう》したことを遥《はる》かな常陸国《ひたちのくに》で聞き知り、人知れず心を痛めなくもなかったのですが、文《ふみ》を送る手だてもありません。筑波山《つくばやま》を吹き越す風に託すのも不安なので、わずかな連絡もできずに年月が過ぎていきました。

期限も知れない須磨、明石《あかし》の旅住まいでしたが、源氏の君が都に返り咲いた翌年の秋、常陸介も帰京しました。

常陸介の一行が、逢坂《おうさか》の関《せき》に入る日のことです。源氏の君は、石山寺《いしやまでら》へお礼参りに出かけました。常陸介の息子の紀伊守《きのかみ》など出迎えの人々は、源氏の君の参詣《さんけい》の予定を知り、道が混雑するにちがいないと暁《あかつき》に出発して急ぎました。

しかし、女車《おんなぐるま》が多く、道いっぱいに揺るがせて通るうち、日も高くなってしまいます。打出《うちいで》の浜《はま》(大津《おおつ》の湖岸)まで来たとき、源氏の君の一行を先導する人々が「殿《との》は粟田山《あわたやま》を越《こ》えておられる」と告げました。よけることができないほど大勢やって来るので、関《せき》山《やま》で馬を降ります。車をあちらこちらの杉《すぎ》の木の下に引き入れ、木陰《こかげ》にかしこまってひざまずき、源氏の君の行列が通り過ぎるのを待ちました。

車の一部は遅らせたり先に行かせたりしましたが、それでも常陸介の一族は多いと見えました。停《と》めてある女車は十両ほどで、衣の袖口《そでぐち》や襲《かさね》の色合いが簾《すだれ》の下からのぞいています。田舎《いなか》びても見えず、洗練されて斎宮《さいぐう》の伊勢《いせ》下向の折の物見車《ものみぐるま》を思わせると、源氏の君も思いました。復帰後の源氏の君の栄華のめでたさに、石山詣でに付き従った大勢の人々も、みな目をとめました。

九月の末なので、紅葉《もみじ》がさまざまな度合いの彩《いろど》りを見せ、霜枯《しもが》れの草の濃淡も興趣のある眺めです。関屋《せきや》（関所の建物）から一斉《いっせい》に出てきた旅姿の人々の、色とりどりの襖《あお》（武官の上着）の刺繍《ししゅう》や絞《しぼ》り染《ぞ》めも旅の味わいがありました。

源氏の君は車の簾を下ろし、昔の小君《こぎみ》、今では右衛門佐《うえもんのすけ》となった者を呼び寄せます。空蟬への伝言を託《たく》しました。

「今日、関までお迎えに来た私を、あなたも見放すことはできないでしょう」

胸の内にしみじみ思い出すことがありますが、通りいっぺんの挨拶《あいさつ》では表せないのでした。

空蟬も密かに過去の一件を忘れなかったので、思い出して胸を打たれます。

「〝行きも帰りも堰《せ》き止《と》めることのできない涙《なみだ》を、絶えない清水と人は見るだろう〟」

こっそり詠《よ》みますが、この気持ちを源氏の君が知ることはないと思えば、役にも立ちませんでした。

石山詣での帰路の迎えに、右衛門佐が参上し、逢坂《おうさか》の関でお供できずに行き過ぎたお詫《わ》びを述べました。

昔、童《わらわ》だったころに側仕《そばづか》えにしてかわいがったので、任官にも源氏の君の恩恵《おんけい》を受けています。それなのに、思いがけない騒《さわ》ぎがもちあがると、懇意《こんい》だという風評を恐れて常陸国へ下ったので、源氏の君は少々根にもっていました。けれども、顔には出しません。昔と同じではないものの、やはり親しい従者に加えていました。

紀伊守も、今では河内守《かわちのかみ》になっていました。その弟の右近《うこん》の将監《ぞう》が、官位を失った折に須磨へお供して下ったので、今では特別に源氏の君に引き立てられています。だれもがこのことを思い知り、どうして少しでも時勢に迎合《げいごう》する気を起こしたのだろうと、過去を悔《く》やむのでした。

源氏の君は、呼び寄せた右衛門佐に、空蟬への文を託します。

（今ではお忘れになっていいことなのに、気の長いおかただ）

右衛門佐はそう思いながらかしこまっていました。

文にはこうあります。

「先日は私たちの因縁《いんねん》を思い知りました。そうお感じになりませんでしたか。

〝たまたま行き合った道を頼《たの》みにしたが、やはり甲斐《かい》（貝）がなかった。塩のない淡水《たんすい》の湖《うみ》では〟

関守《せきもり》（空蟬の夫）が何ともうらやましく、気に入りません」

源氏の君は、右衛門佐に言います。

「長年音信もとだえていたから、ぎこちない書き方になったが、心ではいつもたった今と感じるのが習い性になっていたよ。あの人には、色好みだとますます憎まれるだろうか」

右衛門佐はもったいなく思い、姉君《あねぎみ》に届けました。

「ぜひ、お返事を。私を少し見放していらっしゃると思えたのに、同じようにおやさしいとは、ますますたぐいまれなおかたです。このような遊びごとは無益だと思っても、きっぱりお断りできませんでした。姉上が女の立場でお誘いに負けても、だれも非難しないでしょう」

空蝉は、以前にまして恥ずかしく感じます。すべてに気が引けるのですが、やはりめったにない文を見たのであり、この感動をこらえきれませんでした。返事を出します。

「〝逢坂《おうさか》の関はどういう関なのだろう。茂《しげ》った木々（多い嘆き）の中に分け入るとは〟

夢のように思えます」

源氏の君にとって、いとしさも薄情さも忘れられない相手として心に残る女人《にょにん》であり、さらにときどき文を送っては、心を動かそうとするのでした。

そうするうちに、常陸介は老いのせいか病気がちになります。心細くなり、息子たちに若い妻の今後を言い置きました。

「私の死後、どんなこともこの人の意向に従うようにして、私がいたころと変わらずお仕えするように」

これればかりを明け暮れ言い続けました。

(情けない身の宿縁《しゅくえん》で夫婦になったけれど、その夫にさえ死に別れたら、私はどんなにみじめな境遇でさまようのだろう)

空蟬が嘆くのを見て、常陸介は言います。

「命には限りがあるのだから、惜しんでとどめる方法もない。あなたのために残していく魂《たましい》があればいいのだが。息子たちの本心もわからないのに」

妻を心配して悲しく思いますが、心のままにとどまることはできず、亡くなりました。

子どもたちは、少しのあいだ「父君がそのように遺言《ゆいごん》なさった」と、継母《まはは》に親切にしましたが、うわべには親切でも薄情なことが多いのでした。それもこれも世の中の道理であり、空蟬はみずからの不運と考えて嘆き暮らします。ただ河内守《かわちのかみ》だけは、昔からの好色な下心で少し親切でした。

「悲しい遺言があるのだから、つたない私だろうと、よそよそしくせずに用を言いつけてください」

ご機嫌取りに近寄り、あきれた下心を見せるのでした。

(前世《ぜんせ》の宿縁もよくない上、こうしてこの世に取り残され、あげくのはてにとんでもない言葉を聞くことになろうとは)

人知れず我が身の憂《う》さを思い知った空蝉は、だれにも言わずに出家して尼《あま》になりました。

仕える女房たちは、取り返しがつかないと嘆きます。河内守もつらく思いました。

「私を嫌って尼になるとは。まだ残りの年齢も多いのに、どのように過ごすおつもりなのです」

などと言いに来たので、人々は余計なおせっかいだと評したようです。

六条院の優雅　玉鬘十帖《たまかずらじゅうじょう》

「玉鬘《たまかずら》」に始まり「真木柱《まきばしら》」に終わる連続した十帖《じょう》は、『紫の結び（二）』所収の「少女《おとめ》」と「梅枝《うめがえ》」の帖にはさまれています。玉鬘十帖と呼ばれます。

「少女」の帖で、源氏《げんじ》の君《きみ》は三十五歳になりました。太政大臣《だいじょうだいじん》になり、職権を内大臣《ないだいじん》（かつての頭中将《とうのちゅうじょう》）に委譲《いじょう》し、気ままに暮らす余暇を手に入れています。そして、亡き六条の御息所《みやすどころ》の屋敷のあった一町と周囲の三町を合わせ、四町にわたる豪壮な邸宅――六条院を建設するのでした。

四方の四つの御殿には春・夏・秋・冬の趣向の庭を造園し、自分と紫の上《むらさきのうえ》（春）、花散里《はなちるさと》の君《きみ》（夏）、秋好中宮《あきこのむちゅうぐう》（秋）、明石《あかし》の君《きみ》（冬）の住まいとし、だれよりも優雅な暮らしを始めます。

玉鬘十帖の一連の物語は、この華麗な六条院に、若き日に恋した夕顔《ゆうがお》の遺児、玉鬘の姫君《ひめぎみ》が引き取られることで展開します。

主役の玉鬘には、いろいろ苦労も悩みもありますが、源氏の君の人生を左右するものではありません。源氏の君が求婚者といっしょになって恋心を燃やすのも、有閑《ゆうかん》な暮らしのスパイスかと見えます。深い情趣を味わうには恋の悩みも不可欠だという様相です。

夕顔の娘の行く末がどうなるか、筋立てのおもしろさがありますが、一方では、理想的な六条院の風雅《ふうが》を味わう十帖でもあります。これも、歴史的価値のある「源氏物語」の大切な要素でしょう。

ここには王朝の「みやび」が描《えが》かれるだけではなく、王朝の「いけず（意地悪）」も描かれています。源氏の君自身が、優雅ないけずと言えるのです。そして、玉鬘の姫君と対照的に描かれた近江《おうみ》の君《きみ》、髭黒《ひげくろ》の大将《たいしょう》の北の方、さらに真木柱《まきばしら》の姫君など、ここで新たに登場する女性が妙に印象に残ります。

七　玉鬘《たまかずら》

光源氏《ひかるげんじ》は太政大臣《だいじょうだいじん》、三十五歳です。

これほど年月がたっても、若き日にいとしく思った夕顔《ゆうがお》を忘れていません。多くの女人《にょにん》のさまざまな人柄《ひとがら》を知った今も、あの夕顔がここにいればと、切なく悔しく思いやるのでした。

夕顔の女房《にょうぼう》だった右近《うこん》を、亡き人の形見と見て哀れがり、特に目をかけないまでも古参《こさん》になるまで仕えさせています。須磨《すま》へ下った折、自分の女房をすべて紫《むらさき》の上《うえ》の配下に移したので、今では紫の上に仕えていました。

紫の上も、気立てがよく控《ひか》え目《め》な女房と評価しています。けれども右近は、心の中で思うのでした。

(あのおかたが生きてさえいらしたら、明石《あかし》の君《きみ》のご寵愛《ちょうあい》に劣らなかっただろう。源氏の君は、さほど思い入れのない女人まで見放さず、落ちぶれないようお世話をする気の長さでいらっしゃる。まして亡きおかたなら、紫の上には並べなくとも、六条院で暮らす女人には必ず入っていらしただろうに)

そんなふうに、いつまでも夕顔の死を悲しみ続けていました。

しかし、西の京で乳母《めのと》と暮らしていた幼い姫君《ひめぎみ》も行方《ゆくえ》知れずです。源氏の君が夕顔の死をひたすら世間から隠し、「今さらむだに私の名を漏《も》らすな」と口止めしたので、右近も恐縮してどこへも連絡しませんでした。そのうち、乳母の夫が大宰府《だざいふ》の少弐《しょうに》（大弐《だいに》の次位）に任官し、家族ともども筑紫《つくし》（九州）へ下ったのでした。姫君が四つになる年のことでした。

乳母は母君《ははぎみ》（夕顔）の行方を知ろうと、あらゆる神仏に祈って昼夜慕い泣き、思いつく限りの相手にたずねましたが、何の知らせも得なかったのです。

（これではどうしたらいい。姫君を形見としてお育てするにしても、みすぼらしい旅路におつれして、都から遠い辺境でお育ちになるのは悲しい。やはり、何とかお父君《ちちぎみ》にご相談しなくては）

そう思うのですが、頭中将《とうのちゅうじょう》に伝える人脈もありません。家族で語り合いました。

「母君の居場所もわからないのに、頭中将どのがおたずねになったら、どうお答えすればいいのか」

「姫様は、まだよく父君を見慣れていないのに、幼い人を父方のお屋敷に残すのは不安が残ります」

「この話を知ってしまえば、頭中将どのは、私どもが姫君をつれて旅立つことをお許しにならないでしょう」

姫君はたいそう愛らしく、今から気品があって美しい子どもでした。ろくな装備もない船に乗せて筑紫へと漕《こ》ぎ出したので、気の毒でなりませんでした。

幼い心にも母を忘れずにいます。折あるごとに「母上のところへ行くの」とたずねるので、乳母は涙の乾く暇《ひま》もありません。乳母の娘たちも女主人を慕って泣くので、一方では「船旅に涙は不吉《ふきつ》」と叱《しか》りました。

娘二人は、趣《おもむき》のある瀬戸内《せとうち》の景色を眺《なが》めては、女主人を慕います。

(若々しい気性のおかたでいらっしゃったから、このような景色をお見せすることができたら、どんなによかったか。けれども、おかた様がご無事なら、私たちは筑紫へなど下らなかった)

都のあれこれを偲《しの》び、返る波がうらやましくなります。船乗りたちが荒々しい声で「うら悲しくも遠く来にけるかな」と歌うのを聞きながら、二人で泣きました。都との別れを、それぞれ切なく詠《よ》みます。

「〃船人《ふなびと》もだれを恋するのだろう。大島《おおしま》のうら（浦《うら》）悲しげに声が聞こえる〃」

「〃来た方角も行方《ゆくえ》も知れぬ沖《おき》に出て、ああ、どちらを向いて君《きみ》（夕顔）を偲《しの》べばいいのだろう〃」

金《かね》の岬《みさき》を通り過ぎたので、「〃われは忘れず〃」の古歌《こか》が日々の口癖《くちぐせ》のようになります。大宰府に到着してからは、まして、都からはるかに隔《へだ》てられたことを嘆き、女主人の恋しさに泣きました。乳母と娘たちは、形見の姫君を大事に育てることを生き甲斐《がい》にして、辺境の日々を送るのでした。

乳母はごくたまに、夢で夕顔の姿を見ることがありました。同じ姿の女が夕顔につれそっています。目覚めた後は気分が悪くなり、病気がちになったので、やはり女主人はこの世を去ったのだろうと、さとってしまうのも悲しいことでした。

少弐《しょうに》が五年の任期を終え、上京するときが来ました。

けれども、あまりに遠い道のりのため、余分な財力を持たない身では、なかなか旅の費用も調《ととの》いません。すっきり旅立つことができずにいるうち、少弐は重病を患《わずら》いました。死をさとった心中にも、十歳ほどになった姫君が怖いほどに美しいため、死後を案じます。

「私までが姫君をお見捨てしては、どのように流浪《るろう》なさるか。筑紫《つくし》でお育てしたのが申し訳なく、すぐにも都へおつれして、しかるべきところにお知らせしようと思っていた。ふさわしいご結婚も、広い都であれば、楽にお相手が見つかるだろうと上京を急いだのに。筑紫にいるまま命がもたないとは」

少弐には息子が三人いました。彼らに遺言《ゆいごん》します。

「ただこの姫君を都におつれすることだけ念頭におくのだ。私の供養《くよう》は考えなくていい」

姫君がだれの血筋かは、大宰府《だざいふ》の官舎の人々にも教えませんでした。大事にする事情のある孫娘とだけ言い、他人の目に触れさせず、この上なく大切に育てたのでした。

少弐があっけなく世を去ったので、残された家族たちは、悲しく心細いながらも上京の準備を進めます。けれども、少弐をよく思わない地元民が多かったため、あれこれ妨害にあいました。恐ろしくて身動きできずにいるうち、不本意ながら何年も過ぎてしまいました。

姫君は成長するにつれ、母君にもまして美しくなります。父方の大臣家の血が加わるせいか、気高い愛らしさです。性格はおっとりとして、高貴な姫君として理想的でした。評判を聞き及び、色好みな田舎人《いなかびと》はだれもが心を寄せました。恋文《こいぶみ》がたくさん届きます。乳母《めのと》たちはいまいましくあきれたことに思い、だれ一人取り合いませんでした。

「容姿はたしかに見られる娘かもしれませんが、困った障害があるので、だれとも結婚させずに出家させ、私どもが生きている限りお世話するつもりです」

そのように返事して回ったので、人々が噂《うわさ》します。

「亡き少弐の孫娘には、結婚できない障害があるらしい。残念な話だ」

それを耳にするのも、乳母にはいまいましいことでした。

「どうやって姫様を都へおつれして、父君にお知らせすればいいのだろう。まだお小さいころも、たいそうかわいく思っていらしたのだから、離れていても粗末《そまつ》に扱ったりなさらないはず」

神仏に願《がん》を立てて、けんめいに上京を願いました。

乳母の子どもたちは、娘たちも息子たちも、この地で結婚して縁者ができ、家をかまえています。心でどれほど上京を急ごうと、都のあれこれは年月とともに遠ざかるばかりでした。

姫君は、ものごころがついて自分の身の上を知るにつれ、この世をつらい場所と感じます。年三《ねそう》（正月・五月・九月に精進して仏菩薩《ほとけぼさつ》に祈《いの》る勤行《ごんぎょう》）などをして暮らしていました。

年が二十歳《はたち》になると、すっかり成人して容姿も整い、この環境で暮らすのがもったいない高貴さでした。今、乳母たちが住んでいる場所は肥前国《ひぜんのくに》といいます。近隣で多少とも名家の子弟と言える者たちは、まず少弐の孫娘の美貌《びぼう》を伝え聞き、今でも求婚者が絶えません。訪れる使者の声が耳にうるさいほどでした。

その中に、大夫監《たゆうのげん》（大宰少弐《だざいのしょうに》に次ぐ位）で、肥後国《ひごのくに》の豪族生まれの、界隈《かいわい》では名士として権勢をふるう武士がいました。無骨ながらも色好みな性分があり、自分の屋敷に美女を集めたいと願っています。姫君の噂を聞きつけ、たいそうしつこく言い寄りました。

「どこかに障害があろうと、私ならば見ぬふりで妻に迎えます」

乳母は不快に思って伝えます。

「どうしてそんなことができるでしょう。求婚のすべてをお断りし、すぐにも尼《あま》になろうとしています」

これを聞いた大夫監は、出家を危ぶんで国境を越え、肥前国まで押しかけてきました。乳母の三人の息子を自分のもとに呼び寄せ、話をもちかけます。

「思いどおりに結婚できたら、おぬしらも、私の身内として筑紫で羽振《はぶ》りを利かせるだろう」

そのため、息子の二人は大夫監に懐柔《かいじゅう》されました。

「最初は、不似合いでお気の毒な結婚に見えましたが、この地で縁《えん》をもつには力強い人物です。敵にしては、筑紫でまともに暮らせません。姫君のお血筋が高貴でも、父君に娘と見なされず、世間に知られずに終わるのでは何の価値があるでしょう。大夫監どの熱心な求婚こそ、今となっては幸運です。こうなる宿縁《しゅくえん》があったからこそ筑紫へ出向いたのです。この結婚から逃げ隠れしても、よいことは一つもありませんよ。あちらが負けん気で怒り出せば、ひどい仕打ちをこうむるでしょう」

そう言って乳母たちを脅《おど》しつけます。しかし、長男の豊後介《ぶんごのすけ》は懐柔されませんでした。「やはり、姫君にこんな結婚があってはならないだろう。亡き父の遺言もある。どうにかして都へおつれしよう」

乳母の二人の娘も泣き騒ぎました。

「母君にお仕えした甲斐《かい》もなく消えておしまいで、せめて姫君にはすばらしいご結婚をと思ったのに、こんな田舎者の妻にしようとは」

家族の嘆きも知らず、大物を自負する大夫監は、姫君への恋文を書きました。字はそれほど悪くありません。唐《から》わたりの色紙に香《こう》を焚《た》きしめ、魅力的に仕上げたつもりです。しかし、言葉づかいがひどく訛《なま》っているのでした。

恋文だけでなく当人が、乳母の二男をお供にして屋敷を訪れました。

三十歳ほどで、背が高くがっしりと太り、見た目はそう悪くありません。けれども、乳母は心なしか嫌悪を感じ、粗暴な態度を見て不安になりました。血色のよい顔色をして、しわがれた声で方言を言い散らしています。求婚する男は、夜の闇《やみ》にまぎれて訪問するから「夜《よ》ばい」と言うものですが、春の夕暮れにやって来るのが無粋《ぶすい》でした。人恋しい秋の夕べでもないのに情趣もありません。

しかし、客人の機嫌《きげん》をそこねまいと、乳母がみずから応対しました。大夫監は、調子よく熱弁をふるいました。

「亡き少弐どのは、慈悲《じひ》ある公正なおかたで、いつか親交を持ちたいと願いながらも機会を得ないうち、悲しくも世を去られました。亡きお人の代わりに姫君にお仕えしようと、勇を鼓《こ》してひたむきに参上した次第です。

こちらの姫君は、お血筋も高貴とうかがったので畏《おそ》れ多いことです。一途《いちず》にわが家の主君と崇《あが》め、高みに据《す》えて敬《うやま》いましょう。祖母の君が渋っておられるのは、私めが、つまらぬ女を何人も置いているのをお聞きになったからでしょう。それらの卑《いや》しい女に並べるものですか、后《きさき》に劣らぬ暮らしにしてさしあげます」

乳母は答えます。

「どうして渋るなど。お申し出をありがたく存じますが、宿縁に恵まれない娘で、遠慮するべき障害があります。だれとも会いたくないと人知れず嘆いているので、私どもも心苦しく、縁組みのお世話はしにくいのです」

大夫監は言いつのりました。

「そのように遠慮なさる必要はありません。たとえ目がつぶれ足が折れようとも、私めが治してさしあげます。肥後国の神仏は、すべて私の意向に従うのです」

そして、婚礼の日取りを言い出すので、乳母は「今月は春の終わりだから」と、田舎じみた縁起《えんぎ》かつぎで言い逃れました。

帰り際に、大夫監は歌を詠《よ》もうと思い立ちます。しばらく考えこんでから詠みました。

「〝君への思いが心変わりするなら、松浦《まつら》の鏡《かがみ》の神をかけて誓《ちか》おう〟

この和歌は、われながらうまくできたと思います」

そう言ってほほえみますが、どうにもならないほど不慣れな態度でした。

乳母は落ち着かず、返歌もできない思いです。娘たちに詠ませようとしましたが、「私には、まして何も考えられません」と座っているだけでした。だいぶ間が空いたので、困って心に浮かぶまま、震《ふる》える声で詠みました。

「〝長年祈り続けた願いがかなわないなら、鏡《かがみ》の神をうらめしく思うだろう〟」

大夫監は、これを聞いて言います。

「待てよ、どういうつもりでおっしゃるのか」

急に近寄ってきた相手の気配に怯《おび》え、乳母は顔色を失いました。

今となっては娘たちが加勢します。気丈《きじょう》に笑って言いました。

「孫娘の障害のせいで、監《げん》どのがお心変わりなさったら悲しいと詠むところを、年寄りの呆《ほう》けた頭のせいで、神にかけて詠みそこねたのでしょう」

「おお、そうかそうか」

大夫監はうなずきました。

「味わい深い詠みぶりでいらっしゃる。私どもは田舎者という名を負っても、つまらない輩《やから》ではありませんぞ。都人《みやこびと》とてどれほどのものか。風流の面も万事心得ております。侮《あなど》らないでいただきたい」

そう言ってさらに一首詠もうとしましたが、出てこなかったため、あきらめて帰ったようでした。

乳母《めのと》は、二男が大夫監《たゆうのげん》に従うことも恐ろしく情けなく、長男の豊後介《ぶんごのすけ》に訴えました。

豊後介は思い悩みます。

（どうすれば姫君をお助けできるだろう。相談に乗ってくれる人もいない。数少ない弟たちとも、私が大夫監に協力しないせいで仲たがいしてしまった。あの監《げん》ににらまれては、わずかでも行動を起こせばもめごとになり、じっとしているよりひどい目にあうだろう）

けれども、姫君が人知れず嘆く様子がいたわしいのでした。大夫監と結婚させられたら生きてはいけないと、憂《うれ》いに沈むのも当然に思えるのです。そこで、思い切った手段で逃亡を図りました。

豊後介の妹も、数年を共にした夫を捨てて姫君のお供を選びます。以前あてきと呼ばれ、今は兵部《ひょうぶ》の君《きみ》と呼ばれる娘です。この妹が姫君とともに夜半に家を抜け出し、船に乗りこみました。大夫監はいったん肥後国に戻り、四月二十日ごろ吉日《きつじつ》を選んで来る予定だったので、その隙《すき》をついたのでした。

姉娘のほうは筑紫《つくし》の家族が増え、いっしょに行けませんでした。姉妹は別れを惜《お》しみ、再会の難しさを思いやります。長年暮らした土地にも、特に愛着のない兵部の君ですが、松浦《まつら》の宮《みや》の前の渚《なぎさ》と姉との別離だけは、思い返すと胸が痛むのでした。

兵部の君が詠《よ》みます。

「〃浮《うき》（憂《う》き）島を漕《こ》ぎ離れても、この先どこを港にすればいいのだろう。何もわからない私たちだ〃」

姫君が詠みました。

「〃行き先も見えない波路《なみじ》に船出して、風まかせのわが身は何とたよりないのだろう〃」

自分が航跡《こうせき》も残さず消えていくようで、何とも心細くなります。うつ伏せに身を伏せていました。

一同がこうして出奔《しゅっぽん》したことは、人づてに大夫監の耳に届くでしょう。怒りにまかせて負けん気で追ってくるかと思えば、恐ろしくてなりません。早船《はやふね》という艪《ろ》の多い船を手配しており、吹く風も望む方角だったので、危険なほどの速さで都へ走り上りました。

難所と言われる響《ひびき》の灘《なだ》も無事に通過します。

船上で告げる者がいました。

「海賊船《かいぞくせん》かもしれない。小さな船が飛ぶようにこちらへ来る」

逃亡する人々は、海賊の襲撃《しゅうげき》以上に、あの恐ろしい人物が追いかけてきたかと震え上がりました。乳母が詠みます。

「〝つらい思いに胸ばかり騒《さわ》ぐ。この響《ひび》き（動悸《どうき》）には響《ひびき》の灘《なだ》もかなわないだろう〟」

やがて「川尻《かわじり》（淀川《よどがわ》の河口）というところに近づいた」と告げられ、少し生き返った心地になりました。

例によって、船乗りたちが「唐泊《からとまり》より川尻《かわじり》押すほどは」と歌い出します。何の風情もない声ですが、今は胸にしみました。

感じ入った豊後介は自分も口ずさみ、「いとかなしき妻子《めこ》も忘れぬ」の箇所《かしょ》で思いにふけりました。

（なるほど、すべてをなげうってきた。私の妻子はどうなるのだろう。たのもしく身の助けとなる従者は、みな私が率いてきてしまった。私を憎む大夫監は、家族を追い散らしてどんな目にあわせるか。分別もなく、後先を考えずに国を出てしまったものだ）

少し心が落ち着くと、改めて無謀《むぼう》なことをしたと思えます。気弱に泣けてきました。

兵部の君は、兄が「胡《こ》の地の妻児《せいじ》をば虚《むな》しく棄《す》て捐《す》てつ」と漢詩を吟《ぎん》じるのを聞き、自分も考えました。

（たしかに、あり得ないことをした。長年つれ添った夫の心に、突然そむいて逃げてくるとは。あの人は私をどう思っただろう）

さまざまに思いめぐらします。

（都へ帰るといっても、行き先として目指す住みかもない。知人として身を寄せるたのもしい人もいない。ただ姫様お一人のため、住み慣れた土地を離れ、波に浮かんで風にただよい、何の方策ももっていないのだ。姫様をどうしてさしあげたらいいのだろう）

茫然《ぼうぜん》としますが、今さらどうにもならず、急いで都に入りました。


九条《くじょう》あたりに、昔の知り合いで今も残っている人を捜し当て、仮の宿として身を置きました。

都の内とはいえ最南端であり、身分のある人は住まない地域です。卑《いや》しい市女《いちめ》（物売り女）や商人《あきんど》たちに囲まれ、世間をわびしく思いながら秋になりました。過去も未来も悲観することばかりでした。

一家がたのみとする豊後介《ぶんごのすけ》も、水鳥が陸に迷う心地で勝手がわかりません。所在なく不慣れでなすすべがなく、筑紫《つくし》へ帰るのも中途半端で、無分別に出奔《しゅっぽん》したものだと思うばかりでした。従者として同行した男たちは、みな縁故《えんこ》をたよって逃げ去り、故郷に戻って散り散りになりました。

乳母《めのと》は、安住する住みかもないことを明け暮れ嘆き、息子を気の毒がります。豊後介は母を慰《なぐさ》めました。

「何の、この身は気楽です。姫君お一人の身代わりに、どこへ消え失《う》せようと非難も受けないでしょう。たとえ、私らが多大な権力を得ようと、姫君をあのような輩《やから》の妻にして見捨てて、安楽など得られるでしょうか」

さらに続けます。

「神仏こそ、姫君をしかるべき道へ導いてくださるでしょう。この近くにある八幡宮《はちまんぐう》

（石清水八幡宮《いわしみずはちまんぐう》）は、筑紫で参詣《さんけい》した松浦《まつら》、筥崎《はこざき》と同系のお社《やしろ》です。国を離れるときに、多くの願を立てて祈ったのだから、帰り着いた今、御加護《ごかご》によって上京できたことのお礼参りをしないと」

姫君を八幡宮の参拝につれて行きました。そのあたりを知る人に問い合わせ、五師《ごし》という、以前少弐《しょうに》が親しくした僧《そう》が存命だったのを呼び出し、同行してもらいました。

「次には初瀬《はつせ》（長谷寺《はせでら》）の観音菩薩《かんのんぼさつ》が、御仏《みほとけ》の中でも日本で効験《こうけん》あらたかだと、唐土《もろこし》でも評判が立つそうです。まして姫君は国内におられ、遠い辺境にいながらも勤行《ごんぎょう》なさったのだから、いっそうの御利益《ごりやく》があるでしょう」

豊後介《ぶんごのすけ》は言い、初瀬詣《もう》でにもいざないました。

効験を高めるため、徒歩で参詣することに決めます。歩き慣れない姫君にはつらいのですが、人々に勧められるまま無我夢中で歩きました。

（私は、どのように罪深い身に生まれたせいで、こうも流浪《るろう》するのだろう。母上が亡くなっておられて、私を憐れと思ってくださるなら、いらっしゃる場所におつれください。もしも生きていらしたら、どうぞお顔をお見せください）

心の中で祈り続けます。母夕顔の面影《おもかげ》は記憶していません。母さえ生きていてくれたらと悲しんでいると、当面の徒歩の苦しさも改めてつらいと感じるのでした。かろうじて椿市《つばいち》という所に、四日目の巳《み》の時《とき》(午前十時ごろ)、生きた心地もなくたどり着きました。

これ以上歩けず、手当てを受けても一歩も足が出ません。つらくてどうにもならず、宿で休息を取りました。豊後介、弓矢を持つ男二人、下仕《しもづか》えの従者や童《わらわ》が三、四人と、女は姫君、乳母、兵部《ひょうぶ》の君《きみ》の三人で、壺装束《つぼしょうぞく》の旅姿をしています。他に樋洗《ひすまし》の女と老いた下仕えの女が二人いました。ごく少人数のお忍びの一行でした。

仏前に供える大御灯明《おおみあかし》を調達するうちに日が暮れます。宿の主人にあたる法師《ほうし》が室内に入ってきて、不機嫌に言いました。

「この宿は、さるお人をお泊めするはずなのに、だれが使っているのです。下働きの女たちが勝手なまねをして」

あきれる思いで聞きましたが、たしかに別の泊まり客がやって来ました。

その人々も、徒歩で長谷寺へ向かう途中でした。低い身分ではないと見える女二人、従者は男も女も数多くいます。馬を四、五頭引き、お忍びで身なりをやつしていても小ぎれいな男たちがいました。法師はこの客人を何としても泊まらせたく、頭をかきながら歩き回っています。

気の毒ではありますが、今から宿を替えるのもみっともなく煩雑《はんざつ》です。そこで豊後介の一行は奥に寄り、下仕えを別の場所に隠して、相宿《あいやど》で使うことにしました。中を仕切る幕などを張り渡し、姫君の姿を他人から隠します。後から来た人々も、気後れするほどの身分ではなさそうでした。話し声をひそめ、互いに気づかいました。

じつは、後から来たのは、いつまでも亡き夕顔を慕う女房の右近《うこん》でした。年月とともに中途半端な宮仕えが似合わなくなることに悩み、何度も初瀬詣でをしていました。すでに見知った道であり、気軽に出向きましたが、徒歩の旅はやはり疲れるので、ものに寄り伏して休んでいます。豊後介が目隠しの幕のそばに寄り、女主人の食事らしき角盆《かくぼん》を、みずから手にして言うのが聞こえました。

「これを御前《ごぜん》にさしあげてください。御台《みだい》などがそろわず、たいへん心苦しいのですが」

(向こうのおかたは、私のような並の身分ではないようだ)

右近は思い、ものの隙間からのぞいてみました。すると、この男の顔に見覚えがあるような気がしました。だれかは思い出せません。たいそう若いときに見たきりで、今は太って色黒で身なりもやつしているので、長い年月を隔《へだ》ててはすぐにわかりませんでした。

「三条《さんじょう》、お呼びだ」

そう言って呼び寄せた女を見れば、こちらも見覚えのある老女です。亡き夕顔に長年仕え、下仕えではあっても、隠れ住んだ五条の家まで付き従った女です。まったく夢のようでした。女主人らしき人が気がかりですが、他人に見られないようしっかり隠してあります。右近は思い悩みました。

(こうなったら、あの三条にたずねてみよう。以前、兵藤太《ひょうとうだ》と呼んでいた若者があの男にちがいない。もしや姫君もここに)

思い当たると気が気でなく、幕の向こうの三条を呼ばせます。しかし、食べものに夢中でなかなか出てきません。ひどく憎らしく思えるのも、気の短いことでした。

ようやく、下仕えの女がそばに寄ってきました。

「心当たりがございませんが。筑紫《つくし》に二十年近く暮らした下仕えを、見知っておられる都人《みやこびと》など。きっとお人違いでしょう」

田舎びた掻練《かいねり》(練って柔らかくした絹布)と衣《きぬ》などを着て、たいそう太っていました。

右近は、自分の年齢を思い知らされてきまり悪いのですが、それでも顔を出しました。

「よくこの顔をごらんなさい。覚えていませんか」

三条は手をたたきました。

「あなたでしたか。ああ、何とうれしや。どちらからいらしたのです。おかた様もいらっしゃいますか」

そう言って大きな声で泣き出します。三条を若い人として見慣れたころを思えば、会わずに過ごした年月が数えられ、胸に迫《せま》りました。

「まず、乳母どのはどちらに。姫君はどうなさっています。あてきと呼んだ子は」

右近は聞き返し、夕顔の件には触れませんでした。

「みな、ここにいらっしゃいますよ。姫様も大人になっておられます。さっそく乳母どのにお知らせしましょう」

三条は幕の向こうへ行きました。話を聞いて乳母もひどく驚きました。

「夢を見ているようだ。何とも恨めしく、言いようもなくひどいと思ったお人に、こんな場所で再会するなんて」

他人行儀《ぎょうぎ》に仕切った屏風《びょうぶ》をすべて押しやります。すぐにはかける言葉もなく、二人で泣き合いました。その後、老いた乳母は言い続けるのでした。

「おかた様はどうなさったのです。この長い年月、夢でもいいからあのかたの居場所が知りたいと、大願《たいがん》を立てて祈《いの》っていたのに。遥《はる》かな辺境で、風の便りにも消息を聞かず、ひどく悲しく思っていました。老いた身で生き続けるのは情けないながら、お残しになった姫君が愛らしくいじらしく、私の死出《しで》の路《みち》を妨《さまた》げてしかたないから、今もこうして目をつぶらずにいるのですよ」

右近は、かつて夕顔が急逝《きゅうせい》したときよりも、いっそう答えづらく感じました。

「いいえ、もう、言ってもしかたがないのです。おかた様は早くに亡くなられました」

どちらも涙にむせかえります。どうにもこらえきれない涙でした。

豊後介が、日が暮れてしまったと急いでいます。御灯明《みあかし》の用意ができたので、人々に出発をうながしました。出会ったばかりであわただしく別れることになり、右近は「同行しましょう」と申し出ましたが、双方の供人《ともびと》が不審に思うことです。乳母たちも豊後介にこの再会を言い出せませんでした。

見知らぬ相手ではないので、右近は遠慮せず、豊後介たちとともに宿を出ます。そっと見つめていると、一行の中に愛らしい女人《にょにん》の後ろ姿が見えました。

たいそう身なりをやつしていますが、初夏の単衣《ひとえ》らしき着物の下に着込めた髪が透《す》き影となり、もったいないような見事さです。いじらしくいとおしく感じました。

多少歩き慣れている右近《うこん》の一行は、先に長谷寺《はせでら》に到着しました。
豊後介《ぶんごのすけ》の一行は、姫君の介抱《かいほう》でなかなか進めず、初夜《そや》の勤行《ごんぎょう》(午後七時から九時あたり)のころやっとたどり着きました。参拝者が多いので、堂内は騒《さわ》がしく混み合っています。

右近の局《つぼね》(居室にする仕切り)は、御本尊《ごほんぞん》近くの右手の間《ま》に取ってありました。姫君たちの局は、祈禱《きとう》の僧になじみが薄いせいか、遠く離れた西の間です。それを知った右近は、乳母《めのと》に「どうぞこちらへ」と言い送りました。豊後介には事情を説明し、男たちだけ西の間に残して、右近の局へ移動します。右近は言いました。
「しがない身ですが、太政大臣《だいじょうだいじん》(源氏の君)にお仕えしているため、少人数の参拝でも無礼な目を見ずにすむのです。こうした場所では、田舎人《いなかびと》と見ると不心得者が見下した態度を取るので、姫君には畏《おそ》れ多いことです」

もっと語りたいのですが、勤行の声が御堂《みどう》に響きわたるので、騒がしさにうながされて観音菩薩《かんのんぼさつ》を拝みました。

心の中で、観音に伝えます。

（このおかたに、どうすれば会えるかと長年念じ続け、やっと再会できました。姫君を捜し出したいと望んでおられる源氏の君にも、今は晴れてお伝えできます。どうか姫君に幸運をお授けください）

国々から来た多くの田舎人が参拝していました。この国（大和国《やまとのくに》）の守《かみ》の北の方も参拝しています。厳《おごそ》かで権勢のある様子をうらやみ、三条《さんじょう》が祈りました。

「慈悲深い観音様、他は申しません、私の大事な姫君を、大弐《だいに》の北の方かこの国の守の北の方にしてさしあげてください。三条らも相応に栄え、お礼参りをいたしますでしょう」

合わせた手を額《ひたい》に押し当て、一心に念じています。右近はこれを聞き、いまいましい言いぐさだと考えました。

「まったくひどく田舎じみてしまったこと。頭中将《とうのちゅうじょう》どのは、お若いころさえどれほど帝《みかど》の御信任《ごしんにん》を得ていらしたか。まして今は、天下の政《まつりごと》を担《にな》う大臣でいらっしゃるのですよ。これほど立派なお血筋の姫君を、受領《ずりょう》の妻程度に品定《しなさだ》めするなんて」

「どうぞお静かに。大臣のお話はまた後で。大弐の北の方が、大宰府《だざいふ》の観世音寺《かんぜおんじ》に参詣《さんけい》なさった華《はな》やかさは、帝の行幸《みゆき》にも劣らなかったのですよ。ああいやだ、ご存じもなく」

三条は言い返し、なおさら手を額に押しつけて拝《おが》むのでした。

筑紫《つくし》から来た人々は、三日間お籠《こ》もりする予定でした。右近は、そこまでするつもりはなかったのですが、このついでに姫君とゆっくり話をしたいと考えます。世話になる僧を呼び寄せ、自分も同じに籠もることを伝えました。

右近の願文《がんもん》の趣旨《しゅし》を細かく心得た僧なので、いつものように告げます。

「例の藤原《ふじわら》の瑠璃君《るりぎみ》というおかたのため、お布施《ふせ》を捧《ささ》げます。念入りにご祈禱《きとう》ください。このおかたを最近見つけ出すことができました。願《がん》ほどきのためにも参籠《さんろう》したいと思います」

これを聞く乳母たちの胸にも迫りました。僧が言います。

「まことにけっこうなことです。拙僧《せっそう》がたゆみなく祈り続けた効験《こうけん》でありましょう」

一晩中、騒がしいほど勤行を続けたようでした。

夜が明けたので、右近《うこん》と姫君たちは御堂《みどう》を出て、右近の知る僧の僧坊《そうぼう》へ移りました。話もしやすくなると考えたのでしょう。

姫君は、身なりのみすぼらしさを恥じらっています。けれども、恥じらうしぐさにまで感心できました。右近は言います。

「私は、思わぬ高貴なおかたにお仕えし、多くの女人《にょにん》がたを拝見しましたが、紫《むらさき》の上《うえ》のすばらしい御器量《ごきりょう》に似る人はいないと、長年思っていました。また、お育てになる明石《あかし》の姫君《ひめぎみ》の御器量は、源氏の君の御娘《おんむすめ》として当然のすばらしさです。極上の教育をなさる面でも並ぶものがないでしょう。それなのに、こうして身なりをやつしておられる姫様のお姿が、劣って見えないとは希代《きたい》なことです。

源氏の君は、父の帝《みかど》の御代《みよ》から、宮中《きゅうちゅう》の女御《にょうご》、后《きさき》、その下の女人たちを隈《くま》なくご覧になったおかたです。その目利《めき》きとして『当代の帝の御母后《おんははきさき》（藤壺《ふじつぼ》の宮《みや》）の御器量と明石の姫君の器量こそ、佳人《かじん》とはこういう女人を言うかと思う』とおっしゃいました。お見比べしようにも、后《きさい》の宮《みや》を存じ上げません。明石の姫君は美しいおかたですが、今はまだ幼く、将来ならば推し量られます。やはり紫の上の御器量には、だれ一人並べないと思えます。

源氏の君も、紫の上が優れると思っておられるのでしょうが、口に出してはおっしゃいません。『私と肩《かた》を並べるあなたは、分不相応だよ』と、戯《たわむ》れをおっしゃいます。拝見すれば寿命が延びるほどお美しいお二人ですから、このような人々が他にいるはずがないと思っていました。けれども、姫様は少しも劣っていらっしゃらない。生身の人には限りがあるのだから、どれほど優れようとも頭上に後光が射すでしょうか。ただこの御容姿を優れていると言うべきです」

ほほえんで姫君を見つめます。老いた乳母《めのと》もうれしく思いました。

「これほど優れた姫様が、あと少しで辺境の地に埋もれそうになったのです。もったいなくお気の毒で、家屋敷を捨て、たよりにしていた息子や娘とも別れ、今となっては見知らぬ思いの都へ逃げてきました。右近の君、早くよい方向へ導いてください。高貴な宮仕《みやづか》えをするなら、重い身分の人々にもつてがあるでしょう。父大臣のお耳に入れ、御娘として迎えられるよう取り計らってください」

姫君は、恥ずかしくなって後ろを向いています。右近は乳母に答えました。

「さあ、私は取るに足りない身ですが、源氏の君もおそば近くに使ってくださいます。そして、私が折あるごとに、亡きおかたの姫君はどうなさったでしょうと申し上げるので、心にとめていらっしゃいました。『私も何とか捜し出したいと思う。風の便りに聞くことがあったら知らせなさい』とおっしゃっています」

乳母は言いました。

「源氏の君はすばらしいおかたですが、大事な女人が何人もおいでです。まずは、実の父君でいらっしゃる内大臣《ないだいじん》どのにお知らせくださいな」

右近は、夕顔が急逝《きゅうせい》したいきさつを語りました。

「源氏の君は、世にも忘れがたく悲しいことにお思いでした。『あの人の代わりに姫君のお世話をしたい。私は子の数が少なく淋しいので、世間には自分の子を見つけ出したと言うことにしよう』と、かねがねおっしゃっていたのです。

当時、私にわきまえがなかったのは、何かと慎《つつ》ましい年ごろだったからでしょう。乳母どのに便りを出せずにいるうち、夫君が少弐《しょうに》になられたことを、世間の噂《うわさ》で聞き知りました。旅立ちの挨拶《あいさつ》に二条院へいらしたのを、わずかにお見かけしたのですが、話もできずに終わってしまいました。けれども、姫君の御身《おんみ》は、あの五条の家に残していかれたとばかり思っていたのです。何とまあ、田舎人《いなかびと》におなりのところだったとは」

あれこれ語り、一日中、昔話をしたり念誦《ねんじゅ》したりで過ごしました。

この僧坊は、長谷寺《はせでら》に参詣する人々を見下ろす位置にありました。すぐ前を流れるのは初瀬川《はつせがわ》と呼ぶ川です。右近が歌を詠《よ》みました。

「〝二本の杉《すぎ》の立つ場所をたずねなければ、古川《ふるかわ》(初瀬川)の岸辺にあなたを捜し当てられただろうか〟

〝うれしき瀬《せ》にも〟めぐり会えたとは」

姫君が返しました。

「〝初瀬川の急流のように、早い(過去の)ことは知らないけれど、今日の出会いの涙《なみだ》には、この身も流れてしまいそうだ〟」

そう答えて涙ぐんでいる態度は、たいそう感じよく見えました。

（いくら器量がすばらしくても、内面が垢抜《あかぬ》けなかったら玉《たま》の瑕《きず》となっただろうに。何とまあ、どうしてここまで秀でたおかたに成長なさったのだろう）

右近は、乳母の養育をありがたいと考えました。

（亡き母君は、ただ少女めいておっとりとして、柔らかくたおやかなお人だった。この姫君は気高く、こちらが気後れするようなものごしと心づかいのあるおかただ）

筑紫《つくし》はどれほどよい場所なのかと思ってみるものの、姫君以外の人々はすっかり垢抜けないので、合点のいかないことでした。

日が暮れたので一行は御堂に上り、次の日も勤行《ごんぎょう》で暮らしました。谷間から秋風が吹き上り、その肌寒さも胸にしみる人々には、さまざまなことが思いやられます。

姫君は、人並みに暮らすことも難しいと心が沈んでいたところへ、右近の話で内大臣の様子を聞き知ります。正妻以外の女人たちに生まれた子どもで、たいして取り柄がない者でも、全員一人前に引き立ててやっていると聞き、日陰者《ひかげもの》の自分にも望みがあるのではと思い始めるのでした。

長谷寺を出るときには互いの住所を教え合い、再び行方《ゆくえ》を見失うことを気づかいます。

右近の家は六条院に近いあたりにあったので、九条の仮住まいもそれほど遠くはなく、交流のあてができた思いでした。

右近《うこん》は六条院に参上します。再会した姫君の話をこっそり伝えられないかと、急いで出てきたのでした。

牛車《ぎっしゃ》を門へ引き入れると、別格の風情を感じる広大な敷地です。出入りする車も数多く行き交っています。取るに足りない身で出仕するのが気まずいほどの、何もかも秀麗《しゅうれい》な御所《ごしょ》でした。その夜は御前《ごぜん》に顔を出さず、あれこれ考えながら局《つぼね》で寝ました。

翌日、紫《むらさき》の上《うえ》は、前夜に里からもどった上級女房《にょうぼう》や若女房の中から、右近を選んで呼び寄せます。晴れがましい思いでした。源氏の君も右近が出仕したのを見て、いつもながら返事に困る冗談を言いかけます。

「どうして長く里住まいしていたんだね。いつになく独り身に変化があって、若返ることがあるのだろう。色よいことがあったと見える」

右近は答えました。

「退出して七日が過ぎましたが、色よいことはございませんでしたよ。山歩きをして、懐かしいお人を発見しただけです」

「どんな人を」

源氏の君はたずねますが、右近は、まだ紫の上に話していないのでためらいました。後から女主人の耳に入ったのでは、隠し立てをしたと思われてしまいます。

「そのうちお話しします」

他の女房たちもやって来たので、それ以上言いませんでした。

灯火を点《とも》す時刻になりました。くつろいだ様子で並ぶ源氏の君と紫の上には、見飽《みあ》きない魅力があります。紫の上は二十七、八になると思われます。女盛りの美しさにますます磨《みが》きがかかり、しばらく遠ざかっていた右近の目には、そのあいだに華やかさが増したように映りました。

再会した姫君の美しさに感動し、紫の上にも劣らないと考えた右近ですが、心なしか紫の上のほうが優れていました。やはり、幸運のある人とない人には差が生まれるのではと、見比べて思うのでした。

源氏の君は、就寝時に脚《あし》をもませる女房として、右近を指名しました。

「若い人だと、疲れる仕事は渋《しぶ》るようだ。年寄り同士なら同情してもらえて仲よくできる」

女房たちは、この言いぐさにくすくす笑っています。

「そうでしょうか。いったいだれがそのお役目を嫌がるのでしょう」

「厄介《やっかい》な冗談をおっしゃってばかりで、困ります」

源氏の君は、笑って右近に言いました。

「紫の上も、古なじみの私たちが仲よしすぎるとご機嫌《きげん》を損じるかな。しないとも言えないご気性だから、危ないな」

愛敬《あいきょう》いっぱいにおどける源氏の君でした。今は多忙な職務を離れ、世間をのんびり眺《なが》めていられる身分です。ひたすら冗談を飛ばし、女房たちの反応を楽しんでいます。そのあげく、右近のような古女房にも戯《たわむ》れを言うのでした。

寝床に入った源氏の君は、右近にたずねました。

「見つけたのはどんな人だね。尊い修験者《しゅげんじゃ》と親密になって、家までつれて来たのか」

「まあ、人聞きの悪い。はかなく亡くなられた夕顔の露《つゆ》にご縁のおかたを、捜し当てたのでございます」

「それは朗報だ。この長い年月、いったいどこに」

ありのままに筑紫《つくし》の辺境とは言いにくく、右近は言葉を選びました。

「ひなびた山里におられました。かつての仕え人も一部は変わらず仕えていたので、在《あ》りし日の思い出を語って過ごし、悲しみがよみがえりました」

源氏の君は、紫の上を気づかって言います。

「そのくらいにしておこう。事情を知らないおかたの前だから」

紫の上は、袖《そで》で耳をふさいでしまいました。

「まあ、めんどうな。私は眠くて聞いてなどいられないのに」

そこで、こっそり右近にたずねます。

「姫君の容色は、かつての人に劣らなかったかい」

「必ず似るとは限らないと思っておりましたが、母君以上に優れて成長なさったとお見受けしました」

「おもしろい。どのくらい美しいのかな、紫の上と比べては」

「そこまではとても」

右近が答えると、源氏の君は父親のふりをして言うのでした。

「見つけてさぞ得意に思っただろう。私に似た姫君なら、安心できそうだ」

この後、源氏の君は、何度も右近を呼び寄せました。

「姫君をこの六条院に引き取ろう。長年、折あるごとに行方《ゆくえ》を見失った残念さを思い返していたのだ。発見したというれしい知らせを聞きながら、このまま会わずに終わらせては甲斐《かい》がないよ。

内大臣《ないだいじん》に知らせることはあるまい。たくさんの子息子女を抱えて大騒ぎだから、愛人の子が今から参入しても、かえってつらい目を見るだろう。そこへいくと、私は子が少なくて暇《ひま》だから、世間には、思わぬところで生まれ育ったわが子を引き取ったと言おう。色好みな男たちが夢中になる相手として、この上なく大事にお世話するよ」

右近は、源氏の君の言葉を何もかもうれしく聞きました。

「どうぞお心のままに。実の父君にお知らせしようにも、お耳に入れることがだれにできるでしょう。虚《むな》しく亡くなったおかたの代わりに、姫君を万全に引き立ててくださったら、それが罪ほろぼしにもなりますでしょう」

「ずいぶんな言いがかりをつけてくれるね」

源氏の君はほほえみ、それから涙ぐみました。

「悲しくはかない契《ちぎ》りだったと、長年思い続けてきた。今、六条院に集う女人《にょにん》の中にも、あのときの恋心と同じ心を向けた人はいない。長生きして、私の気の長さを知るようになった女人が多いのに、あっけなく他界してしまい、右近だけを形見とするのが残念でならなかった。ずっと忘れられなかったのだ。あの人の娘のお世話ができたら、これほど満足できることはないよ」

姫君へ挨拶《あいさつ》の文《ふみ》を送ります。

末摘花《すえつむはな》の君《きみ》がどうにも洗練されないことを思いやると、山里に埋もれて育った娘の性質も不安でした。まず、文の返事がどの程度か知りたいと考えます。真面目な筆致で無難な内容をしたため、端《はし》のほうに書き添えました。

「こう申し上げるのも、

〝知らずとも今に聞き知るだろう。三島江《みしまえ》に生える三稜草《みくりぐさ》の筋《すじ》のように、私との縁《えん》が絶えないことを〟」

右近はこの文を持って、みずから姫君のもとへ出向き、源氏の君の言葉を伝えました。贈り物に、姫君の装束《しょうぞく》や仕え人の衣料をさまざまに揃《そろ》えてあります。紫の上にも相談したのでしょう、御匣殿《みくしげどの》（邸内《ていない》の縫製所《ほうせいじょ》）で用意した衣装を取り集め、色合いも仕立ても特に秀でたものを選んでありました。まして田舎《いなか》びた人々の目には、めったに見ない逸品《いっぴん》と映りました。

姫君当人は、源氏の君の文を見て考えます。

（これが実の父君からの文だったら、どんなに些細《ささい》な内容でもうれしく思ったのに）

見知らぬ他人の屋敷で暮らせるだろうかと、つらく思いましたが、右近と今後を話し合いました。乳母《めのと》たちも姫君を慰《なぐさ》めます。

「六条院で一人前におなりになれば、自然と父君のお耳にも伝わるでしょう。親子のきずなはけっして消えないものです。しがない右近でも、姫様にお会いしたいと願い続ければ、神仏がお導きくださったのですよ。まして姫様と内大臣どのならば、ご健在でさえあればそのうちきっと」

まずは文の返事をと、周囲が急《せ》かしました。姫君は気後れして、自分はすっかり田舎じみているのにと思います。しかし、右近は唐《から》わたりの紙でよく香《こう》を焚《た》きしめたものを取り出し、本人に返事を書かせました。

「〝数に入らぬ身の三稜草《みくりぐさ》なのに、どんな筋《すじ》があって泥《うき》（憂《う》き）に根を下ろしたのだろう〟」

歌だけを、薄い墨《すみ》つきで書きました。はかなげな筆跡でよろめきがちですが、上品さがあって悪くありません。源氏の君もこれを読んで安心するのでした。

姫君をどこに住まわせようかと思案します。

（紫の上のいる春の町には、空いている対《たい》の屋《や》もない。ここはとりわけ賑《にぎ》わって仕え人が集中するから、人の出入りが多くて目についてしまう。秋好中宮《あきこのむちゅうぐう》の西の町なら、姫君にもふさわしく閑静《かんせい》だが、中宮に仕える女房と見られてしまいそうだ。少し奥まっても、東北の町の西の対を、今は書庫にしているのをよそに移し、姫君の住まいに仕立てよう）

夏の町の御殿に住む花散里《はなちるさと》の君《きみ》は、慎《つつ》ましく気立てのいい女人なので、同居して親交をもつにもいいだろうと思ったのでした。

今は紫の上にも、若き日に夕顔と出会ったいきさつを話します。紫の上は、今日まで秘密にしていたことを恨《うら》みました。

「無理だよ、まだこの世にいる人だろうと、聞かれもせずに話したりできない。こうした機会に打ち明けるのも、あなたを別格の人だと思うからこそだよ」

源氏の君は、しんみり思い出にふけりました。

「他人の上でも男女の仲を多く見てきたが、そう深く関係をもたないまでも、女人というものの情の深さを見聞きしたものだ。だから、これ以上好色な心は持つまいと思ったのに、結局そうならず、多くの女人とつきあってきた。その中でも、可憐《かれん》でどこまでもかわいらしい人として、あの人をたぐいなく思い出すよ。生きていれば、西北の町（冬の町）に住む明石《あかし》の君《きみ》に負けないお世話をしたにちがいない。人の個性はさまざまだ。才気や聡明《そうめい》さの面では劣っていたが、上品で愛らしい人だった」

紫の上は言います。

「それでも、明石の君と同格にはなさらないでしょうに」

明石の君の厚遇《こうぐう》が今も気に入らず、しこりに感じているのでした。しかし、明石の姫君がたいそう愛らしく、無邪気《むじゃき》に話に聞き入ってかわいいので、無理もないかとまた思い直しました。

これは、九月のことでした。

姫君を六条院に移すと決めても、そう簡単にことが運ぶものではありません。乳母《めのと》たちは、相応にきれいな女童《めのわらわ》、若い女房を探し求めます。

筑紫《つくし》に住んでいたころは、都から流れてきた人などに便りを出して呼び集め、見苦しくない女房たちを仕えさせていました。けれども、あわてて逃げ出した騒動にまぎれ、みんな残してきてしまいました。都はさすがに広いので、市女《いちめ》が候補者をよく探し出してつれてきます。しかし、仕える姫君がだれの娘かは教えませんでした。

まずは右近《うこん》の住む五条の里に、こっそり姫君を移します。仕える人々を選び抜き、女房装束《しょうぞく》も整えて、十月になって六条院へ移りました。

源氏の君は、花散里《はなちるさと》の君《きみ》に語りました。

「以前、いとしく思った女人《にょにん》が、私との仲を憂《うれ》えてどこかの山里に隠れ住んだのだ。幼い姫がいたので、人知れず長年捜したけれども見つけられずにいた。その子が成人するまで年月が過ぎた今、思わぬ場所で捜し当てたので、今からでもと呼び寄せたのだよ」

さらにこまごまと続けます。

「母親もすでに亡くなっているのだ。あなたには中将《ちゅうじょう》（源氏の君の息子・夕霧《ゆうぎり》）の世話をお願いして正しかったから、同じように姫君の面倒《めんどう》を見ていただけないか。山里で育ったので、洗練されないことが多いと思う。いろいろ細かに教育してやってほしいのだ」

花散里の君は大らかに言いました。

「そうですか、そのようなおかたがいらしたとは知りませんでした。明石《あかし》の姫君お一人ではお住まいが淋しいところへ、よかったですこと」

「亡くなった母親は、めったにないほど気立てのいい人だった。あなたのご気性も安心できるからお願いするのだよ」

源氏の君の言葉に、花散里の君は答えました。

「お世話するにふさわしい中将どのも、多くの手はかからず暇《ひま》にしていますから、私にとってもうれしいお話です」

六条院の女房たちは、源氏の君の娘とは知らずに言い合いました。

「またもや、どんな愛人を捜し出されたのやら。困った古なじみ集めを」

牛車《ぎっしゃ》を三両《りょう》ほど仕立てて移ってきます。右近が手伝ったので、お付きの人々の衣装も田舎《いなか》じみてはいませんでした。源氏の君から綾《あや》などをあれこれ贈られたのでした。

入居した夜、しばらくすると源氏の君が訪ねてきます。

乳母たちも昔、光源氏という名の評判を聞き知っていましたが、長年都を離れて不案内になり、それほど意識していませんでした。薄暗い灯火の明かりで、几帳《きちょう》の隙間からかいま見た源氏の君の姿は、あまりに美しいので恐ろしさを感じたほどでした。

戸の掛《か》け金《がね》を、右近が前もってはずしていたため、源氏の君は笑って言います。

「この戸口を通れる男は、特別な気分がするものだろうな」

そして、廂《ひさし》の間《ま》に用意した座席で膝《ひざ》をつきました。

「このような薄明かりだと、恋人として迎えられる気分ですね。親の顔ははっきり見たいものだと聞くのに、そう思わないのですか」

隔《へだ》ての几帳を少し押しやります。姫君はどうにも恥ずかしく、顔をそむけていますが、そのしぐさも感じよく見えるので、源氏の君はうれしくなりました。

「もう少し明るくしてくれないか。あまりに思わせぶりだ」

右近が灯心《とうしん》を伸ばし、灯台を少し姫君の近くに寄せました。

「厚かましい人だね」

源氏の君は少し笑います。姫君の目もとはこちらが恥じ入るような気高さで、右近の評価も納得できました。わずかも他人行儀にせず、本当の父親のように話しかけます。

「あなたの行方《ゆくえ》が何年もわからず、いつも心にかけて嘆いていたよ。こうして会うことができたとは、夢を見ているようだ。過ぎ去った思い出がよみがえって涙をこらえきれず、言葉も出てこない」

目もとを押しぬぐいます。真実悲しく思い返すのでした。

姫君の年齢を数えてみて、恨《うら》めしく言います。

「親子の間柄《あいだがら》で、これほど長い年月会わない例もないだろうに、宿縁《しゅくえん》がつらいな。今ではあなたも、もの慣れずに幼くふるまうお年ではなく、この年月の話もしてさしあげたいのに、どうして返事をしてくれないのだろう」

姫君は、答えづらく恥じ入りますが、かすかな声で言いました。

「蛭子《ひるこ》の足立たずの三歳で沈んでから、何ごともあるかなきかの身ですから」

かつての夕顔によく似かよった、若々しい声音《こわね》でした。源氏の君はほほえみます。

「沈んでお気の毒だったことを、今では私以外にだれが思いやれるだろう」

返事に相応の教養があり、悪くないと考えます。右近に実務のあれこれを言い置き、春の町の御殿へ戻りました。


源氏の君は、魅力的な姫君だったことがうれしくてたまらず、紫《むらさき》の上《うえ》に語りました。

「山奥で育てられて、どれほど気の毒な容姿やふるまいかと侮《あなど》っていたら、かえってこちらが気後れする雰囲気《ふんいき》だったよ。このような若い美女がここにいると、どうやって広め、兵部卿《ひょうぶきょう》の宮《みや》（源氏の君の弟）などの風流人を悩ませようか。色好みな男たちが、みな堅物《かたぶつ》ぶって六条院を訪れるのは、こうした恋のお目当てがいなかったからだよ。あの姫君を華やかに仕立ててさしあげたい。真面目ぶっていられなくなった人々の顔色をあれこれ見聞してやろう」

紫の上は言います。

「奇妙な親ですこと。真っ先に男の人をそそのかす計画を立てていらっしゃる。不真面目です」

「本当はあなたこそ、当時の私が今の心境になって、そんなふうに多くの男を悩ませてみるべきだったよ。考えなしにことを運んでしまったものだな」

源氏の君がそう言って笑うので、紫の上は顔を赤らめました。たいそう若々しく美しく見えました。

硯《すずり》を引き寄せた源氏の君は、手なぐさみに書きつけます。

「〝恋しく思い続ける自分は昔のまま、この玉蔓《たまかずら》（つる草の美称）はどんな筋《すじ》をたどって来たのだろうか〟

あわれな」

歌の続きでつぶやきました。たしかに深く愛した女人《にょにん》の忘れ形見なのだろうと、紫の上も思うのでした。

源氏の君は、息子の中将《ちゅうじょう》の君《きみ》にも言い置きます。

「こういう事情で娘を見つけ出したから、よく気づかいして親しく交流しなさい」

中将の君は、西の対《たい》へ出向いて挨拶《あいさつ》しました。

「数に入らぬまでも、このような私がおりますから、すぐに召《め》し使ってくださるべきでした。お移りになるときも、こちらから出向いてお仕えもせず」

たいそう誠実に述べるので、事情を知る人々はきまりが悪いほどでした。筑紫《つくし》の地で、乳母《めのと》たちは精いっぱい趣向をこらして姫君の住まいを整えたのですが、あきれるほど田舎《いなか》じみていたと、比較もできない思いです。

ここは室内の調度品をはじめ、当世風に華やかで上品なものばかりでした。住む人々も、身内として親しむ人々を筆頭に目がくらむように美しいのです。今では下仕《しもづか》えの三条《さんじょう》も、大弐《だいに》を軽んじるようになりました。ましてや大夫監《たゆうのげん》の人柄など、思い出すだけでも忌《い》まわしく思えました。

姫君は、豊後介《ぶんごのすけ》の忠義はめったにないと身にしみていました。右近《うこん》もそう思って言います。源氏の君は、生計があいまいでは不都合も出るだろうと、姫君の西の対に独自の家司《けいし》を任命し、しかるべき家政を行わせました。豊後介も家司の一人になりました。

すっかり田舎じみて気が滅入っていたのに、にわかに変身します。かりそめにも門をくぐり、目にするご縁などないと思っていた豪壮《ごうそう》な邸宅《ていたく》へ、今では朝夕通い慣れ、配下を従えて職務を行う身分でした。まったく晴れがましい思いです。源氏の君の配慮が行き届いてすばらしく、じつにありがたいことでした。

年の暮れになりました。

源氏の君は、正月の飾りものや女房たちの晴れ着など、主だった女人《にょにん》の御殿と同様に、玉鬘《たまかずら》の姫君へも手配します。けれども、田舎人《いなかびと》たちは見分けないだろうと、いくぶん山里育ちを軽んじて見つくろいました。そのついでに、職人たちがわれもわれもと腕を競って持参した高貴な女人の上衣《うわごろも》(細長《ほそなが》、小袿《こうちき》)が、多種多様にあるのを眺めます。

「ずいぶんたくさん集まったものだな。不公平と恨《うら》まれないように分配しなくては」

紫《むらさき》の上《うえ》に相談しました。そして、六条院の御匣殿《みくしげどの》で仕立てたものや、紫の上のもとで仕立てたものも、すべて持ってこさせました。すると、こちらの出来ばえは格段に優れ、他では見ない色合い、色艶《いろつや》に仕上げてあり、見事だと感じます。紫の上にもそう言いました。

あちらこちらの打殿《うちどの》(絹地を砧《きぬた》で打って艶を出す所)で打った衣を見比べ、濃紫《こむらさき》や赤など、さまざまに選んで御衣櫃《みぞびつ》や衣箱《ころもばこ》に詰《つ》めさせます。年配の上級女房に命じ、あれやこれやと取り揃《そろ》えました。

紫の上もこれを見守り、源氏の君に言いました。

「どれも優劣があるとは思えない衣装のようですが、お召《め》しになるかたのご容色に合わせて贈られてはいかが。お人柄に似合わないものをお召しになっては、映りもしないでしょう」

源氏の君は少し笑って言いました。

「さりげなく、他の人々の容姿を推察しようという魂胆《こんたん》らしいね。それなら、あなたご自身にはどの衣装が似合うとお思いかな」

「それは、鏡で見るだけでは、どうにも」

紫の上は、さすがに恥じらうのでした。

紅梅《こうばい》の模様がくっきりと浮いた葡萄染《えびぞ》め（薄紫《うすむらさき》）の小袿と、今様色《いまよういろ》（濃い紅梅色）でたいそう秀でた衣を、紫の上の御料《ごりょう》とします。桜襲《さくらがさね》（表が白、裏が赤または蘇芳《すおう》）の細長《ほそなが》につややかな薄紅《うすくれない》の掻練《かいねり》を添えたものを、明石《あかし》の姫君《ひめぎみ》の御料としました。

浅縹《あさはなだ》（薄《うす》い藍色《あいいろ》）の海賦《かいふ》（波・海藻《かいそう》・貝・松などの模様）の織物は、織りは優美なのに華やぎの少ない品です。これにたいそう濃い紅の掻練を添えて花散里《はなちるさと》の君《きみ》に、くもりもなく赤い衣と山吹襲《やまぶきがさね》（表が赤みのある黄、裏が黄）の細長は、玉蔓の姫君に贈ることにしました。

紫の上は見ぬふりをしながら、玉蔓の姫君の容姿を推し量ります。内大臣《ないだいじん》の華やかで一目で美丈夫《びじょうぶ》と思わせる容姿、けれどもみずみずしい優美さの混じらないあたりに似ているのだろうと、しっかり察するのでした。顔には出しませんが、源氏の君も紫の上を見やり、油断できないと感じました。

「いや、この似合うもの選びは、だれもが腹を立てることになるだろうよ。よい品であっても、衣装の趣向には限界がある。個人個人の容姿は、たとえ不器量でも奥深いものなのだから」

そう言って、あの末摘花《すえつむはな》の君《きみ》の御料に、柳《やなぎ》の織物（縦糸が萌黄《もえぎ》、横糸が白）に由緒《ゆいしょ》ある唐草《からくさ》を乱れ織りにしたものを選びます。たいそう優美な衣装であり、源氏の君は密かにほほえむのでした。

梅の折り枝、蝶や鳥の飛び違いの模様のある唐風《からふう》の白い小袿に、濃紫で艶のある衣を重ね、明石《あかし》の君《きみ》の御料とします。気品の高い選択であり、紫の上はおもしろくないと感じました。

空蟬《うつせみ》の尼君《あまぎみ》には、青鈍《あおにび》の織物でたいそう趣味のいい品を見つけます。自分用の中から梔子染《くちなしぞ》めの衣とゆるし色（紅または紫の薄い色）の衣を添えます。そして、これらの晴れ着を元旦に着るよう、それぞれに向けて文を書くのでした。どのくらい似合うか自分の目で見届けたいという、源氏の君のもくろみでした。

贈られた女人たちは、だれもが丁重なお礼の文を返しました。文の使者への褒美《ほうび》もそれぞれです。中でも末摘花の君は、今は二条東院に住んでおり、少し遠慮するのが優雅というものでした。けれども四角四面な性格のため、作法のまま、山吹襲の袿《うちき》で袖口《そでぐち》のすすけたものを重ねる衣もなく使者に投げかけます。文は、香《こう》をよく焚《た》きしめた陸奥紙《みちのくがみ》で、やや古びて分厚く黄ばんだものに書きました。

「さても、いただいた晴れ着はかえって恨めしくなるかと。

〝着てみれば、裏見（恨《うら》み）られる唐衣《からころも》。返してみよう、袖《そで》を涙で濡《ぬ》らして〟」

筆跡はだれよりも古風でした。源氏の君はひどく苦笑いをして、文をすぐには下に置きません。紫の上は、何が起きたかと見やりました。褒美の品が粗末《そまつ》でみっともなく、源氏の君が機嫌《きげん》を悪くしたのを察し、使者はそそくさと退出します。あまりのことに、女房たちは陰《かげ》でささやきあって笑いました。

こうして、末摘花の君がどうにも古めかしく、はらはらさせる出過ぎたまねをするので、源氏の君も処置なしに思えるのでした。周囲が気後れするまなざしをしています。

「古風な歌詠《うたよ》みは〝唐衣《からころも》〟〝袂濡《たもとぬ》るる〟の恨み言から離れられないようだな。私も古風な部類だろうが、さらに一途《いちず》に凝《こ》り固まり、当世風の言葉づかいは見向きもしないところがあっぱれなほどだ。

人の集まりを詠む場合、宮中の改まった歌会などでは〝まとい（円居）〟の三文字が定番だったものだよ。昔の恋を懐かしむやりとりでは〝あだ人の〟の五文字を第三句にすれば、言葉の続きも整う感じだった」

そう言って、源氏の君は笑いました。

「いろいろな草子《そうし》、歌枕《うたまくら》（枕詞《まくらことば》や名所の解説書）を熟読し、その言葉を取り入れても、人が詠み慣れた筋《すじ》というのは大きく変わらないだろう。常陸《ひたち》の宮《みや》（末摘花の君の亡父）が残された紙屋紙《かんやがみ》の草子を読むべきだと、あの人が送ってくれたが、和歌の奥義書《おうぎしょ》はひどく窮屈《きゅうくつ》で、歌の病《やまい》を避ける決まりごとが山ほどある。もとから和歌が不得手な私は、ますます詠めなくなりそうで、面倒《めんどう》になって返却してしまったよ。しかし、奥義を心得たお人の詠みぶりにしては、ありふれた歌だな」

おもしろがっているので、末摘花の君には気の毒でした。

紫の上は、真面目な口調で言います。

「どうして草子をお返ししてしまったのです。書写して明石の姫君に見せてあげたかったのに。私も何かといっしょに和歌の書をしまいこんでいたけれど、紙魚《しみ》がだめにしてしまって。学んでいない私など、秀歌《しゅうか》を詠むにはほど遠いでしょう」

「姫君の学問には必要ないよ。女人は何であれ、好きなことただ一つにのめりこむのは格好悪い。技芸が何もできないのも残念だが。女人はただ、自分の考えを他で左右されずにしっかり胸にとどめ、いつでも波風立てずに過ごすのが無難というものだよ」

源氏の君は言い、末摘花の君へ返事を出そうと思っていません。けれども、紫の上がうながしました。

「歌に〝返してみよう〟とあったのに、こちらが文を返さないのも失礼では」

長年の情けを捨てはしない源氏の君であり、気安い調子で書きました。

「〝返そうと言うその言葉につけても、片敷《かたし》きの夜の衣《ころも》が思いやられるようだ〟

当然ですね」
と、あったようです。

八　初音《はつね》

六条院で初の新年を迎えました。光源氏《ひかるげんじ》は三十六歳になります。

元日の朝、空はうららかに晴れわたり、下々《しもじも》の人の庭でも雪間《ゆきま》の若草が初々《ういうい》しく色づきました。早くも春めいた霞《かすみ》がただよう中、木の芽がふくらみ、自然に人々の心も伸びやかになるようです。

まして、玉を敷《し》いたように秀麗《しゅうれい》な六条院の御殿《ごてん》では、庭園をはじめとして見どころが多く、それぞれの町でさらに磨《みが》き整えた様子は、語りたくても言葉に尽くせないのでした。

とりわけ春の町の御殿では、風にのった梅の香《か》が御簾《みす》の内の薫香《くんこう》と入り混じり、この世に出現した仏の国かと思われます。けれども堅苦《かたくる》しくはなく、人々はゆったりくつろいで暮らしていました。

紫《むらさき》の上《うえ》は、仕える女房《にょうぼう》も秀でた若い人はみな明石《あかし》の姫君《ひめぎみ》につけ、自分には少し年配の者を残しています。かえって奥ゆかしい雰囲気《ふんいき》で、容姿も衣装も感じよく整えていました。女房同士で寄り集まり、歯固《はがた》めの祝い（正月三が日の長寿祈願の食事）をしようと、鏡餅《かがみもち》まで持ち出しています。千年の繁栄が明らかな新年の祝い言を言って戯《たわむ》れていると、源氏《げんじ》の君《きみ》がのぞきこみました。

女房たちは、気安く懐《ふところ》に入れていた手を直し、体裁の悪いところを見られて恐縮《きょうしゅく》します。源氏の君は笑って言いました。

「盛大な仲間同士の祝いだね。あなたたちそれぞれに祈る用件があるのだろう。少し教えてくれないか、私も言祝《ことほ》ぎをしよう」

その笑顔こそ、新年のめでたさにふさわしく見えました。源氏の君との親しさを自負する中将《ちゅうじょう》の君《きみ》が答えます。

「〝かねてぞ見ゆる〟わが君の千年の繁栄は確実と、鏡餅の前で述べていたのです。個人の願い事など何ほどでもありません」

明るいうちは、年賀の挨拶に人々が訪れて落ち着かないので、夕方になってから、それぞれの女人《にょにん》の御殿を訪ねることにしました。入念に身づくろい、衣装を整えた源氏の君の姿は、真実見とれる価値がありました。

まずは、紫の上に挨拶します。

「今朝は、こちらの女房たちが仲よく戯れていて、ずいぶんうらやましかったよ。あなたには私が鏡餅を見せ、祝ってあげよう」

そう言って、色気のある冗談もまぜながら祝い言を述べました。

「〝薄氷《うすごおり》がとけた池の鏡《かがみ》には、世にもくもりなき仲の私たちが並んで映っている〟」

本当にすばらしい二人の仲でした。紫の上も詠《よ》みます。

「〝くもりなき池の鏡《かがみ》に、万世住み（澄《す》み）続ける私たちがはっきりと見える〟」

何ごとにつけても、来世《らいせ》までの契《ちぎ》りをしようと言い交わします。この日は子《ね》の日でもあり、たしかに千年の春を祝うにふさわしいのでした（正月の子の日には、小松を根ごと引き抜いて長寿を願う行事がある）。

明石の姫君の御座所《ござしょ》へ足を運ぶと、女童《めのわらわ》や下仕《しもづか》えの人々が、庭園の築山《つきやま》で小松を引いていました。若い女房たちは、自分も引きたくてうずうずしているようです。西北の町（冬の町）の明石の君から、特別仕立ての髭籠《ひげこ》や折り箱の年賀の品が届いていました。

髭籠を下げた五葉《ごよう》の松の細工物に鶯《うぐいす》がとまっており、送り主の隠れた意図が見えるようです。文《ふみ》にはこうありました。

「〝年月を松（待つ）に引かれて待ちわびる人に、今日は鶯《うぐいす》の初音《はつね》を聞かせてほしい

音もしない里では」

源氏の君は、明石の君が不憫《ふびん》でならなくなります。元旦のもの忌《い》みをするべきなのに、涙をこらえきれません。

「このお返事は、あなたが自分でお書きなさい。初音を出し惜しみするお相手ではないのだから」

みずから硯《すずり》の準備などをして、明石の姫君に文を書かせました。どこまでも愛らしく、朝夕見ても見飽《みあ》きないかわいらしさを、生みの母が目にすることもなく過ぎ去った年月の長さを、罪つくりで心苦しいと思うのでした。

「〝引き別れて年月はたったけれども、鶯《うぐいす》が巣立った松の根を忘れるだろうか〟」

幼い姫君がみずから考えたため、少しくどくなったようでした。

夏の町の御殿にわたります。

季節に合わないせいか、庭先はたいそうひっそりして見えました。特に目を引くものはありませんが、上品に住み整えているのは見わたしてわかります。

花散里《はなちるさと》の君《きみ》とは、年月とともに隠し立てをなくした親しい仲でした。今では、ことさら共寝《ともね》をするつきあいを続けていません。ただ睦《むつ》まじく、めったにないよい関係を言い交わすのでした。

几帳《きちょう》を隔《へだ》てて話を交わしていましたが、少し押しやると、花散里の君はそのまま座っています。薄縹《うすはなだ》の小袿《こうちき》はたしかに地味な色合いであり、着ている人の髪も盛りを過ぎて薄くなっていました。源氏の君は考えます。

（気にすることはないとはいえ、付け毛でつくろったほうがいいだろうな。私以外の男なら、見ていやになるかもしれない。だが、私はこうして会えるのがうれしく本望だ。

この人は、浅はかな女たちのように私を見離さなかったのだから）

対面するたび、自分の気の長さと花散里の君の誠実さをありがたく思うのでした。昔の思い出をこまごまと懐《なつ》かしく語ってから、西の対《たい》へ移りました。

玉鬘《たまかずら》の姫君の御座所《ござしょ》は、まだ住み慣れないわりには趣味よく見えました。愛らしい女童《めのわらわ》の姿が優美で、女房たちの影も数多く見えます。室内の飾りはふさわしく整えてありますが、身近な小物はまだ揃《そろ》わず、それでもそれなりに小ぎれいに住んでいました。

当の姫君を見れば、何と美しいのだろうとはっとします。山吹襲《やまぶきがさね》が一段と引き立つ容色であり、たいそう華《はな》やかで欠点がなく、すべてがつややかに輝いてうっとりするようでした。憂《うれ》いに沈んだ時期の辛苦《しんく》のせいか、髪の裾《すそ》が少し細くなり、さらさらとかかっているのも清楚《せいそ》に見えます。どこもかしこも鮮《あざ》やかに美しい人でした。

娘として引き取らなければと、胸の内で思いめぐらせます。源氏の君の気性であれば、このまま見過ごしにできないだろうと思われました。

玉鬘の姫君は、差し向かいの面会に慣れてきたものの、よく考えると親子のつながりもないのに奇妙で、現実とも思えないのでした。打ちとけた態度を見せません。しかし、そこに魅力がありました。源氏の君は言います。

「もう何年もここにいらした気がして、お会いするのも気が楽になり、長年の望みがかなったようですよ。遠慮せずに、春の町へもお出かけなさい。幼い姫が琴《こと》を習い始めたようだから、いっしょに習ってみては。気になる軽薄な女房もいない場所ですよ」

「お言葉のままに。それでは」

姫君は答えます。ふさわしい返事と言えました。


暮れかかるころ、明石《あかし》の君《きみ》の御殿へ行きました。御座所《ござしょ》近くの渡殿《わたどの》の戸を押し開けると、御簾《みす》の内の薫香《くんこう》が風にのって優美にただよってきます。ことのほか気品高く感じました。

当人の姿は見えず、どこだろうと見回すと、硯《すずり》の周りが片づかず、草子《そうし》などが散らかっています。源氏の君は手に取って眺《なが》めました。

唐《から》わたりの東京錦《とうきょうき》で縁取《ふちど》りの見事な敷物に、風雅《ふうが》な琴《きん》の琴《こと》を置き、由緒《ゆいしょ》のある特別な火桶《ひおけ》に侍従《じじゅう》（調香の名前）を薫《くゆ》らし、品々に移していたます。衣被香《えいこう》の香《か》にも似て、たいそうあでやかでした。

手なぐさみに行を乱して走り書きにした文字も、平凡でなく教養ある筆跡です。草仮名《そうがな》を多くした気取った書き方をせず、感じよく仕上げてあります。明石《あかし》の姫君の返事をめずらしいと読んだ勢いで、心に残る古歌《こか》をあれこれ書いていました。その中に明石の君の作もありました。

「〃ああ、めずらしい。花のねぐらに住みながら、木をつたって谷の古巣を訪ねた鶯《うぐいす》よ〃待ち望んだ声が聞けた」

さらに「〃咲《さ》ける岡《おか》べに家しあれば〃」など、再び古歌を書いて自分の心をなだめています。源氏の君は読みながらほほえむのでした。こちらが気後れする風情でした。

源氏の君が筆を持ち、手なぐさみに書き始めたころ、明石の君が膝《ひざ》をすべらせて出て来ます。礼儀正しさを失わず、感じのいいもてなしです。やはり凡人とは異なる優秀な女人《にょにん》なのだと、源氏の君は思うのでした。

白い小袿《こうちき》に鮮《あざ》やかにかかった髪は、少しすっきりする程に薄くなりましたが、ますます優美で慕《した》わしく感じます。新年早々、紫の上に騒がれるかと気がかりですが、この夜は明石の君のもとに泊まりました。

他の女人たちは、やはり明石の君の寵愛《ちょうあい》は別格かとおもしろくありません。春の町の女房たちは、まして気に入らないと考えていました。

まだ曙《あけぼの》のうちに、源氏の君は春の町へ戻ります。同じ邸内《ていない》なのだから、これほど早く出て行く必要はないのであり、明石の君も平静ではいられませんでした。源氏の君は、待ち受ける紫《むらさき》の上《うえ》はさらに心外に思っているだろうと推し量ります。

「いつになくうたた寝をして、年甲斐《としがい》もなく寝込んでしまったよ。だれもすぐに起こしてくれないものだから」

ご機嫌《きげん》を取る様子がおかしく見えました。紫の上にろくに返事をしてもらえず、厄介《やっかい》になって寝たふりをします。日が高くなってから起き出しました。

正月二日は、年賀に訪れる親王《しんのう》や高官をもてなす饗宴《きょうえん》があり、それをいいことに紫の上と顔を合わせないようにします。例によって、親王も高官も一人残らず参席しました。管弦《かんげん》の遊びを行い、引き出物や禄《ろく》は二つとない豪華さでした。

集まった人々の中には、自分も劣るまいと気取ってふるまう人がいますが、源氏の君にはとても比べられません。一人一人を見れば内裏《だいり》に優秀な人物が揃《そろ》っている御代《みよ》なのに、源氏の君の前ではかすんでしまうのが困りものでした。

数にも入らない従者たちも、六条院に参上する日は特別身なりに気づかっています。まして年若い高官たちは、胸に秘めた恋の野心もあり、むやみに緊張して参上する点が例年以上なのでした。

花の香《か》を誘う夕風がのどかに吹き、前栽《せんざい》の梅がようやくほころび始め、たそがれ時の管弦が興にのります。催馬楽《さいばら》の「此殿《このとの》」を歌い出す拍子《ひょうし》は何とも華やかでした。源氏の君もときどき声を添えます。歌詞後半の「三枝《さきくさ》」のくだりが、慕わしくすばらしく聞こえました。声を添えた源氏の君に引き立てられ、色香《いろか》も音色《ねいろ》も格段に優美さを増すことが、明暗も鮮やかに感じられるのでした。

春の町に詰《つ》めかける牛車《ぎっしゃ》や馬の物音を、離れた御殿で聞く女人たちは、極楽の蓮《はす》の花に生まれても花開かない立場とはこのようなものかと、胸を痛めます。まして、二条東院に離れている女人たちは、年月とともに所在ない思いが増します。けれども、現世のつらさの少ない山路に入ったつもりになれば、つれない人の心をどうして非難できるでしょう。

源氏の君の訪問が少ないことの他に、不安や淋しいことは何もありません。尼《あま》になった空蟬《うつせみ》は、仏道の勤行《ごんぎょう》に専念できます。仮名草子《かなぞうし》の学問に打ちこむ末摘花《すえつむはな》の君《きみ》も、自分の思いどおりに几帳面な規律をもうけて暮らすことのできる住まいでした。

年賀の多忙な数日が過ぎたころ、源氏の君は二条東院を訪問しました。

末摘花の君は、宮家の姫君という血筋が気の毒なので、はた目にも立派に見えるよう大事に扱っていました。この人も若い盛りには見事な髪の持ち主でしたが、年とともに衰え、今では白滝《しらたき》の淀《よど》みも顔負けする白髪《しらが》になっています。

かわいそうでまともに見つめませんが、柳《やなぎ》の織物の晴れ着がまったく似合っていないと感じるのも、着こなす人の人柄によるものでしょう。光沢《こうたく》もなく黒っぽい掻練《かいねり》でさらさら音がするほど固いものを一襲《ひとかさね》、袿《うちき》に合わせていますが、ひどく寒そうでした。いっしょに贈った襲《かさね》の衣《ころも》をどうしてしまったのか、赤い鼻先の色ばかりが、霞《かすみ》に紛《まぎ》れもせず華やかに色づいているのでした。源氏の君は思わずため息を漏《も》らし、二人の間にしっかり几帳《きちょう》を置き直しました。

末摘花の君の側は、むしろ気にかけません。これほど長く続いた源氏の君の厚情にすっかり安心し、頼りきっているのが哀れでした。並の身分ではない人がこの境遇なのは気の毒だと思えば、源氏の君はしみじみと、自分だけは世話しようと考えるのでした。めったにない志《こころざし》でしょう。

声をひどく寒そうに震《ふる》わせ、末摘花の君が語ります。源氏の君は放っておけなくなり、たずねました。

「お召《め》しものの配慮をする女房はいないのですか。このように気のおけない住まいでは、くつろいでふっくらと柔らかな衣をお召しになればいいのです。見た目ばかりをつくろった装いは感心できません」

ぎこちなく笑って、末摘花の君は言いました。

「醍醐寺《だいごじ》の阿闍梨《あじゃり》の君《きみ》（末摘花の君の兄）のお世話をしているので、私の衣を縫《ぬ》うこともできないのです。皮衣《かわぎぬ》まで取られてしまって、寒くなりました」

寒がりで、さぞ鼻を赤くした兄君《あにぎみ》なのでしょう。源氏の君は、素直なのはよくてもあまりにあけすけだと考えます。けれども、ここは真面目で堅苦《かたくる》しい態度を通しました。

「皮衣はそれでいいでしょう。山伏《やまぶし》の蓑《みの》代わりにお譲《ゆず》りになるのはふさわしいことです。しかし、先日さしあげた惜しむ必要ない白地の衣は、どうして七重《ななえ》にかさねてお召しにならないのですか。しかるべき折々は、こちらが忘れていることをご連絡ください。私はもともとぼんやりで、他の人々の用件に紛れるので、自然とうっかりしてしまうのです」

そう言って、向かいの二条院の倉を開けさせ、絹や綾《あや》を贈りました。

二条東院のたたずまいに荒れた箇所《かしょ》はありませんが、住む人のいない寝殿《しんでん》はしんと静まり、前栽《せんざい》の木立ばかりに風情がありました。紅梅《こうばい》が咲き出した華やかさなどを、愛《め》でる人もいないと見回します。

「〝ふるさとの春の梢《こずえ》を訪ねて来たが、世間一般にはない花（鼻）を見るものだ〟」

源氏の君は独り言《ひとりごと》に詠《よ》みましたが、末摘花の君には理解できなかったでしょう。

空蟬《うつせみ》の尼衣《あまごろも》の様子ものぞいてみました。この人は、少しも大きな顔をせず、ひっそりと間借りしたように住んでいました。仏像ばかりを室内の中央に据《す》えてあります。勤行《ごんぎょう》の様子も胸を打ちました。経典や仏像の装飾、ちょっとした閼伽《あか》の道具（仏に水や花を供える用具）も趣味よく優美で、やはり心づかいに優れた人だと感じます。

空蝉は、青鈍色《あおにびいろ》の几帳《きちょう》で風情のある品に、すっかり身を隠して座っていました。袖口《そでぐち》だけ見えますが、衣の色は贈った品であり、源氏の君は涙ぐみました。

「〝松《まつ》が浦嶋《うらしま》〟の〝心ある海人《あま》（尼《あま》）〟を、遠くから慕《した》うだけで終わってしまったようですね。昔から、つらい思いを重ねたあなたとの宿縁《しゅくえん》だった。それでも、この程度の親しさは絶やさずにいたいものです」

尼君もしみじみと思う様子でした。

「あなた様を頼りにして、こうして暮らしていることを思えば、ご縁も浅くなかったのだと思い知るようです」

「私に何度も恨《うら》めしい思いをさせ、惑《まど》わした罪の報《むく》いを、仏に祈っておられるのが心苦しいよ。身にしみておられるのだろうか、男はみな私のように素直とは限らないと。思い当たることがおありでは」

空蝉は、源氏の君が、出家の原因となった古い出来事を聞き知っていたのだと恥じ入りました。

「このような身のありさまを、残りなくご覧に入れること以上に、どんな報いがあるというのでしょう」

そう言って、本心から泣き出しました。昔よりさらに奥ゆかしく、こちらが気の引ける気配が増しています。源氏の君は、空蟬が男女のつきあいを離れた出家者になろうと、見放すことはできないと感じるのでした。とはいえ、色気のある言葉はかけられず、昔や今の話に終始しました。

（このくらいには、話し甲斐《がい》があっていいものを）

末摘花の君の住む方角を見やり、こっそり思うのでした。

このように、源氏の君の庇護《ひご》で暮らす女人《にょにん》は多くいました。すべての人の住まいをのぞいて行きます。

「会えない日々がときおり長く続いても、心の内では忘れることはない。避けられない死出の別れだけが心配だよ。寿命の長短はわからないから」

温かい言葉をかけ、どの女人も身分相応にいとしいと思っていました。源氏の君の地位や声望があれば、思い上がるのが当然なのに、尊大にはかまえません。場所柄や相手の身分でそれぞれに、すべての女人に心やさしくふるまっています。そうした厚情にすがって、多くの人々が年月を過ごしていました。

この年は、男踏歌《おとことうか》の行事がありました（隔年《かくねん》で正月十四日に実施）。帝《みかど》の御前《ごぜん》で踏歌の群舞《ぐんぶ》を舞《ま》った後、朱雀院《すざくいん》に参上して舞います。その次には六条院へ向かいますが、道のりが遠いため、到着は夜明け近くになりました。

月は曇《くも》りなく、さらに澄《す》みわたっています。薄雪を敷いた六条院の庭園は格別に風情がありました。参列する殿上人《てんじょうびと》に達者な者が多い時代であり、笛の音《ね》も見事に吹き鳴らします。六条院の御前ではいっそう気合いを入れているのでした。

それぞれの町の女人《にょにん》たちは、男踏歌を見物しようと春の町を訪問しています。前もって誘いがあり、東西の対《たい》の屋《や》と渡殿《わたどの》を女人たちの局《つぼね》として用意してありました。玉鬘《たまかずら》の姫君は、寝殿《しんでん》の南の間を訪れ、明石《あかし》の姫君と対面しました。紫《むらさき》の上《うえ》も同じ場所にいたので、几帳《きちょう》一つを隔《へだ》てて言葉を交わしました。

男踏歌の一行は、朱雀院の大后《おおきさき》（朱雀院の母・かつての弘徽殿《こきでん》の女御《にょうご》）の御所《ごしょ》を回っているうちに、夜がだんだん明けてしまいます。六条院は「水駅《みずうまや》」の接待をする取り決めで、酒と湯漬《ゆづ》け程度を提供するのがふつうですが、源氏の君は決まりごと以上の趣向を加え、華やかにもてなしました。

荒涼《こうりょう》とした月影《つきかげ》の暁《あかつき》、雪が少しずつ降り積もります。松風が高い梢《こずえ》から吹き下ろし、どうにも寒々しい季節の上、踏歌の人々の萎《な》えた青色の袍《ほう》、白い下襲《したがさね》の色合いには飾り気がありません。冠《かんむり》に飾る綿《わた》の造花も地味ですが、六条院の庭園という場所柄でおもしろく見物できます。満ち足りて寿命も延びる気がしました。

群舞の人々の中では、中将《ちゅうじょう》の君《きみ》（源氏の君の息子・夕霧《ゆうぎり》）と内大臣《ないだいじん》（かつての頭中将《とうのちゅうじょう》）の子息たちが、抜きん出て姿がよく目を引きました。

ほのぼのと明けゆくころ、雪がちらほら舞ってそぞろ寒い中、催馬楽《さいばら》の「竹河《たけかわ》」を歌って舞いました。その舞い姿や好ましい歌声の数々は、絵にも描《か》きとめられないので残念です。見物の女人たちの席を見れば、御簾《みす》の下からそれぞれ優劣のつかない袖口《そでぐち》がこぼれ出し、その多さもさまざまな色合いも、曙《あけぼの》の空に春の錦《にしき》が彩《いろど》る霞《かすみ》かと見わたせるのでした。不思議なほど心を満たす光景でした。

とはいえ、踏歌の舞人《まいびと》の風変わりな丈高《たけたか》い冠《かんむり》も、寿詞《ことぶき》の不謹慎《ふきんしん》な文句や滑稽《こっけい》な文句を仰々《ぎょうぎょう》しく言い立てるところも、それほど趣《おもむき》のある曲とは言えません。恒例《こうれい》の禄《ろく》の綿をおしいただいて退出しました。

すっかり夜も明けたので、女人たちもそれぞれの御殿へ帰ります。源氏の君はしばらく寝所に入り、日が高くなったころ起き出しました。

「中将の声のよさは、弁《べん》の少将《しょうしょう》(内大臣の二男)にもたいして劣らなかったね。不思議とその道の上手が輩出《はいしゅつ》する時期だ。昔の人は、堅い学問で優れることが多かったが、風流な趣味の方面では、最近の者に勝るとは言えないだろう。

息子を、実直な朝廷《ちょうてい》の臣下に育てようと決意し、私自身のゆるくて遊び好きな愚《おろ》かしさを受け継がせまいと思っていた。だが、それでも少しは、心に風流を好む気質があるほうがいいね。自制して堅苦しい外づらばかりでは、相手がしにくい」

そんな評価をして、中将の君をかわいいと思っています。「万春楽《ばんすらく》」と口ずさみ、言いました。

「だれもが六条院に集まったのだから、女楽《おんながく》の合奏が聴きたいものだ。それを、踏歌の翌日の私的な後宴《ごえん》にしよう」

立派な袋に入れて秘蔵していた楽器をすべて取り出し、表面をぬぐってゆるんだ弦《げん》の調律をさせます。女人たちは、だれもがひどく気づかいして、すっかり緊張して臨んだようでした。

九　胡蝶《こちょう》

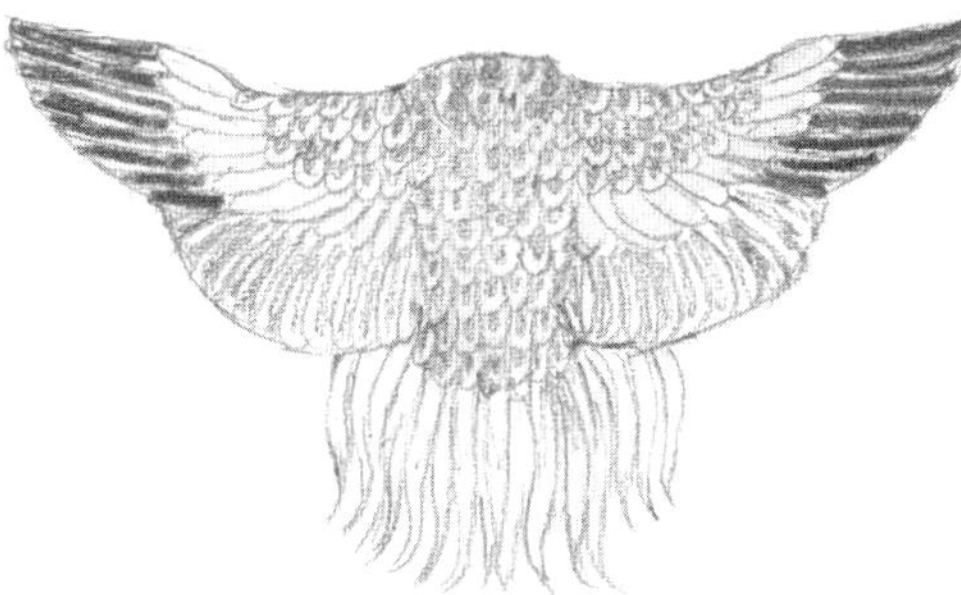

弥生《やよい》（三月）二十日を過ぎたころです。

春の町の庭園は、いつにも増して彩《いろど》り鮮《あざ》やかな花の色、鳥の声にあふれていました。他の町の女人《にょにん》たちは、まだ季節の盛りが過ぎないのかと、めずらしく見聞きしていました。

築山《つきやま》の木立、池の中島《なかじま》の様子、色鮮やかになる苔《こけ》の景色など、若い女房《にょうぼう》たちは、遠くに見るだけではもの足りなく思っているようです。源氏《げんじ》の君《きみ》は、唐風《からふう》の船を仕立てさせていましたが、その完成を急がせました。庭の池に初めて浮かべる日、雅楽寮《うたづかさ》の楽人《がくじん》を呼び寄せて船上の楽を行います。この私的な催《もよお》しに、親王《しんのう》や高官も大勢やって来ました。

秋好中宮《あきこのむちゅうぐう》（亡き六条《ろくじょう》の御息所《みやすどころ》の娘）はこのとき、秋の町の御殿《ごてん》に里帰りしていました。紫《むらさき》の上《うえ》は、前年の秋に中宮から「〝一心に春を待つ園は、わが宿の紅葉《もみじ》を、風のたよりにでもどうぞご覧なさい〟」と挑《いど》まれたことを思い、返礼をするのは今だと考えます。

源氏の君も、この花盛りをぜひ秋好中宮に見せたいと願い、招待の言葉を伝えました。けれども、中宮という重い身分では、軽々しく出向いて花見を楽しむわけにはいきません。そこで、中宮付きの若い女房で行楽《こうらく》好きな者を選び、船に乗せました。

秋の町の庭園の池と春の町の庭園の池は、一つに通じ合っていました。境に小さな築山を造って隔《へだ》ての関所にしているのです。中宮付きの女房たちの船は、築山の先まで漕《こ》ぎわたり、紫の上側の若い女房たちは、東の釣殿《つりどの》に集まって待ち受けました。

竜頭《りょうとう》の船、鷁首《げきしゅ》の船を、唐風の装飾で厳《いか》めしく整え、楫《かじ》を取り棹《さお》をさす童《わらわ》たちは髪をみずらに結って唐国《からくに》めかしています。これほど大きな池をわたっては、本当に見知らぬ国を訪れた気分になり、中宮付きの女房たちは感激するのでした。

中島の入り江の岩陰に船を寄せて眺めると、何気ない石の形までが絵に描《か》いたようです。あちらこちらで若葉に霞《かす》む木々の景色は、まるで錦《にしき》を広げたようでした。春の御殿の前栽《せんざい》をはるかに望めます。蒼《あお》さを増した柳《やなぎ》が枝を垂れ、花々はえも言われぬ鮮やかさでした。

よそでは盛りを過ぎた桜が、ここでは盛りと咲き乱れ、渡殿《わたどの》のあたりをめぐる藤《ふじ》の花も色濃く咲き始めています。まして水面に影を映す山吹《やまぶき》の花は、岸辺から咲きこぼれて最盛期です。水鳥たちはつがいを離れず泳ぎまわり、細い枝をくわえて飛び交っていました。鴛鴦《おしどり》が水に波紋《はもん》を描《えが》く様子など、衣の紋様《もんよう》に写し取りたく見えます。「斧《おの》の柄《え》が朽《く》ちるまで」という言葉どおり、永久に見続けたいと思いながら日を過ごしました。

「〃風が吹くと、波にまで花の色が見える。これが有名な山吹《やまぶき》の崎《さき》(山吹の名所)なのだろうか〃」

「〃春の町の池は、井手《いで》の川瀬《かわせ》(山吹の名所)に通じるのだろうか。岸辺の花が水の底まで色美しい〃」

「〃亀《かめ》の上の山(蓬莱山《ほうらいさん》)を訪ねることはない。この船に不老の名をとどめるとしよう〃」

「〃春の日のうららに漕《こ》ぎ行《ゆ》く船は、棹《さお》のしずくも花と散るようだ〃」

ささやかな歌を思い思いに交わします。若い女房たちが、行き先も帰る里も忘れるほど夢中になるのも、当然と思える水の上でした。

日が暮れかかるころ、皇麞《おうじょう》という舞楽《ぶがく》が興趣のある音色に聞こえてきます。女房たちはうっとりしたまま釣殿に寄せられ、船を降りました。釣殿のしつらえは簡素ながら優美です。中宮方と紫の上方、双方の若い女房たちが自分こそはと着飾った衣装や容色は、花々を散らした錦《にしき》にも劣らず美しく見回せました。

楽人たちは、世間になじみのないめずらしい曲を演奏します。源氏の君は、舞人《まいびと》も心して選び抜いていました。

夜になりましたが、まだ飽《あ》き足りません。御前《ごぜん》の庭に篝火《かがりび》を焚《た》き、階段下の苔の上に楽人を召《め》し寄せて、高官や親王たちもそれぞれ得意の琴《こと》や笛を披露《ひろう》しました。

雅楽寮で特に秀でた者が、双調《そうじょう》（春の調子）を吹き立てると、段上で待ち受ける人々の琴が、華やかに掻《か》き鳴らされます。催馬楽《さいばら》「あな尊《とうと》」を演奏すると、素養のない賤《しず》の男《お》までが生き甲斐《がい》を感じ、門のそばに隙間なく並んだ馬や車にまじりながら、笑みを浮かべて聞き入りました。空の景色も楽の音《ね》も、春の響きの特に優れた点を、居合わせた人々は聞き取ったことでしょう。

一晩中管弦《かんげん》の遊びを続けました。調《ちょう》を変換する「返り声」になると「喜春楽《きしゅんらく》」を演奏します。兵部卿《ひょうぶきょう》の宮《みや》（源氏の君の弟）が催馬楽「青柳《あおやぎ》」をくり返し上手《じょうず》に歌い、源氏の君も声を添えました。

夜が明けました。

秋好中宮《あきこのむちゅうぐう》は、明け方の鳥のさえずりのような歌声を、町を隔《へだ》てた遠くでうらやましく耳にしました。

いつも春の光に満ちた御殿ですが、心を寄せる妙齢《みょうれい》の姫君《ひめぎみ》がいなかったので、人々が残念に思っていたところ、玉鬘《たまかずら》の姫君が現れます。申し分のない美しさだという評判や、源氏の君がとりわけ大事にする態度などが、すでに世間に漏《も》れ出していました。源氏の君のもくろみどおり、心惹《ひ》かれる男たちが多いようです。

求婚者の資格ありと自負する身分の男たちは、つてのある女房《にょうぼう》に熱意をほのめかし、恋文《こいぶみ》を送りました。まだ行動に移せないながら、心を燃やす若者たちもいることでしょう。その中に、真相を知りもせず、内大臣《ないだいじん》の息子の中将（長男・柏木《かしわぎ》）も姫君に思いを寄せた様子でした。

兵部卿《ひょうぶきょう》の宮《みや》は、長くつれ添った北の方が亡くなり、この三年ばかり独身を淋しく思っています。だれにはばかることもなく結婚の望みをほのめかしました。この朝もひどく酔ったふりで、藤《ふじ》の花を冠《かんむり》の挿頭《かざし》にし、風流人らしく戯《たわむ》れる様子がおもしろいのでした。

源氏の君は内心、計画どおりだと思いますが、わざと気づかないふりをしています。

兵部卿の宮は、源氏の君に勧められる酒杯《しゅはい》をもてあまして言います。

「心に思うところがなければ、とっくに逃げ帰っているのですが。もう、酔って耐えられそうにないのに」

杯《さかずき》に藤の花を添えて源氏の君に返上しました。

「〝紫《むらさき》のゆかり（源氏の君の娘）に心を奪われたので、淵《ふち》（藤《ふじ》）に身を投げたという評判も惜《お》しくはない〟」


源氏の君は満面の笑みを浮かべます。

「〝淵《ふち》に身を投げるべきかどうか、この春は、花のあたりを立ち去らずに見てほしい〟」

熱心に引き止めたので、兵部卿の宮も座を離れられず、早朝の管弦《かんげん》の遊びがさらに興にのるのでした。

この日は、秋好中宮《あきこのむちゅうぐう》が催《もよお》す季《き》の御読経《みどきょう》（春と秋に四日間行う）の初日でした。春の町の御殿に集った客人たちは、そのまま退出せず、邸内《ていない》のどこかで休息をとり、昼の正装に着替える人も多かったのでした。支障があって退出する人もいました。午《うま》の時《とき》（正午）あたりに、だれもが秋の町の御殿へ出かけます。源氏の君をはじめとして、みな到着しました。殿上人《てんじょうびと》も残りなく集まってきます。法会《ほうえ》の手配の多くは源氏の君の威勢《いせい》によるものであり、尊く厳《おごそ》かな催《もよお》しでした。

紫《むらさき》の上《うえ》から供養の志《こころざし》として、仏に花を献上します。鳥の装束《しょうぞく》と蝶《ちょう》の装束で装った女《め》童《わらわ》八人、特に顔立ちのよい子を選んであり、鳥の童《わらわ》は銀の花瓶《はながめ》に桜をさし、蝶の童は黄金の花瓶に山吹《やまぶき》を持ちました。同じ花でも花房《はなぶさ》が見事で、よそでは見ない美しい彩《いろど》りです。

春の町の築山《つきやま》のそばから船を漕《こ》ぎ出し、法会の庭に出たころ、風が吹いて瓶の桜が少し散り乱れました。空はうららかに晴れ、花霞《はながすみ》の中から登場した女童たちは、たいそう優美に見えました。

幕を張った楽屋などはわざと設置せず、中宮の御座所《ござしょ》に通じる廊《ろう》を楽屋のようにして、楽人《がくじん》の腰かけを置きます。女童たちは、寝殿《しんでん》の階段の下に寄って花々をささげました。行香《ぎょうこう》の人々（僧《そう》に香《こう》を配る役）が取り次いで、仏前の供え物に加えました。

紫の上の文《ふみ》は、中将《ちゅうじょう》の君《きみ》（源氏の君の息子・夕霧《ゆうぎり》）が秋好中宮に届けました。

「〝花園の胡蝶《こちょう》さえも、下草で秋を待つ虫（松虫）は無関心に見るのだろうか〟」

中宮は、あのときの紅葉《もみじ》の歌のお返しだとさとり、ほほえみながら文を読みます。昨日船に乗った女房たちは、うっとりして言い合うのでした。

「たしかに、春の色合いを負かすことなどできないでしょう」

鶯《うぐいす》がさわやかにさえずり、鳥の舞楽《ぶがく》が華やかに鳴り響きます。池の水鳥もそこはかとなく鳴き続け、舞《まい》の終盤《しゅうばん》になっても見飽きない興趣がありました。蝶の舞楽はさらに軽やかにひらひらと、垣根の山吹が咲きこぼれる花陰へ舞い隠れるのでした。

宮《みや》の亮《すけ》（中宮職次官）をはじめとして、主な官人たちが取り次ぎ、女童に禄《ろく》を授けました。鳥の童には桜襲《さくらがさね》の細長《ほそなが》、蝶の童には山吹襲《やまぶきがさね》の細長で、まるで以前から用意してあったように似合いの品です。楽師たちには白い袿《うちき》一襲《ひとかさね》や巻絹《まきぎぬ》などを役に応じて授けました。中将の君には藤襲《ふじがさね》（表が薄紫《うすむらさき》、裏が青）の細長を添《そ》え、女装束《しょうぞく》一揃《ひとそろ》いを授けました。

中宮の返事の文は、こうありました。

「昨日は訪問できず〝音《ね》に泣きぬべき〟思いでした。

〝胡蝶《こちょう》にも誘い出されたい。八重《やえ》山吹《やまぶき》の隔《へだ》てを作る心がそちらにないのならば〟」

優れた年功のある二人といえども、春と秋の優劣を扱うのは荷が重いのでしょうか。秀歌《しゅうか》とは言えない詠《よ》みぶりのようです。

そういえば、船で見物した中宮方の女房たちは、紫の上から趣味のよい贈り物をもらいました。細かなことは煩雑《はんざつ》なのではぶきます。毎日こうしたちょっとした遊びごとがあり、楽しみながら暮らしているのでした。仕える女房たちも、自然と屈託《くったく》のない心境になり、紫の上方と中宮方で親しくやりとりしました。

玉鬘《たまかずら》の姫君も、男踏歌見物《おとことうか》の対面以来、紫《むらさき》の上《うえ》と文を交わしていました。思慮深さにまだ不足があっても、気づかいする努力がうかがえて、親しみのもてる文面です。嫌って遠ざけたくなる人柄ではないので、紫の上も花散里《はなちるさと》の君《きみ》も、玉鬘の姫君に好意をもちました。

恋心を寄せる男は数多くいます。けれども、源氏の君が並の相手で承知するはずがありません。加えて源氏の君自身にも、きっぱり親の立場を押し通せない迷いが生じた様子でした。ときおり、内大臣《ないだいじん》に娘の所在を知らせてしまおうかと考えます。

中将《ちゅうじょう》の君《きみ》は、他の男たちより少し親しくつきあっていました。御簾《みす》の近くに寄って話しかけ、姫君もみずから答えます。玉鬘の姫君のほうでは、内心気が引けるのですが、姉にはこうするものだと聞いた中将の君は、生真面目《きまじめ》で疑いもしないのでした。

内大臣の息子たちも、中将の君を訪ねて六条院へ来ては、恋をほのめかしたり悩ましげにうろついたりしました。姫君は困惑し、実の父君《ちちぎみ》に自分の素性を知ってほしいと願い続けます。けれども、源氏の君の前では言い出しません。ひたすら養父を信じて今後をゆだねており、可憐《かれん》で初々《ういうい》しいのでした。顔立ちはあまり似ていませんが、やはり母君（夕顔《ゆうがお》）と気性がよく似かよっています。姫君にはその上、才気もそなわっているのでした。

衣替《ころもが》え（四月一日）で初夏の装いに改まったころです。空の景色も不思議と風情を感じる中、暇《ひま》になった源氏の君は、さまざまな遊びに興じて過ごしていました。玉鬘《たまかずら》の姫君にますます頻繁《ひんぱん》に恋文が届くので、望みどおりだと愉快に感じます。夏の町の西の対へ出かけて行っては、集まった恋文に目を通しました。そして、ふさわしい人物には返事を書くようそそのかすのでした。姫君は気づまりで、応対しづらく思っていました。

兵部卿《ひょうぶきょう》の宮《みや》が早くもじれったい様子で、切なげな文章をめんめんと書きつづっています。目をとめた源氏の君は、やさしく笑って言いました。

「この人とは若いころから隔《へだ》てなくつきあい、多くの親王《しんのう》の中でもとりわけ親身に思っていた。ただ、色恋のあれこれは、私にもたいそう隠していたものだ。この年齢になって、色好みの趣向を詳しく見聞することになるとは、おもしろくも感慨《かんがい》深くもあるな。返事を出しなさい。多少ともたしなみのある女なら、この親王ほど言葉を交わすにふさわしい人はいないよ。教養のある趣味人だ」

若い娘の気を引くように言い聞かせましたが、玉鬘の姫君は恥じらうばかりでした。

一方、右大将《うだいしょう》はたいそう実直で謹厳《きんげん》な人物です。そんな男が恋の山路では「孔子《こうし》の倒《たお》れ（賢人《けんじん》の過ち）」になりそうなほど恋心を訴えるので、これはこれで興味深く読みました。

あれこれ見比べる中、唐《から》わたりの縹《はなだ》（薄《うす》い藍色《あいいろ》）の紙に香《こう》をていねいにしみこませ、深く香る文を細く小さく結んだものを見つけます。

「これはどうして結んだまま置いてあるのかい」

源氏の君は文を開いてみます。美しい筆跡で書かれていました。

「〝この恋心をあなたは知らないだろう。岩から漏《も》れる水のように色にも出さないので〟」

書き方は当世風にしゃれています。源氏の君はだれの文かとたずねますが、姫君ははっきり答えませんでした。

女房の右近《うこん》を呼び寄せ、注意します。

「このような文を寄こす男は、よくよく吟味《ぎんみ》してから返事をさせるように。あだっぽく戯《たわむ》れる今どきの女が不祥事《ふしょうじ》を起こすのは、必ずしも男だけの罪ではないのだから。

返事が来ず、相手の薄情さが恨《うら》めしいとき、男側では情趣を知らない女だとか、わきまえのない強情な女と考える。私でもそうだった。しかし、浮ついた誘いで花や蝶《ちょう》に託《たく》した文に応じず、こしゃくな思いをさせるのは、かえって男心をそそる場合もある。

返事がないまま男が忘れてしまうなら、罪にもならないだろう。いい加減な恋文にすぐに応じるのは、しなくていいことであり、後の災いのもとだ。何であれ、女が慎《つつし》みを忘れ、気ままに風流好きな遊びにふけると、積もり積もって不祥事が起きるものだ。

兵部卿の宮や右大将であれば、考えもなくいい加減な申し出などしない。また、身分に失礼な態度を取るのは私の娘にふさわしくない。それより下位の男たちは、熱心さに応じて情けをかけるかどうか判断するように。ここへ足を運んだ回数も考慮して」

玉鬘の姫君は、恥じらって顔をそむけています。その横顔が美しく見えました。

撫子襲《なでしこがさね》（表は紅、裏は薄色）の細長《ほそなが》に、卯《う》の花色《はないろ》（表は白、裏は萌黄《もえぎ》）の小袿《こうちき》で装っています。色合わせが親しみやすく当世風でした。田舎《いなか》びた名残《なごり》のあったころは、素のままでおっとりするばかりに見えましたが、今では六条院の女人《にょにん》たちを見習い、ものごしが感じよく柔和《にゅうわ》になっています。化粧《けしょう》も習得したので、ますます欠点が失《う》せ、華やかで愛らしい顔立ちでした。他人の妻にするのは惜しいと感じられます。

右近もほほえんで二人を見つめました。親と呼ぶのは似合わない、若々しい顔立ちの源氏の君でした。夫婦として並べばお似合いで、さぞすばらしいだろうと考えます。源氏の君に答えました。

「届いた文を、そのまま姫様に取り次ぐことはしておりません。先ほどご覧になった三つ四つの文は、受け取らなくては失礼なかたがたのものだけです。それでも、お返事はまだ一つも。姫様は、あなた様のご指示のあったときはお書きになりますが、それも書きづらいことに思っておられます」

源氏の君はほほえみ、縹色の紙を眺めました。

「それでは、この若者らしい結び文はだれの文だね。たいそう上手に書いているが」

「この文のお使者は、しつこく押しつけて帰ってしまったのです。内大臣《ないだいじん》の中将《ちゅうじょう》どのが、女童のみることを知っておられたせいで取り次いだようです。　他に目をとめる女房がいなかったもので」

「いじらしいな。官位が低くても内大臣どのの息子であれば、恥をかかせてはいけないよ。高官たちにも、この若者の人望に及ばない者は多いのだ。兄弟の中でも、特に思慮深く落ち着いた人柄だよ。おのずと真相に気づく日も来るだろうが、今はあからさまにせず、うまく言いつくろっておくといい。見どころのある書きぶりだね」

源氏の君は、文をすぐに下に置かずに見入るのでした。

「私がこうして何だかんだと忠告すると、うるさく思うかと気がとがめるよ。しかし、内大臣どのにあなたの身元を知らせるにも、不慣れで後見人もいないまま、なじみのない兄弟姉妹に加わることを危ぶむのだ。やはり結婚して身を落ち着け、一人前になってこそ立派に親子の対面ができるだろう。

兵部卿の宮は、今は独身とはいえ、ひどく色好みな人柄だから、通《かよ》っている女人の家は多いという噂《うわさ》だ。召人《めしうど》と憎い名のつく、愛人の女房も何人かいるらしい。浮気な行動は、妻が憎らしい態度を見せずに治まるのを待てば、穏やかに解決できるだろう。少しのことで嫉妬《しっと》する性分では、いつか夫に飽きられることにもなるものだ。その気くばりはもったほうがいい。

右大将は、長年つれ添った北の方がたいそう老いたので、嫌気《いやけ》がさして求婚するようだ。これも、北の方の周囲の人々は不快に思っているだろう。ありそうなことだから私もあれこれ思案して、あなたのお相手を決めかねるのだよ。

結婚に関しては、実の親だろうと望みをはっきり言いにくいだろうが、あなたも思慮のない年齢ではないから、何ごとも判断できるだろう。私を亡き人に見立て、母だと思ってくれないか。あなたに不満があっては私もつらいのだ」

誠実な口ぶりで言いますが、玉鬘の姫君には聞きづらく、答える気になれません。けれども、あまり幼稚に黙っているのもよくないと考えました。

「何ごとも見分けない幼少のころから、親を知らない暮らしに慣れたので、どう考えたらいいかわからないのです」

その態度がおっとりと素直で、源氏の君もたしかにと思いました。

「それなら、世間のたとえにあるように私を『後《のち》の親《おや》』と考え、あなたへの深い思いを最後まで見届けてくれないか」

他人の妻にしたくないとは、源氏の君も気恥ずかしくて言えません。ほのめかす言葉をところどころはさみましたが、姫君は気づきませんでした。ため息ばかりつき、帰ることにしました。

前栽《せんざい》の呉竹《くれたけ》が若々しく伸び育ち、風になびく様子が懐かしく思えて立ち止まります。

「〝垣《かき》の内に根深く植えた竹の子も、それぞれの縁《えん》を得て私と別れていくのだろうか〟

そう思えば、恨《うら》めしくなってもいいことだね」

源氏の君が御簾《みす》をめくって声をかけると、姫君も膝《ひざ》をすべらせて近寄りました。

「〝今さらどんな時が来れば、若竹が最初に生まれた根(父親)をたずねて行くだろうか〟

かえって迷惑でしょう」

これを聞いて、源氏の君は哀れに思いました。

玉鬘の姫君は、心の底までそう考えてはいません。どんな機会があれば内大臣に事実を告げてもらえるかと、不安で切ないのです。それでも、源氏の君のめったにない親切を思いやれば、見慣れない娘を得た実の親は、これほど細やかに面倒《めんどう》をみてくれないだろうと思うのでした。

昔物語を読むようになり、姫君も、少しずつ世間の人情やあり方を知り始めています。いっそう気後れして、娘だと名乗り出るのは困難だと感じるのでした。

源氏の君はたいそうかわいく思ったので、紫の上《むらさきのうえ》にも褒《ほ》めて語りました。

「あの姫君は、不思議なほど好ましい人柄をしているよ。昔亡くなった人（夕顔）は、あまり明るい気質ではなかった。娘のほうは、ものごとの機微《きび》もよく察するようで、人なつこさもあり、安心できるようだ」

紫の上は、ただではすまない源氏の君の女癖《おんなぐせ》をよく知っているので、すぐに勘《かん》づきました。

「ものごとを見抜く力をお持ちなのに、すっかり無邪気《むじゃき》に打ちとけて、あなたを頼《たよ》りにしていらっしゃるのがお気の毒ですね」

「どうして私を頼りにできなかったりする」

紫の上はほほえみました。

「さあ、私としても、耐えがたく何度も憂愁《ゆうしゅう》にふけったあなたのご性分を、思い出させる節々がないとは言えず」

何と察しが早いのかと、源氏の君は密かに舌を巻きます。

「いやなことを思いつくね。私に下心があれば、あちらが気づかないはずがないのに」

言い返しますが、危ないので続けませんでした。心の内では、紫の上がこうまで察しているのに、玉鬘の姫君をどう扱うべきかと思い乱れます。一方、無分別で不埒《ふらち》な自分の女癖を思い知らされるのでした。


源氏の君は気になってならず、しげしげと玉鬘《たまかずら》の姫君に会いに行きます。雨が降った名残《なごり》で、しっとり静かな夕方でした。春の町の庭園では、楓《かえで》の若葉や柏《かしわ》の若葉が茂りあっていました。何とはなしに心地よい景色を眺め、源氏の君は「和《わ》してまた清《きよ》し」と漢詩を吟《ぎん》じます。そしてまずは姫君のみずみずしい魅力を思い出し、いつものようにこっそり訪問しました。

玉鬘の姫君はうつ伏《ぶ》せになり、手習いをしてくつろいでいました。源氏の君の来訪を知り、起き上がりますが、恥じらった顔の色合いも美しく見えました。もの柔らかな態度がふと昔の夕顔をよみがえらせ、源氏の君は耐えがたくなります。

「最初にお会いしたときは、それほど母君《ははぎみ》に似ていないと思ったのだが、妙なことに、ときどき母君がそこにいると見まがうことがあるね。心打たれる似姿だ。息子（夕霧《ゆうぎり》）は少しも亡き母（葵の上《あおいのうえ》）の容姿を継《つ》がなかったから、それに慣れて、母子はあまり似ないものと思っていた。こんな人もいたんだね」

そう言って涙ぐみました。箱の蓋《ふた》に乗せた果物《くだもの》の中に橘《たちばな》があるのを手に取り、もてあそびます。


「〝橘《たちばな》の香《か》を亡き人の袖《そで》の香《か》と偲《しの》べば、あなたを別人とも思えないようだ〟

いつまでもあの人が心に残って忘れられないのに、慰《なぐさ》めようもなく年月が過ぎていた。こうして会えたことを夢のように思っているよ。やはり、このままでは耐えられないようだ。私を嫌わないでほしい」

玉鬘の姫君の手を握りました。このようなふるまいを知らず、姫君はいやな気分になります。それでも、おっとりした態度を取り続けました。

「〝袖《そで》の香《か》で亡き人を偲《しの》ぶならば、橘《たちばな》のわが身（実《み》）まではかなく消えるだろう〟」

厄介《やっかい》に思ってうつ伏しますが、そんなところにも魅力がありました。手はふっくらと柔らかで、体つきも肌のきめ細かさが愛らしく、源氏の君はかえって悩ましさをつのらせます。この日、自分の恋心を少しばかり打ち明けました。

玉鬘の姫君は、情けないわが身をどうしたらいいかと、はた目にわかるほど震《ふる》えています。源氏の君は言い聞かせました。

「どうしてそれほど疎《うと》ましくお思いになる。私はこの本心を上手《じょうず》に隠して、だれからも非難されない行動をしているのに。あなたも何気ない態度で通しなさい。浅くはないあなたへの親しみが、恋する心でさらに強まり、世間にも例のない心地がする。この思いが、恋文をよこす男たちに劣るはずがないよ。私ほど思いやりのある者は二人といないのだから。あなたの結婚が心配でならない」

ずいぶんさし出がましい親心と言えました。

雨はやみ、風にそよぐ竹が鳴っています。明るく射した月の光が鮮やかで、静かな夜でした。姫君の女房たちは、二人の親しい語らいに遠慮して近くへ寄りません。親子としていつも直接会っていますが、源氏の君は、これほどよい機会はめったにないと考えます。言葉に出して伝えたせいで、心情も一気につのり、柔らかな衣《きぬ》ずれの音を上手に抑えて脱ぎすべらせました。間近《まぢか》に横になります。

姫君はあまりに情けなく、女房たちが知ったらどれほど異様に思われるかと、たまらなくなります。実の親の家であれば、たとえ冷たくあしらわれようと、こうした厭《いと》わしい目を見ないですむのだと悲しく、こらえようとしても涙がこぼれました。

源氏の君は言います。

「それほど苦にするとは薄情な。見知らぬ他人同士でも、男女のいとなみはだれもが許すことなのに、長く親しんだ私とあなたがこの程度近づいただけで、どうしていやがられるのだろう。これ以上、強制して何かをするつもりは毛頭ないよ。亡き母君を偲《しの》んであまりある胸の内を慰めたいだけなのだ」

しんみりした口調で感じよく語り続けますが、添い寝をすると、これまでにもまして夕顔その人を相手にしている気がして、胸がしめつけられるのでした。

とはいえ、われながら唐突で浮ついたふるまいなので、よく自制しました。女房たちが不審に思わないよう、あまり夜が更《ふ》けないうちに帰ることにします。

「あなたに嫌われたら、ひどくつらいよ。私以外の男たちは、ここまであなたに夢中にならないよ。限りなく底の深い愛情であって、人に非難されるものではない。昔の人を恋する慰めに、他愛ないことを話すだけなのだ。同じ気持ちで応えてくれないか」

こまごま言い聞かせても、姫君は上の空でした。どうしようもなく情けないと思いつめています。

「これほど冷淡な心の持ち主とは思わなかった。まったくひどく憎まれたようだね」

源氏の君はため息をつき、「けっして人に気づかれないように」と言って出て行きました。

玉鬘の姫君は、大人になった年齢とはいえ、男女のつきあいを知りません。夫婦生活を間近に見たこともないのです。これ以上近い距離で接することなど想像できず、思いも寄らない身の上だと嘆きました。そして、たいそう気分が悪くなりました。

女房たちは、女主人が病気になったかと気をもみました。

「源氏の君のお心づかいは、本当に細やかでもったいないことです。実の親御《おやご》様でも、これほどすべてに行き届いたお世話はしていただけないでしょう」

兵部《ひょうぶ》の君《きみ》がこっそり言いますが、姫君は、予想しなかった源氏の君の下心がますます疎《うと》ましくてならず、わが身が情けないのでした。

つぎの朝早く、源氏の君から文が届きます。

姫君は気分が悪いと寝ていますが、女房たちが硯《すずり》などを運び、「お返事を早く」と急《せ》かしました。しぶしぶ文を見ると、一見ふつうで事務的な白い紙に、美しい筆跡で書いてありました。

「この上なく冷たい応対に、恨めしさも忘れられません。女房たちにどう見られたことか。

〝打ち解けて根（寝《ね》）も見ないのに、若草は何かがあった顔でふさぎこんでいる〟

子どもっぽいですよ」

親気取りの口ぶりであり、姫君は不快になります。返事の文を出さないのも人目が気になるので、厚ぼったい陸奥紙《みちのくがみ》に書きつけました。

「拝読いたしました。気分がたいそうすぐれず、お返事できません」

ただこれだけです。源氏の君は、こういう点はさすがに堅いとほほえみました。恋の恨み言をもちかける相手の手応えを感じます。まったく困った性癖《せいへき》でした。

恋心を打ち明けた後は、思わせぶりでは終わらず、うるさいほど言い寄るようになりました。姫君はますます気づまりになり、身の置きどころもなく、悩んで体調さえ悪くなります。真の血縁を知る人は少ないまま、遠くの人も近くの人も、源氏の君が父親だと信じきっていました。

（私のこの状態が世間に知れたら、どんなにもの笑いにされ、悪い噂《うわさ》が立つだろう。実の父君が捜し当ててくださっても、親身に扱っていただけそうにないのに、まして軽薄な娘という評判がその前にお耳に入ったら）

玉鬘の姫君は、すべてが難儀《なんぎ》だと思い悩むのでした。

兵部卿《ひょうぶきょう》の宮《みや》、右大将《うだいしょう》は、源氏の君の婿選びに望みがあると伝え聞き、熱心に文を送り続けました。内大臣《ないだいじん》の息子の中将《ちゅうじょう》も、源氏の君が文を許容したという話をわずかに聞きこんで、異母姉とも知らずにうれしくなります。さらに身を入れて恋心を訴え、西の対《たい》の周りをうろついたようでした。

下巻につづく

荻原規子（おぎわら・のりこ）
東京に生まれる。早稲田大学教育学部国語国文学科卒。著書に勾玉三部作『空色勾玉』『白鳥異伝』『薄紅天女』（以上徳間書店）。2006年『風神秘抄』（徳間書店）で、産経児童出版文化賞・JR賞、日本児童文学者協会賞、小学館児童出版文化賞を受賞。他に「西の善き魔女」シリーズ（中央公論新社）「RDGレッドデータガール」シリーズ（角川書店）「エチュード春一番」シリーズ（講談社）『これは王国のかぎ』『樹上のゆりかご』（理論社）などがある。東京都在住。

源氏物語
つる花の結び 上

訳者　荻原規子
発行者　内田克幸
編集　芳本律子
発行所　株式会社 理論社
〒101-0062　東京都千代田区神田駿河台2-5
電話　営業 03-6264-8890　編集 03-6264-8891
URL　https://www.rironsha.com

2018年6月初版
2018年6月第1刷発行

【参考文献】「新日本古典文学大系　源氏物語」(岩波書店)

本文組　アジュール
印刷・製本　図書印刷

ISBN978-4-652-20258-6　NDC913　四六判　20cm　348P

◎源氏物語 **紫の結び** 一〜三

桐壺、若紫、紅葉賀、花宴、葵、賢木、花散里、須磨、明石、澪標、絵合、松風、薄雲、朝顔、少女、梅枝、藤裏葉、若菜上下、柏木、横笛、鈴虫、御法、幻、雲隠。

光源氏の一生を手早くつかめるように、メインストーリーとなる部分を抜粋して再構築。

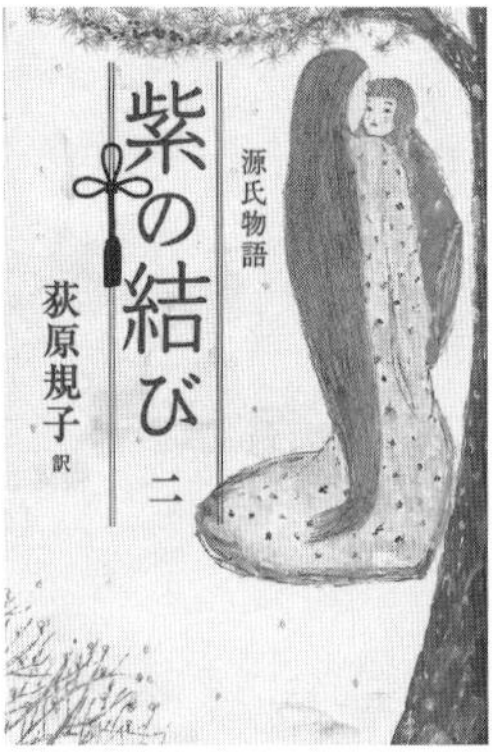

◎源氏物語 宇治の結び 上、下

匂宮＋〈宇治十帖〉。出生の秘密をかかえる青年は自らの体から芳香が漂い、競争心を燃やし調香に熱心な宮とともに、薫中将、匂宮と呼ばれていました。ひっそりと暮らす二人の姫君との出会いは、二人の若者を思いがけない恋の淵へ導くのでした。源氏亡き後の物語。

◎源氏物語 つる花の結び 上、下

帚木、空蟬、夕顔、末摘花、蓬生、関屋、〈玉鬘十帖〉、夕霧、紅梅、竹河。〝雨夜の品定め〟でさまざまな女性の魅力を知りたくなった源氏は〝中の品〟の女性と逢瀬を重ねます。夕顔の遺児・玉鬘を六条院に迎える玉鬘十帖、源氏没後の玉鬘の後日談も語られます。